KB119803

지구인만큼 지구를 사랑할 순 없어

지구인만큼
지구를
사랑할 순 없어

정세랑 에세이

위즈덤하우스

차례 _____

─────── (   )만큼 (뉴욕)을 사랑할 순 없어

뉴욕 New York

2012. 05

이 모든 여행은 메신저 싸움에서 시작되었다

어쩌다가 여행 에세이를 9년째 쓰고 있는지 모르겠다. 종종 소설보다 뒤에 붙은 '작가의 말'이 재밌다는 말을 들어서 에세이도 쓸 수 있을 줄 알았더니, 예상과 달랐다. 쓰다가 멈추고 쓰다가 지우고 쓰다가 고치며 시간이 흘러버렸다. 이 지난 여행의 기록들은 사실 여행 그 자체보다는 여행을 하며 안쪽에 축적된 것들에 중점을 두고 있는 듯하다. 좋아하는 친구들을 만나러 멀리 가서 맞닥뜨린, 이야기보다 더 이야기 같았던 순간들을 마음속 거름망으로 걸러내 정리해두고 싶었다.

　나를 처음 여행하게 만든 L은 대학 때 친구이다. L은 이 글에서 본명을 써도 된다고 흔쾌히 허락해주었지만 소설 속에서는 식인 괴물로 만들거나 목성의 얼어붙은 위성에 보내버려도, 에세이에서는 최대한 보호해주고 싶어서 이니셜을 쓰기로 한다. 진짜 사람들과 진짜 있었던 일들에 대해 쓰는 것이 이렇게 어렵다니, 에세이 작가님들을 더욱 존경하게 되었다. 압축과 재편집의 과정이 있기 때문에 어느 정도는 픽션에 가까워지지만 거리감이 달라 한없이 어색하기만 한데, 여행 책을 좋아해서 오래 소비해왔으니 한 권쯤 용기 내어 갖고 싶다.

　　L을 설명하려고 마음먹는 것만으로도 기분이 좋아진다. 나는 L을 스물두 살에 만났고, 16년째 감탄하고 있다. L은 수도도 전기도 없는 지역에 학교를 지으러 훌쩍 떠났고, 어느 날 갑자기 스케이트보드나 저글링을 배웠고, 매번 낯선 음식과 새로운 음악을 알려주었다. 과감하고 똑똑하고 유머러스하고 사려 깊어서 L을 알아갈수록 나도 더 나은 친구가 되고 싶어졌다. 내가 쓴 쾌활한 모험가형 주인공들은 모두 L을 닮았다. 한국에서 태어나 한국에서 교육받은 L이 유학을 결정했을 때에도 L이라면 금세 잘 해내리라고 믿었다. L은 뉴욕의 예술대학에서 영화를 전공하며 자리 잡자마자 나를 초대했지만, 나는 나대로 두 번째 출판사에서 일하는 중이어서 계속 방문을 미뤘다. 시차 때문에 아침과 밤에, 메신저에서 자주 이야기했다. 아마도 이제는 잘 사용하지 않는 종류의 메신저였을 테고 자세한 내용은 기억하지 못하지만 열여섯 시간쯤의 대화를 짧게 요약하자면 아래와 비슷할 것이다. (이 책의 대화들은 모두 변형된 것이다.)

L   언제 올 건데?

나   가야지.

L   계속 미뤘잖아. 나 몇 달 뒤면 졸업이야.

나   근데 요즘 회사가……

L   회사에서 한 번 쓰러지고도 1년을 더 다녔잖아. 할 만큼 한 거
      야. 긴 글 쓰려고 계획한 거 아니었어? 이제 정말 퇴사한다고
      말하고 비행기표 끊어.

우정에 있어서도 주도권을 잡는 쪽이 있는데, 우리 관계에서 그
것은 L이었다. 낮에는 일하고 밤에는 쓰는 것은 확실히 무리였다. 다
른 사람은 몰라도 나는 한계에 다다라 있었고 그걸 알면서도 제대로
직시하기를 거부하다가, L과 이야기하며 둘 다를 가질 수 없다는 걸
받아들일 수 있었다.

L   여행 준비는 잘하고 있어?

나   응, 이제 숙소 예약하려고.

L   무슨 소리야? 당연히 우리 집에서 지내는 거지. 글 쓰려고 모
      아둔 돈을 숙소에 쓰면 어떡해?

나   3주를 너희 집에서 지낼 수는 없어. 따로 숙소 잡아야지.

L   다른 친구들도 다 우리 집에서 지냈어.

나   그럼 나라도 폐 끼치지 말아야지.

L   말도 안 돼.

나   너도 인턴 하느라 바쁘잖아. 나는 그냥 가볍게 구경하다가 너
      랑 점심 정도 먹을 계획이야. 너무 신경 써주지 않아도 돼.

L   그럼 몇 번 만나지도 못해. 우리 집에 있어야 같이 놀지.

나   미안해서 어떻게 그래? 너야말로 말도 안 돼.

'말도 안 돼'와 '무슨 소리야'가 수십 번쯤 오가는 동안 의견은 좁혀지지 않았다. 메신저에서 네 번쯤 싸운 것 같다. 실제 대화에선 물음표와 느낌표가 훨씬 많았다. 눈싸움하는 아이들이 눈 뭉치를 던지는 것처럼 물음표와 느낌표를 수십 개씩 주고받았고, 따지고 보면 서로를 위한 대립이었는데도 꽤 뜨거운 설전이 되어버렸다. 아무리 생각해도 L의 집에서 그렇게 길게 지내는 것은 민폐인 것 같아 이기고 싶었는데, 관계의 주도권이 L에게 있다 보니 끝내 졌다. 숙소 예약을 강행하면 L이 진심으로 화를 낼 것 같아서 마지막 순간에 포기한 것이다. 지고도 실감이 안 났다. 내가 맞는 것 같은데 왜 졌지? 친구야, 너는 정말 멋진 아이지만 이상한 데서 격하게 고집이 세구나……. 어쨌든 많이 보고 싶었으므로 여행을 크게 즐기지 않으면서도 뉴욕까지 날아갔다. 웬만큼만 가까운 친구라면 스리슬쩍 변명하고 가지 않았을 텐데, 누군가를 좋아하면 확실히 무리하게 된다. 아끼는 마음의 척도를 얼마나 무리하느냐로 정할 수 있지 않을까?

2012년 5월의 일이었다. 그때 쓰기 시작한 에세이를 아직도 쓰고 있는 것이다. 이게 웬일이람. 덕분에 시간이 크레이프 케이크처럼 쌓여 더더욱 묘한 글이 되고 말았다.

여행을 왜 즐기지 않느냐면,

어렸을 때 아팠기 때문이다. 초등학교 4학년 때부터 중학교 2학년 때까지 소아 뇌전증을 앓았다. 부모님은 수학여행이나 수련회를 갔을 때 내가 발작을 일으킬까 봐 걱정하시곤 했다. 다른 사람들에게 알려지지 않길 바라셨던 듯한데, 이렇게 두 번째 챕터에서 시원하게 말해버린다. 문학 출판계에 들어와 가장 좋았던 건 사람들이 아팠던 이야기, 아픈 이야기를 무척 아름다운 방식으로 마구마구 해버린다는 점이었다. 첫 회사에서 한 시인의 인터뷰 자리에 갔던 적이 있는데 나와 같은 소아 뇌전증을 앓으셨다고 아무렇지 않게 말해서 듣고 있다가 놀라움과 해방감을 느꼈다. 말해도 되는구나. 왜 말하면 안 된다고 생각했을까? 약한 부분을 햇볕 아래 드러내는 일이 중요하다는 걸 그때 알게 되었다. 전 연령대에서 천 명에 네다섯 명은 뇌전증을 앓고 있다고 한다. 머릿속에서 전기 신호가 다르게 달린다는 이유로 맞닥뜨려야 하는 위험과 오해는 남들이 상상하기 어려운 종류의 것이다. 혹시 같은 병을 앓았거나 앓는 분이 이 책을 읽는다면 지지하는 마음을 보내고 싶다. 마지막까지 망설였던 것은 내가 쓰는 글들이 다소 엉뚱하고 기괴하다 보니 혹 오해를 더할까 하는 걱정 때문이었다.

깨어 있는 상태에서 쓰러지는 발작이 가장 위험하지 않을까 추측한다. 나의 경우 잠들었을 때 부분 발작을 일으켰다. 숨을 쉴 수 없어서 깼다. 마치 거인이 내 목을 밟고 서 있는 것만 같았다. 숨을 쉬기 위해 발버둥을 치면 아슬아슬할 정도로 위험한 시점에 다시 호흡이 돌아왔다. 오류가 난 컴퓨터를 억지로 껐다 켜는 것과 비슷한 느낌이었다. 때로 얼굴 일부나 한쪽 팔이 마비되기도 했다. 누워 있을 때 발작을 일으키는 것은 상대적으로 부상의 가능성이 적었지만, 늦은 밤 혼자 겪으며 내면이 천천히 조각되었다. 치료를 위해 계절마다 대학병원의 층층을 엄마 손을 잡고 오락가락했다. 『피프티 피플』을 쓴 것은 친지 중에 대학병원에서 일하는 이가 많아 인터뷰 대상자를 소개받기 쉬워서였지만, 단순히 그것만은 아니었던 듯하다. 뇌파검사를 위해 머리카락 속에 풀을 잔뜩 바르면 『프랑켄슈타인』에 나올 만한 헤어스타일이 되었고, MRI 기계 속은 몸이 굳도록 추웠다. 그런 유년의 기억들이 내 안에 남아 있어서 병원 이야기를 쓰게 된 것 같다. 혼자 느끼는 외로움도 다른 사람에게 느끼는 친밀감도 극대화되는 공간을 소설 안에 세워본 것이다.

그래서 여행을 즐기지 않았다. 낯선 상황에서 피곤하면 발작이 일어나곤 했으므로 의식적으로든 무의식적으로든 피했다. 치료를 받고 성장하며 발작은 사라졌고 다행히 아직 재발하지 않았지만, 갑자기 재발하는 경우도 적지 않다고 들었다. 그렇게 돌아오는 발작이 더 위험할 수 있다고 한다. 뉴스에 그렇게 사망한 이의 사례가 보도되면 먼 나라의 모르는 사람인데도 슬퍼진다. 얼마 전에는 할리우드의 배우 캐머런 보이스가 겨우 스무 살의 나이에 뇌전증으로 인한 수면 중 발작으로 사망했다. 할리우드의 배우라서 알려진 것이지, 비슷한 죽음은 지구 곳곳에서 조용히 일어나고 있을 것이다.

한편으로는 안정적인 현대사회에서도 모두가 평균수명을 누릴 수 있는 것은 아니라는 사실을 똑바로 마주 본 사람들이 인생에서 중요한 선택을 더 잘한다고 여기기도 한다. 어떤 일을 할까 말까 망설여질 때에 '만약 내가 4년 후에 죽는다면 후회할까? 8년 뒤라면?' 하고 가정해보는 것만으로도 한결 명확해지기 때문이다. 아팠던 사람들은 자기 인생을 미래완료형으로 생각하는 경향이 있다. 꿈은 마르그리트 뒤라스처럼 70대에도 활발히 작품 활동을 하며 50권까지 쓰는 것이지만, 충분한 수명을 누리지 못한다 해도 요절한 사람이 아니라 열한 살에 죽을 수도 있었는데 죽지 않고 있는 힘껏 살았던 사람으로 기억되고 싶다. 뵐 때마다 무병장수를 빌어주시는 독자분들께 부응하기 위해 건강검진을 열심히 받고 있긴 하다.

어쨌든, 발작을 빼도 딱히 건강한 젊음이었던 적은 없다. 박카스 광고나 국토 대장정 포스터에 좀처럼 이입을 못 하는 그룹의 일원으로, 의학의 혜택 속에 살아왔다. 전근대에 태어나지 않아 행운이었다고 안도하는 게 우선이었기에 여행에 대한 욕망이 약했다. 여행은 건강한 사람들의 전유물이라고 생각했고 일상의 루틴을 유지하는 선에서 큰 기쁨을 느끼는 나머지 여행까지 바라지 않았던 것이다. 큰 결심을 하고 여행을 갈 때는 바탕화면에 유서에 가까운 지시 사항을 남기고, 담당 편집자님께 그때까지 쓴 원고를 예약 메일로 전송해두기도 했다. 매번 살아 돌아와서 잘 취소했지만…….

생각해보면 살아 있는 상태가 너무 신기하지 않은지? 꼭 개인적 얘기, 사람들 얘기만이 아니라 전반적으로 그렇다. 지구가 초속 30킬로미터로 빙글뱅글 날아가고 있는데 그 위에서 온갖 동식물이 38억 년 동안 생겨났다 멸종했다 하며 보글보글 지내왔다는 것이……. 우주는 죽어 있는 게 더 자연스러운 상태인데 어떻게 다들 살아 있지? 거의 매일 놀란다. 심장이 태어나서 지금까지 뛰었다니? 신경을 쓰지 않는데 호흡이 계속된다니? 산책만 나가도 흥미로운 발견을 하고 화분에 새잎이 나면 기분 좋은 충격을 받는다. 다른 요인들도 있지만 환경주의자가 된 것은 그래서일지도 모르겠다. 아팠던 청소년이 쉽게 경이로워하는 어른으로 자란 것이다. 경이의 스위치가 반발력 없이 딸깍딸깍 눌리고 말아서, 다른 아팠던 사람들을 조사해보면 얼마나 비슷한 성향일지 궁금해진다. 나의 노래 부르며 행진하는 스머프 같은 성격이 (특히 동료 작가들에게) 좀 부담스럽다는 평을 들을 때도 있는데, 나름의 맥락이 있다. 어둡고 죽어 있는 우주에서 기적 같은 지구에 산다는 것이 신기해, 냉소와 절망에 빠졌다가도 빨리 벗어나게 되는 것이다.

보편적인 개념의 여행을 싫어한다기보다는 다른 사람의 여행을 좋아하는 것에 가까웠다. 잘 쓰인 여행 책, 화질 좋은 여행 프로그램, 친구들이 다녀와서 들려주는 이야기와 보여주는 사진들을 즐기며 충분히 만족해버리는 편이어서 스스로 여행을 떠나는 편이 아니었다. 꼭 만나야 할 사람이 있지 않다면 말이다.

둘 중에 하나를 택해야 한다면, 그게 왜 소설인데?

회사에서 쓰러졌을 때는, 하필 도시락을 먹고 설거지한 것을 쟁반에 담아 가져가던 차였다. 갑자기 시야가 바깥에서부터 좁아지더니 눈이 보이지 않아 주저앉다시피 쓰러졌고 도시락 통들이 요란한 소리를 내며 모 실장님 방으로 굴러 들어가서…… 그 순간에도 좀 부끄러웠다. 요즘도 작가 겸 편집자는 오래 못 간다는 주장의 예시로 종종 이야기가 나온다는데 다른 작가 겸 편집자분들께 죄송할 뿐이다. 다시 발작을 일으킨 줄 알고 여러 검사를 받았더니 과로로 인한 미주신경성 실신이었다. 하여간 신경계통이 잘못 배선된 편인 듯하다.

퇴사하던 날을 생각하면 아직도 아득하다. 4층 건물을 돌며 퇴사 인사를 하다가 마지막으로 관리부에 다다랐을 때 눈물이 터져서 관리부 선배들이 티슈를 줬던 게 기억난다. 편집자 생활을 꽤 좋아했다. 싫어서 그만둔 게 아니었다. 작가로서의 커리어가 하향 곡선을

그리고 있었기 때문에 망하지 않으려고 그만둔 것이었다. 멀쩡한 정
규직을 포기하고 자발적으로 비정규직을 택하다니 스스로도 어이
없고 두려워서 눈물이 절로 났다. 이제 와 돌아보면 맞는 선택이었
지만 그땐 그렇게 생각할 수가 없었다.

　상황이 좋지 않다는 것은 어렴풋한 느낌 같은 게 아니었다. 편집
자였기에 냉정하고 객관적인 판단을 할 수 있었다. 『덧니가 보고 싶
어』와 『지구에서 한아뿐』은 초판도 다 팔지 못했다. 천 부 남짓씩 팔

렸는데, 그랬을 때 세 번째 책은 불가능해 보였다. 설령 겨우겨우 낼 수 있다 해도 결과는 미미할 게 뻔했다. 마케팅 자원이 한정적이다 보니 출판계에서는 모든 책에 힘을 쏟지 못한다. 발간하는 책들 중에 '미는 책'은 소수인 현실에서 어떻게든 '미는 책' 쪽에 들지 못하면 작가로서의 수명이 짧아질 수밖에 없었다. 밀지 않은 책이 큰 호응을 얻는 일이 아예 없는 것은 아니지만 드문 편이어서 적은 확률에 기대를 걸기는 어려웠다. 그러니 기이한 이야기지만 편집 일을 그만 둔 것은 편집자로서의 판단이었다. 문학상을 받아야겠다고 생각했다. 문학상 수상작은 상금을 판매로 회수해야 하는 책이므로 자동으로 '미는 책'이 되었다. 두 권의 책을 실패한 상황에서 신인이 성장할 통로가 많지 않던 당시로서는 그것이 거의 유일한 선택지였다.

"장르 쪽에 잘 쓰는 사람 없던데요? 세랑 씨도 재등단이나 하지 그래요?"

문단 사람들의 도발을 며칠에 한 번씩 당하는 것도 이를 갈게 만들었다. 일단 들어가서 다 뒤집어버려야지……. 그런 민망한 치기도 분명히 있었다. 돌이켜보면 차라리 2년쯤 기다렸다가 웹이나 영상처럼 새롭게 흥하는 분야로 가는 것도 좋았을 듯한데 끊임없이 공격받다 보면 판단력이 떨어지고 만다. 장르 소설가들이 늘 화가 나 있는 것처럼 보이는 것은 내내 부아가 치미는 말들을 듣기 때문일지도 모른다. 장르를 모르면 장르 이야기를 하지 않으면 될 것을 왜 그렇게 무례하게들 구는지 모르겠다. 예전보다는 덜하지만 여전히 그런 경향이 남아 있다.

그때 들던 생활비를 감안하여 2년을 여유 있게 버티며 글을 쓰기 위해 3천만 원을 모았다. 아무도 내 시간과 내가 버는 돈을 필요로 하지 않았으므로, 오로지 나 자신을 위해 모으면 되었다. 인생에 그런 시기는 매우 드물고, 노력했다기보다는 운이 좋았다. 얼마나 많은 신인들이 시간과 돈을 확보하지 못해 작품 활동을 멈추게 되는지 생각하면……. 외주 편집 작업도 서너 개 받아놓은 데다 출판계는 이직과 재취직이 쉬운 편이라 아주 대책 없는 퇴사는 아니었다. 저축 중 일부를 뉴욕 여행에 쓰기로 했다. 일단 쓰고 일해 채워 넣으려는 계획이었다.

왜 소설이었을까? 둘 중에 승승장구하고 있었던 것은 편집자로서의 커리어였다. 작가로서는 미미하기만 했는데 왜 소설을 택했을까?

스물아홉 살의 내가 몰랐던 것을 지금의 나는 알고 있다. 사랑 때문이었다. 천 부도 겨우 팔렸지만 그때도 강렬하게 지지해주는 독자분들이 계셨다. 책 한 권 없이 몇 편의 단편뿐이었을 때부터 가장 좋아하는 작가라고 말해주시던 분들이……. 독자와 작가 사이의 사랑은 세상의 그 어떤 사랑과도 달랐다. 어떨 때는 커다란 방패고, 또 어떨 때는 완전연소하는 연료라서 한번 경험하면 다시는 그것 없이 살 수 없게 된다. 아무것도 아닌 나를 선택해 사랑하기로 마음먹은 분들이 의기양양하실 수 있게 어떻게든 살아남고 싶었다.

부차적으로, 머릿속의 이야기를 다 꺼내 텅 빈 상태여야 건강한 생활이 가능한 편이기 때문이기도 했다. 어떤 창작자들은 창작 그 자체에서 즐거움을 느끼기도 하는데 나의 경우 창작이 끝났을 때 비어 있는 상태가 감미롭다. 중간중간 짧은 쾌감이 없는 것은 아니나 이야기가 완전히 빠져나갔을 때가 정점인 것이다. 장편소설 얼개 같은 게 안쪽에서 끓어오르고 엉기는 상태에서는 매일이 부대끼고 다른 어떤 일에도 집중이 안 된다. 스스로를 이야기가 지나가는 파이프 정도로 여기는 편인데, 그 통과가 지연되면 문제가 생기고 마니 사실은 선택지가 없었던 것인지도 모른다. 만약에 이 글을 읽는 당신이 나 같은 '파이프형'이라면, 창작물이 안에 고일 때 괴롭고 내보내야 머릿속의 압력이 낮아진다면 당신도 창작을 해야 한다. 그 압력을 무시해서 고장 나는 사람들을 종종 보았다.

경제적인 궁금증도 있었다. 예술 분야의 사람들이 돈 이야기를 더 자주 해야 한다고 믿고 있다. 당시 소설로는 한 해에 7백만 원 안팎을 벌고 있었는데, 더 긴 시간을 들여 많은 양을 생산하면 얼마나 벌 수 있을지 알고 싶었던 것이 큰 추진력이었다. 7백만 원은 소설 쓰기를 포기하기엔 많은 돈이었고 살아가기엔 적은 돈이어서 한계를 확인하고 싶었다.

맞는 답을 골랐어도 불안하기만 했기에, 뉴욕으로 가는 비행기 안에서 전혀 자지 못하고 열세 시간 동안 내적 비명을 질렀던 것이 기억난다. 무슨 일을 벌인 걸까, 몇 년 후 크게 후회하는 건 아닐까, 질문들이 여백 없이 이어졌고 알 수 없는 것들을 알고 싶어 했다. 하필 난기류가 심해 안전벨트 등이 내내 꺼지지 않았다.

그러고 보니 뉴욕에 간 적이 있었구나?

1993년, 열 살 때의 일이었다. 엄마의 형제들은 유난히 외국어에 능통했고 항공 무역 관광 분야 등에 종사하며 외국에 나가 살곤 했다. (그러고 보니 나는 여행자들의 집안에 태어난 여행 떨떠름자인 듯하다.) 큰이모네가 뉴저지에 살던 그 몇 년간, 사촌 언니를 무척 따르는 편인 내가 눈물 젖은 국제우편을 연이어 보내는 걸 보다 못해 엄마가 큰 결단을 내렸던 것이다. 쇼트커트 중의 쇼트커트에 야구 모자를 쓰고 다녀서 모두 "굿 보이" 하고 미국 영화에서 골든레트리버 부르듯 나를 불렀다.

　뉴저지의 이모 집에서 언니와 신나게 슈퍼마리오 게임을 했다. 언니가 게임을 너무 잘해서 이 사람은 대단한 사람이다…… 더 감탄하고 존경하게 되었다. 온갖 비밀 문을 다 열어젖혔던 사촌 언니는 여전히 대단한 사람으로 이 책의 뒷부분에서 다시 등장한다. 올랜도

의 디즈니 월드에서 더위와 인종차별에 시달리면서도 즐거웠던 기억과, 존스 비치에서 꿩만 한 갈매기들이 사람 음식을 빼앗아 먹는 걸 구경했던 기억, 베어 마운틴에서 곰 대신 사슴을 마주쳤던 기억도 남아 있다. 엄마가 휴게소에서 당시 크게 유행하던 트롤 인형을 사주었고, 인형에서는 기분 좋은 고무 냄새 비슷한 것이 났었다. 텅 빈 도로를 자신만만하게 달렸던 엄마와 큰이모가 지금의 내 나이였던 것을 생각하면 기분이 이상해진다.

그런데 막상 맨해튼을 떠올리면 떠오르는 것은 쓰레기와 쥐밖에 없었다. 기껏 뉴욕에 데려가준 결과가 쓰레기와 쥐라니, 엄마가 알면 어이없어할 테지만 아마 열 살짜리의 눈높이가 바닥에 가까워 더 강렬했던 게 아닐까? 흔들리는 비행기 안에서 갑자기 불안해졌다. 뉴욕에 쓰레기, 쥐, 인종차별만이 기다리고 있으면 어쩌지? 디즈니 월드에서도 사람들은 욕을 하며 아시아 어린이에게 침을 뱉곤 했었다……. (그리고 나는 25년이 지나도록 앙심을 품고 그 장면을 『시선으로부터,』에 활용했다.) 뉴욕에서는 또 어떤 모멸적인 일들이 기다리고 있을까? 뉴요커는 불친절함으로 유명하지 않나? 또 수십 년 기억될 자잘한 상처들이 생길까?

긴장한 상태로 비행기에서 내려 수하물을 찾을 때였다. 빙글빙글 돌아가는 수하물 레인 너머에서 누군가 나를 유심히 보고 있었다.

"A 선생님?!"

알고 보니 같은 비행기를 타신 것이었다. 교정지 뭉치를 옆에 들고, 긴 비행시간에도 특유의 산뜻함으로 나를 보고 웃으시는데 비현실적이었다. 신데렐라가 요정 대모와 처음 만났을 때도 그렇게까지 놀라진 않았을 것이다. 가장 좋아하는 작가, 영향을 크게 받은 작가를 뉴욕에 도착하자마자 만날 확률이란 얼마나 낮을지? 내내 출판사를 다니던 중에도 한 번밖에 뵌 적 없었는데 말이다. 평소에 과학만 믿는 편이지만 A 선생님과의 만남은 뉴욕 여행이 어마어마하게 좋을 것이라는 계시로 받아들이기로 했다. 초췌하게 얼어 있던 나를 다정히 포옹해주셔서, 긴장과 두려움과 피로가 씻겨나갔고 그렇게 얻은 용기로 트렁크를 힘차게 밀며 예약해둔 택시를 타러 갔다. 케네디 공항이 익숙한 듯 아닌 듯했다.

"회사를 그만두고 왔다고요? 하하하. 바로 전 손님도 지난주 손님도 다 회사를 그만둔 여자분들이었어요."

L은 아무 택시나 타도 된다고 했지만, 불안해서 인터넷에 예약 기록이 남는 한인 택시를 탔는데 기사님은 유쾌한 분이었다. 그 말에 내가 얼마나 보편적인 패턴 속에 있는지 마음이 놓여 웃음이 터졌다.

사실 한 사람 한 사람은 스스로를 유일무이한 존재로 여기지만, 대개는 어떤 패턴의 조합으로 이뤄져 있는 게 아닐까? 예를 들어 영화 「어바웃 타임」이 개봉했을 때, 주변의 편집자 친구들이 레이철 매캐덤스의 앞머리와 옷과 가방을 보고 화들짝 놀랐었다. 너무나 편집자스럽다고, 전 세계의 편집자들은 취향이 그렇게나 겹치는 거냐고 깔깔 서로를 놀렸던 것이다. 특별한 것 같지만 아무도 특별하지 않다. 비슷한 환경에서 비슷한 교육을 받고 비슷한 공동체에 속하면 비슷해진다. 그런 패턴을 확인할 때 스스로가 작아지기도 하지만, 이상하게 마음이 편해지기도 한다. 내가 했던 고민을 먼저 한 사람들이 있고, 내가 했던 고민을 다시 시작할 사람도 있다는 걸 받아들이면 가벼워지는 것이다.

평범하고 뻔한 내가, 흔하디흔한 이유로 뉴욕에 갔다. 그렇지만 그곳에서 A 선생님을 우연히 뵙고 L과 무엇을 줘도 바꾸지 않을 시간을 보냈으니 특별함은 결국 다른 사람들에게서 오는 것 같다.

친구의 집은 이스트빌리지

L이 인턴으로 일하고 있던 영화 배급사에 들렀다. 잠깐 내려온 L과 짧고 진한 인사를 하고 머무는 동안 사용하게 될 보조 열쇠를 건네받았다. L은 보지 않은 새 머리가 많이 길어 있었고 그간 단단해진 분위기가 느껴져 뭉클했다. 친구의 부드럽고 어린 얼굴과 선이 명확해진 어른의 얼굴을 긴 시간에 걸쳐 알 수 있는 것은 행운인 것 같아 어쩐지 찔끔 눈물이 났다.

다시 혼자 이스트빌리지의 주소를 찾아갔고, 엘리베이터가 없어서 트렁크를 들고 올라가느라 남은 에너지를 다 썼다. 쇠로 된 열쇠라니 정말 오랜만이구나, 했는데 문이 나무 문이었다! 미국 드라마에서 형사들이 발로 차고 들어가면 쪼개지며 열리는 나무 문 말이다. 그것을 드라마에서 볼 때는 아무 생각 없었는데 직접 보니까 새삼 놀라웠다. 현관문은 당연히 철문인 줄 알았는데 미국 사람들, 나

무 문을 달고 용감하게 살고 있었다. 내 친구도 엄청 용감했다.

　　문 안쪽의 작은 원룸은 바닥 수평이 맞지 않아 물건들이 데굴데굴 굴러다녔으며, 모든 인테리어 요소는 나보다 나이가 많아 보였다. 바닥에 놓여 있는 매트리스는 L이 이탈리아 유학생에게 중고로 산 것이었다. 매트리스의 역사를 잠깐 떠올렸다 지운 후, 여기저기 위트 있게 꾸며져 있는 L의 집을 즐겁게 구경하다가 비행기에서 자지 못한 잠을 잤다.

L이 퇴근해서 돌아온 후, 함께하는 첫 식사로 24시간 아침 식사를 파는 가게에 가서 소화가 잘되는 메뉴를 골라 먹었다. 내내 메신저에서 이야기했었지만 누락되었던 부분을 빠르게 나누며 동기화를 마쳤던 기억이 난다. 그날부터 3주간 이스트빌리지에 살며 이스트빌리지를 아주 좋아하게 되었는데, 영화나 드라마에서 언급될 때마다 웃게 된다.

"너 그따위로 굴면, 네가 맨해튼에 도착했을 때 처음 살았던 이스트빌리지의 코딱지만 한 아파트로 돌아가게 해주지!"

주로 못된 직장 상사가 부하 직원을 윽박지를 때 자주 등장하는 동네 이름이었던 것이다. 이민자들, 학생들, 예술가들의 동네였다. 뉴욕의 다른 부분도 마찬가지겠지만 24시간 사이렌이 울렸다. 경찰차, 소방차, 구급차 중 어느 쪽의 사이렌인지 알 도리가 없었다. 아주 멀 때도 있고 가까울 때도 있었다. 사이렌도 사이렌이지만 L의 창턱은 동네 비둘기들의 다이빙 포인트여서 그것도 굉장했다. 비둘기 떼가 크게 한 바퀴 날 때, 그 시작점인 모양이었다. 말끔하지도 안전하지도 않은데 이스트빌리지가, 뉴욕이 왜 좋았을까? 여행 전에 사람들에게 뉴욕을 간다고 하면 잠시 머문 사람들은 기뻐하며 이것저것 알려주었고, 오래 살다 온 사람들은 어째선지 입을 꾹 다물었는데 시간 차를 두고 그 표정이 해석되었다. 뉴욕에 특별한 애착과 기억이 있어서 그것을 공유하고 싶지 않았던 것이다……. 그렇게 큰 도시를, 외계인이 지구를 침공하자마자 맨 처음으로 때려 부수는 도시를 공유하고 싶어 하지 않는다니 정말 매력 있는 곳임이 틀림없다.

물론 여행 초기의 뉴욕은 좀 위압적이었다. 일단 그 여행을 위해 일부러 구비한 미러리스 카메라를 처음 며칠은 들고 나가지 못했다. 내가 가방에서 큰 카메라를 꺼내는 순간 거리의 모든 사람들이 "관광객이다! 저기 관광객이 있다!" 하고 표적으로 삼을 것만 같았다. 오래된 똑딱이 카메라만 들고 일단 가까운 소호를 걷기 시작했다. 거리 곳곳에 아무렇지도 않게 설치 작품이 있었고, 설치 작품인가 싶어서 보면 그냥 누가 버린 가구이기도 했다.

많이 걸은 탓에 밤에 누우면 발이 뜨거워서 피곤한데도 금방 잠들지 못했다. 그래도 그 뜨거움은 어쩐지 기분이 좋았다. 수족냉증 같은 건 몇 년이고 걸리지 않을 것만 같은 뜨거움이었다.

중독의 시작

친구의 집에 머물지만 혼자 하는 여행이었다. L의 바쁜 일정을 최대한 방해하지 않으며 낮 시간을 평화롭게 보내는 건 성격에 잘 맞았다. 대부분은 미술관과 박물관을 어슬렁거렸다.

소호에서 살짝 대각선에 있는 뉴 뮤지엄 오브 컨템퍼러리 아트가 시작이었다. 건물 자체가 건축 그룹 SANNA의 작품으로 인상적이었다. 그곳이 내가 뉴욕에서 처음으로 방문한 미술관이었고 그때의 관객 참여형 전시와 전시를 함께 보았던 다른 관람객들까지 완벽했기 때문에, 이후 어디를 가든 현대미술관을 먼저 가고 계절마다 한 번씩 전시를 챙겨보게 된 것 같다. 현대미술의 동시대성은 너무나 근사한 자극이 된다. 압도적인 작품을 만나면 만날수록 더 원하게 되는 것 같다. 나를 놀라게 해봐, 생각하게 만들어봐, 전복시켜봐……. 지금 가장 새로운 걸 목격하고 있다는 즐거움, 살아 있는 아티스트의 손실되지 않고 전해지는 에너지 같은 것이 짜릿하다. 어떤 작품이 잊히고 어떤 작품이 고전이 될지 결정되지 않은 채로 뒤섞여 부글거리는 것도 멋지고 말이다. 아무것에도 중독되지 않는 사람이라는 자부심이 있었는데, 스물아홉 살에 그렇게 무너졌다.

뉴욕에서 방문한 미술관들의 리스트는 아래와 같다. 리스트를 짜는 데는 『뉴욕의 특별한 미술관』(권이선·이수형 지음, 아트북스, 2012)이 큰 도움이 되었다.

- 아트 앤드 디자인 뮤지엄
- 모건 도서관 / 미술관
- 휘트니 뮤지엄
- 구겐하임 뮤지엄
- 프릭 컬렉션
- 메트로폴리탄
- 모마
- 뉴욕 도서관 부속 갤러리
- 첼시의 갤러리들

모마나 메트로폴리탄같이 거대한 전시관도 좋지만, 다니면 다닐수록 두 시간 안쪽으로 볼 수 있는 적당한 규모의 공간들이 매력 있었다. 전시를 기획하는 사람들이 관람객의 동선을 장악할 수 있으면 전달력이 강해지는 게 아닐까 짐작해본다. 작품 하나당 시선이 머무는 시간 같은 것도 영향을 끼칠 것이다. 그런 면에서 첼시의 갤러리들도 대단했다. 열 군데쯤 있으려나, 하고 가벼운 마음으로 갔다가 끝없이 이어지는 갤러리 구역에 입을 다물지 못했다. 샅샅이 보려면 이틀은 잡아야 할 것 같았다. 전시들은 하나같이 또 얼마나 전위적인지, 콘서트장의 커다란 스피커에 지나치게 가까이 갔을 때 받는 충격 비슷한 것을 갤러리 문을 열 때마다 받았다. 그리고 그곳에서 놀라워하며 본 전시들이 한국의 미술 잡지에 1년 내내 실리는 것을 보고 기분이 미묘해졌다. 문화계의 중요한 무대가 한정적이라는 것, 서구의 특정 도시들에 치우쳐 있다는 것을 매번 곱씹게 된다. 소설 속 인물들이 자주 그러한 문화 패권에 대해 말하는 것은 여행하며 느낀 것들 때문이다. 어쨌든 직접 중요한 현장에 있다는 감각이 근사했으므로, 다음에 다시 뉴욕에 간다면 첼시에 숙소를 잡기로 마음먹는다.

뉴 뮤지엄에서 입장권을 사려다가 지갑에 있던 걸 모두 쏟고 말았던 기억도 난다. 주변 사람들이 친절하게 주워주었는데, 하필 음식점에서 나눠주는 코팅된 금박 달마대사를 주워주던 사람이 당황한 목소리로 말했다.

"음…… 부적을 떨어뜨렸네요."

달마대사가 어찌나 금빛으로 빛나던지 나도 당황했다. 부적 같은 게 아니라고 말하고 싶었지만 그러기엔 영어가 짧았고, 사실 달마대사를 좀 좋아하기도 해서 완전히 틀린 이야기는 아니었다. 여행 전 지갑 정리를 하면서 뺄까 하다가 그냥 두었던 것이다. 뺄걸. 그냥 뺄걸. 왠지 그 사람의 놀란 얼굴로 보아 그날 집에 가서 "오늘 미술관에 갔다가 웬 동양 여자가 지갑 내용물을 쏟아서 주워줬는데 글쎄, 무섭게 생긴 부처 부적을 넣고 다니는 거 있지?!" 할 것 같았다. 아시아인의 이미지가 신비주의와 멀어져야 한다고 여기고 있었는데 좋지 않은 쪽으로 일조해버렸다.

아트 앤드 디자인 뮤지엄에서 참여 작가를 직접 만났던 것도 인상 깊었다. 아트 앤드 디자인 뮤지엄이란 이름은 다소 온건하게 들리는데, 전시는 온건한 것과 한참 거리가 멀었다. 주제가 '티끌, 재, 먼지'여서 더 그랬는지도 모르지만 숯으로 구운 까마귀와 재로 만든 꽃병, 부서지는 해면으로 만든 해골 사이를 걸어 다니다 보니 하루에 이렇게 자극을 많이 받으면 내가 먼지가 되겠다 싶을 정도였다. 한 층에서는 샌드 아티스트 조 맹그럼 씨가 작업하는 모습을 직접 지켜볼 수 있었다. 맹그럼 씨가 색색의 모래로 바닥에 작품을 만들어나갈 때, 관람객들은 자연스레 이것저것 질문을 하기도 하고 잡담을 나누기도 했는데 맹그럼 씨도 그런 과정을 흥미로워하는 것 같앉다. '작가와 함께 호흡한다'를 그렇게까지 말 그대로 경험할 수 있을지 몰랐다. 텍스트로 작업하다 보니 그런 현장성과는 거리가 멀어 부러웠고, 언젠가 미술가들과 함께 작업할 수 있으면 좋겠다고 바라게 되었다. 그 바람은 2018년쯤부터 이루어져서 지금껏 시각예술 전시에 텍스트 작업으로 서너 번 참여하게 되었는데 겉으로는 프로페셔널한 얼굴을 유지하고 있었지만 속으로는 내내 즐거운 비명을 질렀다. 작품과 상호작용하며 의미를 생산하는 짧은 소설들을 쓰며 소원이 생각보다 일찍 이루어진 것을 벅차했다. 생뚱맞은 소원인 줄 알았는데 오래 품고 마음을 기울이고 있으면 가닿고 싶은 대상 쪽에도 신호가 가나 보다. 다른 영역의 아티스트들을 사랑한다. 책은 남의 책, 예술도 남의 예술이 최고…… 생산자인 것도 좋지만 향유자일 때 백배 행복하다. 향유라는 단어 자체가 입 안에서 향기롭다.

문화 예술을 향유하는 것은, 그러나 어쩌면 매우 환경과 훈련의 결과일지도 모르겠다. 『지구에서 한아뿐』의 헌사에 '아무리 해도 로또가 되지 않는 건 이미 엄마 아빠 딸로 태어났기 때문이에요'라고 쓴 것은 아부나 효도가 아니라 사실 진술에 가까웠다. 나의 부모님은 1950년대 중반에 태어나 가난과 싸우며 고학했고, 결국 교육을 통해 가난에서 벗어났다. 경영대 캠퍼스 커플이었는데, 엄마는 과의 유일한 여성이었다니 1970년대 중반은 대체 어떤 세상이었는지…… 두 분은 경제성장기에 사회인이 되어 여유가 생기자 억눌렸던 것을 해소하려는 듯, 책 음악 공연 영화 전시 여행 등 문화적 경험에 탐닉했다. IMF 때를 비롯해 주춤거린 시기야 있지만 기본적으로는 내내 멈추지 않았다. 먹는 것에도 입는 것에도 집을 가꾸는 데에도 심드렁한 채, 신발은 길에서 만 원짜리를 사더라도 책은 매주 사들여 탑을 쌓았다. 그런 부모님 곁에서 자라는 동안 나 역시 예술을 사랑하고 즐길 수밖에 없도록 빚어진 것이다. 믿을 수 없이 큰 혜택을 받고 컸다. 무형의 것을 받아서 뒤늦게 깨달았지만, 복권 당첨이었다. 노력해서 얻은 것이 아니라 거저 주어진 것이니 살면서 세상에 갚아야 하지 않을까 생각한다. (엄마 아빠한테도 갚을게요. 왠지 이 부분을 보면 "우리한테는?" 하고 전화하실 것 같아서……) 일단 롤 모델은 주윤발 배우다. 좋은 예술을 생산하며 간소하면서도 이타적으로 공동체에 기여하는 삶을 사는 것, 장기적으로 내가 누렸던 행운들을 갚고 싶다.

"우리가 어쩌다 이렇게 웃기는 애를 낳았지?"

막상 부모님은 내가 문화 예술인이 된 것에 매우 어리둥절하셨던 듯하다. 내가 소파에 누워서 자고 있을 때 두 분이서 그런 이야기를 나누는 걸 엿듣고 생각했다. 아니, 「프린세스 메이커」를 한 번만 해봤어도 아이를 그런 경험들에 노출시키면 결과가 뻔할 걸 알았을 텐데 안타깝다. 문화계에 종사하는 자녀를 둔 부모들에 대해 언제나 좀 짠한 마음을 가지고 있다. 부모님은 나를 여성 CEO로 키우는 게 목표였는데, 아직도 "그럼 이제 콘텐츠 사업을 할 거지?" 하고 희망을 못 버리셨다. 애잔한 경영대 캠퍼스 커플이여, 당신들의 딸은 물 건너갔습니다……. 그래도 대충 그럴 거라고 말하고 넘어간다.

어쨌건 좋아하는 것을 열렬히 좋아하는 편이고, 새로 좋아할 만한 것을 만날 준비가 항상 되어 있기도 해서 살아가는 데 큰 힘이 되는 것 같다. 뭔가 힘든 일을 만나 마음이 꺾였을 때 좋아할 만한 대상을 찾으려고 하면 이미 늦은 감이 있다. 괜찮은 날들에 잔뜩 만들어두고 나쁜 날들에 꺼내 쓰는 쪽이 낫지 않나 한다. 그런 의미에서 가끔 누가 "백 억이 생긴다면? 천 억이 생긴다면?" 하고 가정하는 질문을 던지면 작업을 쭉 따라가고 있는 동시대 작가의 전시회에 가서 "여기서부터 여기까지 다 제가 수집할게요" 하고 말하는 상상을 해버린다. 그리고 그 작품들을 다른 사람들과 나눌 전시관을 짓고 도서관도 하나 짓고 기왕 지은 김에 공연장까지……. 규모가 커지는 데 몇 초 걸리지 않으니 포부만큼은 CEO처럼 자랐는지도 모르겠다.

뉴욕 사람들이 자꾸 말을 걸었다

휘트니 뮤지엄에 들어갈 때, 신분증을 맡기고 음성 해설기를 빌렸다. 전시를 잘 보고 나와 다시 신분증을 찾으려 할 때 자원봉사자 할머니가 크게 웃으며 말을 걸었다.

"이게 당신이라고요? 정말요? 이때 몇 살이었어요? 거짓말! 지금보다 열 살은 많아 보이는데?"

내 주민등록증 사진이 분명 세상의 시름을 다 안은 듯 성숙하게 나오긴 했는데 그렇게까지 박장대소할 일인가? 외모 평가는 좋아하지 않지만 나는 할머니들을 좀 재밌어하는 편이고, 그 사진이 좀 웃기긴 웃기므로 같이 웃고 말았다. 그분이 지금도 건강하시고 외국인 방문객의 사진을 놀리는 것은 그만두셨길 바란다.

뉴욕 사람들은 의외로 자꾸 말을 걸어왔다. 뾰족하고 냉정할 줄 알았는데 하루에 한두 번씩 모르는 사람들과 대화하게 되었다.

"그 신발 어디서 샀어요?"

교과서에서 배웠던 "실례합니다"도 없이 그렇게 갑자기 대화가 시작되곤 했다. 정신이 없었지만 근사한 콘로 헤어의 동년배 여성이었으므로 얼른 대답했다.

"서울에서요. 여기에는 없는 브랜드 같아요."

"예쁜데 아쉽다."

진심을 담아 아쉬워하곤 쌩 가버렸다. 조금 길게 이야기했으면 귀국 후 소포 발송이라도 해드리고 싶었을 것이다. 또, 시내 아웃렛에서 아빠에게 선물할 셔츠를 고를 때였다.

"그쪽도 그거 살 거예요?"

아빠와 비슷한 나이의 아저씨였다. 아저씨의 손에 같은 셔츠가 들려 있어서 사이즈를 바꿔달라고 그러려나, 긴장하며 쳐다보았다.

"원단이 너무 좋지 않아요?"

"부드럽네요."

"누구 주게요?"

"아빠요."

"아주 잘 골랐다고 말해주고 싶었어요."

그렇게 말하고 역시 쌩 자리를 떠버렸다. 괜히 경계했던 게 무색했고 덕분에 잘 골랐다는 확신이 생겨서 기뻤다. 날이 지날수록, 아무 목적 없는 짧은 친교의 대화들에 점점 익숙해졌다. 뉴욕 사람들은 소문과 달리 다정했다. 멍한 표정을 지우고 얼른 대답할 준비를 해야 하는 것은 약간 버거웠지만, 다시는 서로 마주치지 않을 사람들이 아무래도 좋을 것에 대해 이야기를 나눌 때 잠시 따뜻해지는 분위기가 좋았다. 한국인 평균보다 살짝 더 외향적이다 보니 잘 맞았던 것도 같다. 먼저 말 걸 만큼은 아니지만 대화를 좋아하는 쪽이다.

도움도 많이 받았다. 길을 잃은 적은 많지 않지만 가끔 헤매고 있으면 빠른 걸음으로 지나가던 사람들이 멈춰 서서 먼저 방향을 알려주었다. 도움을 청하지 않아도 그렇게 알려줄 줄은 예상하지 못했다. 감사 인사는 거의 듣지도 않고 또 활보해서 사라지는 것도 놀라웠다. 여행이 끝나고 한동안은 빚을 갚아야겠다는 생각에 길에서 심각한 얼굴로 지도나 지도 앱을 보고 있는 관광객이 있으면 다가가 알려주었다. 간단한 방향을 가르쳐주거나, 지하철 환승 통로에 데려다주거나 하는 정도였지만……. 내가 뉴욕을 친절하게 기억하는 것처럼 그 사람들도 한국에 대해 좋은 기억을 가져갔으면 했다.

뉴요커들이 친절하더란 이야기를 했더니 뉴욕에 오래 산 사람들은 그다지 동의하지 않았다.

"관광객한테만 친절한 거예요. 뉴욕에 살다가 LA로 옮기고는 진짜 놀랐다니까요. 다들 지나치게 나이스해서 사기 치려는 줄 알았어요."

언젠가 LA를 직접 가보면 비교할 수 있겠지 싶다. 뉴욕 사람들보다도 말을 자주 걸려나?

　아직도 뉴욕에서 그렇게 아무렇지도 않은 대화들이 이어질지 모르겠다. 코로나19 이후 전 세계적으로 아시아인에 대한 혐오 폭력이 일어나고 있고 뉴스를 볼 때마다 몸서리를 친다. 내가 평화롭게 기억하는 공간들이 완전히 다른 표정을 하고 있을 테고 이 반(反)의 시대를 어떻게 살아가야 할지 명치가 차가워진다. 코로나19 대유행이 종식된 후에도 혐오는 길고 진득하게 남을 것이기에, 살고 있는 사람들에 대한 걱정이 가장 크고 여행도 예전보다 위험해질 수밖에 없을 것이라 예상한다.

　이런 말들을 하지 말아야겠다고 결심한다.

　"괜찮아. 거기 백 퍼센트 안전하고 사람들 좋기만 해. 나쁜 일이 일어날 리 없어. 내가 멀쩡하게 다녀왔잖아?"

　여행은 기껏해야 쥘 베른이 『80일간의 세계 일주』를 썼을 때부터나 안전했고, 그 전의 수천 년간은 언제나 목숨을 걸어야 하는 일이었다. 누군가 어떤 여행지에서 안전하게 돌아왔다는 것은 그 여행지가 유난히 선량한 장소라서가 아니라, 여행의 보드게임 판에서 던진 주사위가 좋은 숫자였던 것뿐일 가능성이 높다. 주사위에는 나쁜 숫자도 있다. 평소에도 폭력의 표적이 되는 일은 흔하지만, 낯선 장소에서 여행자들이 얼마나 두드러지는 존재인지 고려하면 확률은 더 나빠진다. 여행은 눈에 띄는 나약한 표적이, 되는 걸 감수하고 하는 행위인 것이다.

　그러니 사실 여행을 하는 사람들은 알게 모르게 최악을 각오하고 여행하는지도 모른다. 예민한 사람들은 그 사실을 명확하게 인지하고 있고, 조금 더 신경이 굵은 사람들은 무의식 깊이 묻어놓았겠지만. 아름다운 해변에도 맹독성 해파리들이 있고, 환한 잔디밭에서도 흉기가 칼집에서 빠져나온다. 세계는, 인류는, 문명은 순식간에 백 년씩 거꾸로 돌아가기도 하고 그럴 때 슬픔을 느낄 수 있는 사람들이 그렇지 않은 사람들을 견뎌야만 한다.

　같은 장소에서 언제나 같은 일들이 벌어지지는 않는다는 걸 알고, 지금이 그리 좋지 않은 시대라는 걸 인정하면서도 어디선가 다정한 대화들이 계속되고 있길 바라는 마음만큼은 버릴 수가 없다.

그렇게 삼손처럼 서서,

교통수단 이용 방법은 참 비슷한 듯 달라서, 자칫하다가는 상식 없는 사람처럼 보이게 되고 만다. 처음 뉴욕 지하철 메트로 카드를 구매하고 사용하는 걸 익히는 데도 좀 걸렸다. 충전 기계마다 결제 수단이 다른 데다 오류도 많이 났고, 메트로 카드 자체가 가져다 대는 식이 아니라 긁는 식이라 그것도 어려웠다. 같은 역에서도 잘못 들어가 두 번 결제해야 하는 경우가 생겼다.

플랫폼에 서 있으면, 선로의 어마어마한 쓰레기 산이 경악스러웠다. 레일과 레일 사이에 그렇게까지 쓰레기를 많이 버리다니 이해할 수 없었다. 그리고 그 쓰레기 더미를 뒤지는 거대한 쥐들······. 어린 시절의 기억이 틀린 것이 아니었다. 쥐가 정말 컸고 플랫폼이 한국보다 훨씬 낮았기 때문에 눈이 자꾸 마주쳤다. 어찌나 당당히 사람을 마주 보던지, 「닌자 거북이」의 스플린터 스승님은 정말 있을 법한 캐릭터구나 싶었다. 쥐들도 행복하게 잘 살아야겠지만 사람들과 영역은 확실히 구분되었으면 하고, 그런 면에서 길고양이들에게 공공의 차원에서 잘해줄 필요가 있다. 그런데 또 길고양이 수가 지나치게 늘면 새들이 위협을 받게 된다고 읽어서 지금처럼 중성화 사업을 계속하며 동물의 판매나 유기를 방지하는 일에도 노력을 기울여야 할 것 같다.

뉴욕 지하철의 어두움과 낡음에 익숙해지고 나니, 다른 것들도 눈에 들어왔다. 에스컬레이터도 엘리베이터도 너무 모자랐다. 교통 약자들은 어떻게 이용하는 걸까 걱정이 되었다. 한국 지하철역에 엘리베이터가 생긴 것은 2001년 오이도역에서 발생한 리프트 사고 이후 장애인 차별 철폐 운동가들이 항의한 결과였다. 그야말로 뒤늦은 개선이었고 여전히 갈 길이 먼데, 그런 한국에 비해도 뉴욕 상황이 심해 보였다. 세계 최고의 도시라면서 어떻게 그 정도로 형편없는 건지, 내가 잘못 느낀 건지 혼란스러웠다. 여행 후 관련하여 찾아보니 논의가 많았다. 2019년 기준으로 뉴욕 지하철역의 4분의 1 정도에만 엘리베이터가 있다고 한다. 그토록 낮은 수준인 이유는 1904년에 지어졌기 때문에 역을 개선하는 데 기술적인 난항이 많고, 엘리베이터 설치에 드는 돈보다 지상층에 엘리베이터를 위한 부동산을 구매하는 데 비용이 더 드는 나머지 예산이 부족해서란다. (『뉴욕 타임스』 2019년 10월 17일 기사를 참고했다.) 폭등한 땅값이라는 아득한 이유로 해결이 더딜 듯하다.

후발 주자의 이점이라는 게 분명 있다. 앞서 다른 나라들이 한 실수들을 살펴보고 적극적으로 피할 수 있다는 것은 유리한 부분이니, 그 유리함을 더 이용해야 하지 않을까? 우리나라의 시스템은 상대적으로 젊은 편이고, 문제가 고착되기 전에 방안을 마련할 기회가 주어진 것이나 다름없다. 미루고 방치했다가는 날뛰는 부동산 가격 때문에 지하철역에 엘리베이터가 없는 사태가 일어나버린다는 걸 잊지 말아야 할 것 같다.

전철에 익숙해지고 나서, 버스에도 도전했다. 맨해튼의 버스 노선은 촘촘하고, 느리게 달리고 느리게 멈추어서 좋아 보였다. 문제는 나였다. 여행 책을 여섯 권이나 읽고 갔는데도 큰 실수를 해버린 것이다. 처음 탄 버스에서, 사람들이 뒷문으로 내리면서 문을 손으로 밀어 여는 걸 보았다. 미닫이가 아니라 여닫이인 데다 수동이라 깜짝 놀랐는데, 맨 마지막에 내리게 된 나는 당연히 닫을 때도 수동인 줄 알고 힘주어 원상 복귀시키려 애썼던 것이다. 양쪽 문에 손을 하나씩 얹고 마치 건물을 무너뜨리려는 삼손처럼 서서 낑낑거렸다……. 아직도 생각하면 너무 민망한데 나 때문에 버스가 출발하지 못했고, 안에 탄 사람들은 황당해하는 표정으로 쳐다보았다. 이상하다는 걸 눈치챈 후 문에서 가장 가까운 사람에게 물었다.

"이거 닫을 때는 손으로 하는 거 아니에요?"

"아닙니다. 제발 놔요."

그분은 결국 웃음을 터뜨렸고 나는 9년이 지난 지금까지 부끄럽다. 수동이면 다 수동이든지, 자동이면 다 자동이든지 해야지 열 때만 수동이라니 헷갈려버렸다. 요즘에도 설마 힘으로 열고 내리는 버스 문인가 궁금해서 찾아보니, 살짝 바뀌어서 가볍게 터치하면 열린다고 한다. 사소한 착각으로 순식간에 기인이 되어버릴 수 있다는 걸 깨닫고는 어딜 가든 열심히 '전철 타는 법' '버스 타는 법'을 검색해보고 가게 되었다. 부끄러운 일화지만 혹 뉴욕에 뻑뻑한 문의 버스가 남아 있을지도 모르니까 적어둔다.

아무도 내 이름을 제대로 불러주지 않았다

콜럼버스 서클에 있는 타임 워너 센터의 샌드위치 가게에서였다. 샌드위치가 나오면 이름을 불러주겠다고 해서 창가 자리를 잡고 기다렸는데 20분 가까이 되도록 소식이 없었다. 생각보다 오래 걸리나 보네, 하고 있는데 문득 저 멀리서 뛰어다니며 애틋한 목소리로 "테렁! 테렁!" 외치고 있는 점원이 보였다. 그 넓은 건물의 온 층을 누비며 주문한 사람을 찾고 있었다. 설마 저 사람 나를 부르나, 깜짝 놀라서 나도 추격전을 하다시피 뛰어갔다.

그 샌드위치는 정말로 내 샌드위치였다. 직원은 자기 발음이 부정확한 게 미안했던 모양이다.

"식었는데 버리고 다시 만들어드릴까요?"

"아뇨, 아뇨, 괜찮아요. 그냥 먹을게요."

"미안해요. 이름을 잘못 불러서. 정확히는 어떻게 발음한다고요?

가르쳐줄 수 있어요?"

"세랑."

"테렁."

"세랑."

"테렁."

"……네, 그거예요."

포기하고 넘어가기로 했다. 문제는 비슷한 일이 반복되었다는
것이다. 앉아서 먹는 레스토랑이 아닌 다음에야 음식도 음료도 받
을 수가 없었다. 그렇게 어려운 이름도 아닌데 아예 잘못 받아 적거
나, 완전히 다른 발음으로 부르니 불편해서 아무 영어 이름을 댔다.
그건 그것대로 내가 까먹어버려서 곤란했다. 외국과 일하는 회사에
다니는 친구들이 영어 이름을 만드는 이유가 이해되었다. 친구들은
어쩐지 자존심 상하는 일이라고 속상해하면서도, 몇 년씩 함께 일한
후에도 한국 이름을 영영 외우지 못하는 거래처 사람들 때문에 참고
영어 이름을 쓴다고 했다.

K팝이 인기이니 점점 나아지려나? 아이돌들의 본명을 외울 수
있으면 다른 한국 이름도 외울 수 있지 싶다. K팝을 좋아하게 된 데
는 여러 이유가 있겠지만, 한국과 아시아를 중요한 현장으로 만들었
다는 것에 큰 반가움을 느껴서였다. 문화적인 무게중심을 옮겨 왔다
는 것은 대단한 일이다. 그런 현상이 지난 백 년간 또 있었나? 혹은

2백 년간을 따져도? 물론 한국의 다른 모든 분야와 같이 극단적인 경쟁을 기반으로 굴러간다는 점에서 개선할 부분은 많지만 말이다. 쉬운 일은 아니어도 복잡한 것을 복잡하게 사랑하고 싶다.

희망적이긴 한데, 한국 이름들이 제대로 발음되려면 좀 더 기다려야 할 것 같다. 책들이 번역되고 드라마가 만들어지며 내 이름이 적어도 다섯 가지 버전의 표기로 세계를 떠돌고 있는 걸 보았다. 그렇게 어려운 조합도 아니고 보도자료에 분명 명기되어 있을 텐데 아무도 아시아인의 이름을 똑바로 적으려는 성의를 보이지 않는 것이다. 결국 모든 것은 권력의 문제가 아닐까 시니컬해질 때가 있다.

뉴요커는 보닛을 두드린다

2차선 도로의 신호등이 없는 횡단보도였다. 짧은 횡단보도인데 차들이 끝없이 꼬리를 물어서 건널 수가 없었다. 내 앞에 서 있던, 아기 캐리어를 앞으로 멘 여성분이 손을 번쩍 들었다. 건너겠다는 표시려나 했는데 웬걸, 높이 든 가운뎃손가락이었다. 그 여성분의 긴 팔, 쭉뻗은 손가락, 분노를 표시하던 입체적인 근육이 아직도 머릿속에 선하다. 공중에 그렇게 욕을 하며 40초쯤 기다리자 드디어 차가 멈추었고 보행자들이 건널 수 있었다. 우와, 뉴요커다. 드디어 진짜 말로만 듣던 뉴요커를 보았구나! 깊은 인상을 받은 나는 귀가하여 L에게 그 이야기를 한참 했다. L도 고개를 끄덕였다.

"소호를 걸어 다닌다고 다 뉴요커가 아니지. 진짜 뉴요커는 매너 없이 횡단보도에 밀고 들어온 차 보닛을 쾅쾅 내리치며 퍽 유, 퍽 유, 리듬 있게 욕하는 사람이지."

그렇군, 그렇단 말이지, 하고 깔깔댔는데 이후로 가끔 매너 없는 차를 볼 때 뉴욕이었으면 보닛이 찌그러졌을 거라고 속으로 욕을 하게 되었다.

나는 L과 가까운 다른 유학생들과도 시간을 함께 보낼 수 있었고, 그것은 무척이나 값진 경험이었다. 온갖 전공의 사람들이 뉴욕에서 공부하며 진취적인 경로로 나아가고 있었기에 이야기를 나누는 것만으로도 시야가 넓어지는 느낌이었다. 유학은 외로운 모험일 수밖에 없고, 가능성을 진지하게 모색하는 사람들의 옆얼굴을 보는 시간은 어쩐지 벅찼다. 대부분의 시간에 음식을 해 먹고, 걷고, 페이스북 친구가 되고 그랬을 뿐이지만 말이다.

"세랑 씨, 오늘은 어딜 다녀왔다고요?"

"XX랑 OO랑 **를 다녀왔어요."

"부지런히도 다녔네요. 나는 여기 2년을 있었는데 왜 거길 한 번도 안 가봤지?"

그렇게 갸웃하는 그분들의 표정에서 머무는 사람들만의 생활 감각이 엿보였다. 길게 머무는 사람들은 굳이 관광하지 않으니까. 관광지가 아닌, 평소에 좋아하는 장소를 소개받는 것도 기쁜 일이었다. 특별히 기억에 남는 곳은 트라이베카의 파이 가게다. 나는 그곳에서 맛본 루바브 파이를 잊지 못해 한동안 끙끙거렸다. 별로 맛있어 보이지도 않는 대황을 굳이 파이에 넣어보겠다고 최초로 시도한 사람

은 누굴까? 뉘신지 몰라도 시간과 공간을 뛰어넘어 큰 박수 보냅니
다…….「맨 인 블랙」을 다시 보다가 주인공들이 루바브 파이를 먹는
장면을 보고 입 안에 달고 아삭한 맛이 떠올랐다.

　　몇 주 머물다 가는 날 위해 귀한 주말 시간에 긴 산책을 함께해
주고, 아늑한 홈 파티에 한 자리를 내어준 분들의 환대가 얼마나 깊
은 마음에서 나왔는지 시간이 흐를수록 더 감사하게 되었다. 그때
그분들께 안부를 전하고 싶다. 내가 아는 뉴욕 사람들, 이제는 뉴욕
에 없는 뉴욕 사람들에게.

관광객은 사랑스럽지만 관광산업은 사랑스럽지 않아

L이 데려가준 가게들 중에는 간판 없는 가게들이 많았다. 낡고 어둑한 계단을 올라가면 아무 표식도 없이 가게들이 숨어 있었다. 도무지 뭐가 있을 것 같지 않은데, 문을 열고 들어가면 사람들이 왁자지껄한 식이었다. 밀어닥치는 관광객들을 피해 현지인들이 시간을 보내는 장소들이라는데, 백 퍼센트 순도의 관광객으로서 그런 가게에 앉아 있자니 조금 섭섭한 기분이 들었다. 관광객들이 그렇게나 밉나? 따돌리고 싶나? 아무래도 꽁하게 되었다.

사실 한국을 방문하는 관광객들을 사랑스럽다고 생각하는 편이다. 언젠가 한번은, 아주 평범한 거리를 열심히 사진으로 담는 관광객을 본 적이 있다. 작은 카메라에 대체 무엇을 담는지 궁금해서 나도 그 방향을 쳐다보았는데 특이할 게 없는 상가 건물들일 뿐이었다. 오래된 건물도 아니고, 현대적인 건물도 아니고, 하다못해 간판이 많이 달리지도 않았던데 왜 그 풍경이 그분께는 진지한 포착 대상이었을까? 관광객들은 그곳에 사는 사람들과는 다른 망으로 정보들을 건져내는 것 같고 그 시선에 매료될 때가 있다. 명동에서 직장 생활을 하는 친구는 한국 사람들에게는 알려져 있지 않은데 관광객들이 이상하게 모여드는 음식점에 가보았더니 의외로 맛있었다며 이후 유심히 지켜본다고 했다. 역시 사랑스럽다.

상암동 MBC 앞 간이 스케이트장은 빙질이 좋지 않아 다들 스케이트를 탄다기보다 주춤주춤 얼음을 찍고 다닐 수밖에 없는데, 추운 나라에서 왔음이 분명한 분이 어마어마하게 유려하게 스케이트를 타는 모습도 대단했다. 어디인지 몰라도 사방에 자연 스케이트장이 있는 곳에서 자라셨군요? 그 모습을 보니 빙질을 탓할 수 없었다. 추운 나라에서 오는 사람들은 티가 많이 나는 것 같다. 11월에 햇볕이 좋다며 수영복에 가까운 차림을 하고 일광욕을 하는 것을 보면 미소 짓게 되지 않는지? 반대로 더운 나라에서 온 사람들이 봄에도 엄청 껴입은 채 테디 베어가 되어버리는 것에도 눈으로 웃게 된다.

대형 마트의 푸드 코트에서, 일군의 사람들이 메뉴를 고민하는 모습을 보고 의아했던 적도 있다. 슈퍼마켓의 푸드 코트일 뿐인데 왜 그렇게까지 심각하게 고민하는 거지, 했는데 나중에 쓰는 말을 들어보니 여행자들이었다. 아, 그렇다면 한 끼 한 끼가 소중하지요! 고개를 끄덕일 수밖에 없었다. 어떤 사람이 한 장소를 그해의 휴가지로 고를 때에 기준이 되는 애정은 어쩌면 꽤 상당할지도 모른다. 순정한 애정…… 그 마음은 사랑스러울 수밖에 없다.

그런데 관광객은 사랑스럽지만 관광산업은 사랑스럽지 않다는 걸 요 몇 년 새에 자주 생각하게 되었다. 전 세계가 비대한 관광산업으로 몸살을 앓았었다. 런던이나 바르셀로나 부동산 동향은 확실히 정상이 아니다. 기업형 부동산 회사가 건물들을 사들여 숙소로 관광객들에게 제공하고, 실제로 그곳에서 살며 일하는 사람들은 도시에서 쫓겨나며 기괴한 변질이 일어났다. 필리핀 정부는 관광객들로 인해 훼손된 보라카이섬을 회복시키기 위해 6개월 동안 봉쇄하는 조치를 취했다. 제주도의 지하수 부족과 하수처리 역량 부족 역시 외부인이 현지인에게 주고 있는 피해다. 에베레스트 등산로가 더러워져 네팔 정부가 청소를 시작했더니 쓰레기 11톤이 나왔다고 한다. 산토리니는 2017년부터 크루즈선에서 하선하는 사람 수를 하루 8천 명으로 제한했다. 여러 나라의 여러 곳에서 다양한 정책을 통해 과잉 관광을 막으려고 애쓰고 있었다. 어딘가를 사랑해서 여행을 하기로 했는데 그 여행의 결과가 그곳의 황폐화라면……. 관광이 거대하고 난폭한 산업일 때, 개개인의 고민은 깊어진다. 지금의 코로나19 팬데믹이 끝나면 관광산업은 어떤 모습이 될까? 더 나은 방향을 택할 수 있을까? 팬데믹으로 입은 피해에서 관광산업이 원활히 회복되길 바라지만, 하던 방식 그대로의 과거로 돌아가지는 않았으면 한다.

　이 멈춤의 시간들이 끝나서 사람들이 내가 사는 곳으로 여행을 오면, 차갑지 않게 대하는 쪽이 되고 싶다. 언젠가 한국 사람들도 간판이 없는 음식점으로 관광객을 피해 숨어들까? 현지인들만 알 수 있는 비밀 공간들을 만들어나갈까? 어느 순간 허용 능력을 벗어나게 되면 그럴지도 모르겠다. 그래도 설렘과 애정을 품고 방문한 사람들을 너무 쉽게 미워하지 않으면서, 지켜야 할 것들을 망가지지 않게 지킬 수 있으면 좋겠다고 바라본다.

S가 왔다

뉴욕을 혼자 걷는 것에 익숙해질 즈음, 캐나다에서 교환학생으로 있던 과 후배 S가 합류했다. 북미 여행을 하는데 일정이 비슷하니 내가 있는 기간에 뉴욕에 들르겠다고 했고 정말로 그렇게 한 것이다. 여행 전에 S와도 메신저를 자주 했는데, 주로 이와 비슷한 대화를 하곤 했었다.

S   누나, 스노 부츠가 필요해서 고르고 있는데 이것들 중에 어떤
         게 제일 나아 보이나요?

나   두 번째로 보내준 게 제일 따뜻하고 편해 보인다!

정말 추운 지역에 있었는지 뉴욕에 도착한 S는 민소매 티셔츠와 샌들 차림이었다. 5월의 뉴욕은 그렇게까지 덥지는 않는데, 캐나

다가 S의 온도 감각을 뭔가 바꿔버린 것 같았다. (그리고 며칠 후 S는 몸살에 걸렸다.) 이미 긴 여행을 소화한 다음이라 여행자 느낌이 물씬 났다. 나를 보자마자 가방 안에서 캐나다의 명물 아이스 와인을 꺼냈고, 녹록지 않았을 그레이하운드 버스 여행길에 깨지기 쉬운 와인 병을 그때껏 들고 와줬다니 나도 L도 크게 감동받고 말았다. 그 가늘고 긴 병에 든 새콤달콤한 와인은 애지중지 아껴놓았다가 S가 다음 목적지로 떠나는 날 밤 다 함께 마셨다.

세 학번 아래의 S와 왜 친해지게 되었는지는 애매한데, 나와 내 친구들이 모일 때 S도 낀 지 오래되었다. 가까이 지내는 사람들은 말의 농도가 비슷한 게 아닐까? 어떤 사람들은 만나는 내내 자기 이야기만 늘어놔서 숨이 막히고, 또 어떤 사람들은 좀처럼 자기 이야기를 하지 않아서 상대에게 그 여백을 숨 가쁘게 채우게 하는데 말의 농도가 비슷한 사람들끼리는 편하니까. 그 농도가 비슷하지 않은 사람끼리 길게 보기는 어려운 것 같다. S와도 대충 그런 이유로 친한 것 같았지만, S는 어떻게 생각하는지 궁금해서 물어본 적이 있다.

나　　너는 왜 우리랑 계속 노는 거야?
S　　보통 맛없는 맥줏집에서 매일 똑같은 이야기만 하는데 누나
　　　들이랑 놀면 제일 맛있는 디저트를 먹고 대화의 질도 높아서
　　　좋아요.

나 그렇구나.

여성 대상 강력범죄가 하루가 멀다 하고 보도되는 시대에, 어떻게 선한 남성 캐릭터를 쓰느냐는 질문을 반복해서 받곤 하는데 주변에 S와 같은 친구들이 있기 때문에 자연스레 유사한 인물들을 쓰게 되는 것 같다. 사람을 좋아하는 편이다 보니 여러 혼성 그룹에 소속되어 있다. 혼성 그룹이라고 말하면 어쩐지 댄스 그룹만 떠오르지만, 여러 성별의 친구들이 이입할 수 있는 캐릭터가 내 소설 속에 있으면 좋겠다. 악하고 폭력적인 사람만 아니면 아무도 배제되지 않는 세계를 그리고 싶다.

줄곧 관심이 있는 것은 미디어와 현실 사이의 되먹임 관계다. 시민으로 기능하는 남성들은 혐오의 시대에 남성을 대표하지 못하고 그러다 보니 미디어에서도 지나치게 다뤄지지 않는데, 되먹임이 쌓이면 그 점이 위험할 수도 있겠다고 생각해왔다. 미디어에는 범죄자에 가까운 남성들의 이미지만 넘쳐난다. 언론에서도 신이 나서 확성기를 들이대고, 온갖 이야기 매체에서도 마찬가지다. 가학적이고 위법적인 인물들이 우리 공동체에 굉장히 낮은 기준선을 제시하고 있는데, 그 선을 좀 끌어올릴 필요가 있지 않을까? 아예 끔찍한 범죄자들은 바뀔 리 없고 그저 사회로부터 격리시켜야 하겠지만, 시간에 따라 생각이 변화하는 대다수의 사람들이 '이건 돼' '저건 안 돼' 용인하는 선을 바꾸는 게 변화의 핵심이지 싶다. 특히 자라나는 세대에게 새로운 남성상을 제시하고 싶었는데 유해하지 않은, 시민으로 기능하는 남성 캐릭터를 매력적인 주인공으로 두는 전략은 나이브하지 않느냐는 비판을 받게 되었고 확실히 나에겐 물러 터진 구석이 있는 것 같다. 현실 약간 옆 안전한 공기층을 만드는 방식의 작가라서 그런 것이겠지 싶다. 그래도 10년 넘게 소설을 쓰면서 알게 된 것은, 사람들이 픽션 속의 캐릭터를 생각보다 자주 닮고 싶어 하고 또 그와 친해지고 싶어 한다는 것이다. 이 작업은 사실 남성 창작자들이 해야 하는 것인데 하는 사람이 적은 것 같기도 하다. 남성성의 이미지를 함께 살아가고 싶은 모델 쪽으로 슬쩍 옮기는 것이 효과가 있을지 하는 데까지 해보고 안 되면 다른 전략을 써야겠지만, 세상을 바꾸는 데는 늘 찌르는 전략과 녹이는 전략이 병행되어야 한다고 믿어왔다. 그리고 나는 녹이는 걸 잘하기에, 자꾸 친구들의 좋아하는 면을 소설 속에 녹인다. 참혹한 현실을 외면하기 위해서가 아니라, 그다음을 상상하기 위해서. S도 『피프티 피플』에 주인공 중 한 명으로 이름이 들어가 있다. 물론 직업도 배경도 다 다르고 그저 큰 눈으로 잘 울면서 묘하게 꼿꼿한 데가 있는 성격만 빌렸지만 말이다.

　　S는 당시 카우치 서핑으로 여행하고 있었다. 카우치 서핑은 대화나 문화 교류 등 비영리적 목적으로 호스트가 게스트에게 무료로 숙박 공간을 제공하는 일종의 친교 활동이다. 그때만 해도 낯설어서

S가 설명해준 걸 듣고는 너무 위험하지 않은가, 걱정될 정도였다. 버스와 모르는 사람들의 집으로 구성된 여행이라니, 나로서는 꿈꿀 수 없는 종류의 여행이었다. 세계에 대한 믿음은 S가 나보다도 한 수 위인 듯하다.

멀리, 뉴욕에서 반갑게 만난 우리는 같이 가고 싶은 곳은 같이 가고, 의견이 일치하지 않을 때는 따로 다녔다. 신나게 메트로폴리탄과 자연사 박물관을 함께 갔고, S가 양키스 스타디움을 가는 날엔 내가 첼시의 갤러리를 가는 식이었다. 느슨한 동행이 있어 한층 즐거웠다. 우정은 차갑고 기분 좋은 아이스 와인의 느낌으로 지속되고 있다.

메트로폴리탄 박물관에서

열 살 때, 사촌 언니와 박물관을 방문했던 기억이 하나도 나지 않을 것 같았는데 건물에 들어서자 희미한 동선이 그려졌다. 같은 장소를 20년 만에 다시 가보는 것은 특별한 경험이었다. 박물관의 마스코트인 파란 하마 윌리엄을 재회하니 좋았다. 1993년 여름엔 에어컨이 굉장히 세서, 엄마가 윌리엄이 그려진 성인용 티셔츠를 사서 추워하는 내게 덧입혔고 그 티셔츠는 결국 보물이 되었다. 사이즈가 커서 긴팔처럼 입을 수 있었는데 점점 그 티셔츠에 맞게 몸이 자라났으므로 고등학교 3학년 때는 드디어 반팔로 입고 졸업 사진을 찍었다. 이제 많이 해져서 입지는 않고 보관만 하고 있는데, 나에겐 보물이지만 다른 사람이 보기엔 너덜너덜한 헌 옷일 것이다. 차마 버리지 못하는 티셔츠, 20년이 된 티셔츠가 누구에게나 한 장씩은 있지 않을까? 파란 하마가 오랜 친구처럼 느껴졌다.

이디스 워튼의 소설 『순수의 시대』에 메트로폴리탄 개장 당시를 그린 장면이 있다. 맞춤 장갑을 끼고 마차를 타고 다니던 1870년대 뉴욕 사람들이, 막 문을 연 메트로폴리탄을 두고 "지금은 형편없지만 언젠가는 꽤 괜찮은 박물관이 될 것 같지 않아요?" 말하며 웃는 장면. 그들의 예상대로 메트로폴리탄 박물관은 뉴욕을 대표하는 공간으로 성장했다. 느리고 꼼꼼하게 관람하면 적어도 일주일은 보낼 수 있을 것 같았다. 아름다운 그리스 조각의 양감을 한껏 느끼고, 모아이와 키 재기를 하고, 이집트관에 가서 사촌 언니와 함께 보았던 미라가 그새 얼마나 늙었는지 잠시 들여다보았다. 신전이 하나 통째로 있기에 막무가내로 뜯어 온 줄 알았더니, 이집트 정부의 선물이어서 안심이 되었다.

제국주의적으로 출발한 박물관들이 제국주의에서 벗어나려고 노력하고는 있지만, 구성부터가 역사와 문명의 일그러진 부분을 그대로 담고 있어 불편해질 때가 있다. 아시아의 박물관에 서양 유물이 풍부한 경우는 잘 없다. 반면 서구에선 어딜 가나 아시아 유물이 풍부하다. 이런 포함과 불포함의 관계들을 생각하면 입맛이 쓸 수밖에 없다. 동양이 근대화의 정신없는 급물살에 휩쓸려 있던 시기에 서양은 상대를 끊임없이 연구했다. 모으고, 분류하고, 정리했다. 세계는 그런 식으로 만난 것이다. 한쪽이 다른 한쪽에 일방적으로 포함당하며……. 이 마음속의 요철에 대해서는 어떤 식으로든 계속 쓸 수밖에 없을 듯싶다.

복잡한 생각들을 한구석에 몰아두고 나면, 죽고 없는 사람들의 솜씨에 마음이 저릿하기도 하다. 특별히 좋아하는 것은 전혀 유명하지 않은 유물들이다. 이를테면 수천 년 전에 점토로 만든 새 같은 것들……. 정말이지 어느 나라 어느 박물관에 가도 비슷하게 생긴 통통한 새들이 있는데 매번 볼 때마다 좋아해버리고 만다. 점토가 남으면 비둘기나 오리 같은 것을 만들고 싶어 하는 마음에 인류의 본질

이 있고, 그 대단하지 않은 유물들이 수천 년 보존된 것도 다정하기 그지없다.

언젠가 메트로폴리탄에 세 번째로 간다면, 두 번째로 갔을 때와 마찬가지로 비 오는 날에 가고 싶다. 전시관과 전시관 사이 빗물이 흐르고 공원이 내다보이는 유리창이 아름다워 낮게 한숨 쉬고 말았던 기억이 난다. 어떤 풍경에 반했을 때 자연스럽게 나오는 한숨을 아는지? 그런 한숨이었다. 일기예보가 아주 어긋난다면, 메트로폴리탄 박물관이 도입부에 나오는 도나 타트의 소설 『황금방울새』를 들고 가 읽다가 걷다가 해도 좋을 듯하다. 결국 박물관은 '한 번 봤으면 됐다' 하는 장소가 아니라 몇 번이고 재방문하고 싶은 장소여야 하나 보다. 더하여, 뉴욕을 다룬 책들에는 입을 모아 메트로폴리탄의 현대미술 파트가 별로라고 쓰여 있었는데 물론 모마보다 규모는 작지만 인상적인 작품들이 알차게 들어차 있어 빠뜨리면 안 될 듯하다. 여행 책들을 너무 믿으면 안 된다는 걸 배웠다.

박물관의 폐장 시간에 한꺼번에 밀려나온 사람들이 한 방향으로 걸으며 만드는 행렬에 슬쩍 동참해본 것도 좋았다. 그 물결 속에서 걷고 있자니 청어라든지 정어리라든지 떼로 다니는 물고기가 된 기분이었다.

자연사 박물관은 왜 좋을까?

사실 자연사 박물관은 어느 도시나 비슷한 구색을 갖추고 있어, 여행지에서 굳이 가지 않아도 되는 곳인데도 뉴욕에서 꼭 가보고 싶었다. 「박물관이 살아 있다」영화 시리즈를 좋아해서일까? 그 영화를 너무 좋아해서 오마주 삼아 단편소설도 한 편 썼을 정도다.

박물관으로 향하는데, 전철역 전체가 자연사 박물관 테마로 타일 장식이 되어 있어 설레었다. 자연사 박물관을 나만큼 좋아하는 친한 선배가 어린 딸을 데리고 방문했을 때 이야기를 해준 적이 있다. 네 살이었던 딸은 자연사 박물관에 간 것이 한껏 재밌었던 나머지 박물관을 나오면서 타일 속 전갈을 다정하게 쓰다듬으며 선언했다고 한다.

"얘랑 나는 이제 제일 친한 친구가 될 거예요!"

선배는 잠시, 자연에 대한 딸의 사랑을 북돋아줘야 할지 정확한 지식을 전달해줘야 할지 곤혹스러웠지만 결국 후자를 택했다.

"음…… 걔는 널 진짜로 만나면 독침으로 쏴버릴 텐데."

그러자 아이는 깜짝 놀라며 손을 떼었다고 한다. 타일로 만들어진 전갈이 진짜 전갈인 것처럼. 전해 듣는 것만으로도 웃음 짓게 했던 그 대화가 의외로 오래도록 기억이 난다. 그런 순간을 나는 문학적 순간이라고 부르는데, 아마 미술계 분들은 미술적 순간으로 부르고, 영화계 분들은 영화적 순간이라고 부를 것이다.

전갈과 친구가 되기 어렵다는 건 알지만, 하루 종일 박물관에 있을 수 있을 것 같았다. 공룡 뼈들이 압도적으로 인기였고 인기 없는 관도 아주 즐거웠다. 17세기 조선의 사랑방을 재현해놓은 한국 코너도 발견했는데, 그곳의 여자 마네킹이 나랑 상당히 닮아서 깜짝 놀랐다. 내 얼굴이 17세기 조선 여자 얼굴이구나 싶었다.

"누나랑 닮았는데요."

속으로 놀라고 있는데 S가 확인시켜주어서 깔깔 웃고 말았다. 평범한 얼굴, 그야말로 북방계 한국인 얼굴인데 그게 좀 편할 때가 있다. 기억에 잘 남지 않고 사진마다 다르게 찍히는 얼굴이라 싫은 사람을 마주치면 모른 척하기 좋다. 좋아하는 사람에겐 내가 먼저 아는 척하면 되니까.

가장 좋았던 건 해양생물관의 거대한 고래였다. 물론 모형이지만 너무나 크고 푸르고 아름다웠다. 사람들이 그 고래 아래, 시원한

돌바닥에 누워 여유로운 시간을 보내고 있었다. 거기 누워 있으니 30분쯤은 눈 깜짝할 새에 지나갔다. 지구는 45억 년 되었는데, 이 모든 것은 결국 항성과 행성의 수명이 다하면 아무 흔적도 남지 않을 텐데, 우리는 짧은 수명으로 온갖 경이를 목격하다가 가는구나 싶었다. 경이를 경이로 인식할 수만 있어도 아무렇지 않은 것들이 특별해질 것이다. 덧없이 사라진다 해도 완벽하게 근사한 순간들은 분명히 있다. 자연사 박물관에 갔던 날이 나에게 그랬다.

5번가에서 사라진 곳들과 남은 곳들

영화 「빅」의 피아노 연주 장면으로 유명한 장난감 가게 FAO 슈워츠는 내가 방문했던 2012년에는 5번가에 있었으나, 2015년 문을 닫았다가 2018년 다시 록펠러 센터에서 개장했다고 한다. 이사는 처음이 아니었고 인수도 여러 번 거쳤다. 장난감 병정 분장을 한 쾌활한 직원들이 "여기가 세상에서 제일 멋진 가게예요!"라고 말했을 때 어린 이로 돌아가 그 말을 믿을 수 있을 것 같았는데, 160년 전통의 가게도 위기를 이겨내기 어려웠던 듯하다. 대형 체인인 토이저러스도 도산하는 요즘의 지형은, 유통의 주축이 오프라인에서 온라인으로 넘어간 것과 새로운 세대가 그 어떤 장난감보다도 디지털 기기에 마음을 빼앗긴 것의 복합적인 결과라고 한다. 장난감도 옷도 심지어 음식까지도 이전 세대보다 훨씬 덜 필요로 하는 밀레니얼 세대의 방식이 아주 슬프기만 한 것은 아니다. 무절제한 소비의 시대가 끝나가

는 데는 분명 희망적인 측면도 있다. 이를테면 패스트 패션 브랜드들이 줄이어 파산하거나 규모를 줄인 것과, 빅토리아 시크릿이 매각된 것은 미래의 징조처럼 느껴지고 다음 시대를 향해 코를 벌름거리게 만든다. 낭비에 가까운 방식으로 융성했던 것의 수명이 생각보다 길지 못할 때 발생하는 기대감이 있다.

저물 만한 것이 저물고 난 자리에 새로운 것이 또 등장하겠지만, 고용되었던 사람들은 괜찮을지 그 점은 좀 신경 쓰인다. 늘 브래지어가 불편하고 불만스러워서 유명한 빅토리아 시크릿이면 좀 나으려나 싶어 2012년에 매장에 들렀을 때, 괜찮다고 하는데도 탈의실로 행진해 들어왔던 두 사람의 쾌활한 직원들이 떠오른다. 쑥스러울 것 같아 사이트에서 미리 사이즈 재는 법을 보고 잘 재서 갔는데, 굳이 직접 재주겠다고 두 사람씩이나 돌진해 오시다니 설득에 지고 말았다. 무용했던 것이 예고 없이 친밀했던 네 개의 손으로 잰 사이즈는 내가 미리 잰 사이즈와 일치했다.

"정말 정확하게 재어 온 거군요!"

"잘했어요!"

그렇게 인증해주고는 들어올 때와 같이 환하게 미소 지으며 나가버렸고, 나는 얼떨떨하게 남겨져서 웃음이 터져버렸다. 아니, 외국인의 쑥스러움을 좀 존중해달라고요! 그렇게 산 브래지어도 불편하기만 했지만, 그분들이 어디에선가 좋은 일자리를 잘 유지하고 있길 바란다. 2012년에서 2021년이 되는 동안 편안한 브래지어 찾기를 포기하고 아예 생각을 전환해 1년 중 340일 정도 노브라인이 된 것은 참 다행이다.

5번가의 티파니 정도가 그 자리를 유유히 지킬 수 있지 않을까? 그냥 티파니가 아니라 「티파니에서 아침을」의 그 지점이니 말이다. 영화는 요즘 보면 매우 인종차별적이지만, 오드리 헵번이 연기한 홀리를 두고 "걔 가짜야. 하지만 진정한 가짜지(She's a phony. But a real phony)" 하는 대사는 아주 완벽한 대사라 뜬금없이 생각날 때가 있다. 글을 쓰는 직업은 가짜가 되기 쉽고 스스로에 대한 의심이 스멀스멀 올라오는 날엔 홀리와 폴을 떠올리게 되는데, 그 짧은 대사에 가닿으면 아무렴 어떠냐 싶어지는 것이다. 막상 5번가의 티파니에 갔을 때는 영화 장면이 새록새록 스쳐 갔던 것과 별개로 아무것도 사지 못했고 그런 방식으로 영화를 흉내 내고 싶지는 않았는데……. 하지만 누가 봐도 부유하지는 않은 행색으로 층층을 돌아다니는 게 전혀 부담스럽지 않았다. 세계 곳곳에 얼마나 많은 티파니 매장이 있는지 몰라도, 그 지점 같은 곳은 또 없을 것이다. 특별한 환대와 수용의 분위기가 부드럽고 달콤하게 건물을 감싸고 있는 것을 체감할 수 있었다. 오드리 헵번이 서서, 안쪽을 들여다보던 창문 때문에 마법 비슷한 것이 생겨버린 게 아닐까? 어느 곳에도 영화에 대한 언급은 없었지만 직원들의 얼굴에서 어떤 긍지가 엿보였다. 긍지는 은은하게 빛나는 귀금속과 비슷한 면이 있고, 어떤 이야기의 어떤 장면은 그렇게 빛도 소리도 없이 영원히 재생된다.

캣콜링과 플러팅

L과 오전에 함께 집을 나서 거리를 걸어갈 때였다. 공사 현장 곁을 스쳐 지나가는데, 갑자기 L이 울컥하는 표정을 지었다. 멀쩡하게 걷던 친구의 눈에 눈물이 고여서 이게 무슨 일인가 당황했고, 알고 보니 공사 현장의 인부들이 우리 두 사람을 향해 굉장히 불쾌한 말들을 던진 것이었다. 섹시 아시안 걸 어쩌고 하는 단어들이 들렸던 듯도 한데 나는 그 대상이 우리일 줄은 상상도 못 하고 흘려버렸다. 헐렁한 아디다스 트레이닝복을 입고 있었기에, 성추행은 피해자의 옷차림과 전혀 상관없이 일어난다는 것을 굳이 또 직접 경험할 수 있었다. 내내 불법 촬영 같은 음습한 방식의 여성 혐오를 주로 접하다가 그렇게 직접 발화되는 미국식 여성혐오를 접하니 적응을 할 수가 없었다. (게다가 미국 드라마나 영화에서 봤던 뻔한 장면 그대로라니 그 뻔함에도 놀랐다.) 어느 쪽이 더 유해한지 가늠해보자면…… 양쪽 다 엉망인

것 같다.

화가 났고, 화가 났으니 이토록 오래 기억이 나는 것이겠지만 그 경험은 정체성의 자각으로도 기능했다. 스스로가 순식간에 객체화, 대상화되는 아시아 여성임을 깨닫고 나자 이후 살면서 접하는 모든 정보가 더 정교히 걸러지기 시작했다. 폭력으로 빚어지는 렌즈들이 있고, 그 렌즈를 가진 사람들은 세계를 더 정확히 파악하곤 한다. 그렇게 해서 종국에는 폭력에 대항할 수 있게 된다. 내가 쓰는 글들은 아시아 여성을 대변할 것이다. 우리를 희롱했던 자는 영원히 이해 못 할 방식으로.

캣콜링은 신체적인 상해를 입히는 종류의 폭력은 아닐지 몰라도, 매일 겪으면 사람을 조금씩 갉아먹을 것 같은 종류처럼 느껴졌다. 이후 관련 뉴스를 마주치면 집중해서 읽었는데 빈번하게는 폭행으로, 드물게는 살인으로까지 이어지는 것으로 파악된다. 언어폭력과 신체 폭력이 하나의 선 위에 놓여 있다는 것을, 만난 적 없는 여성들을 애도하며 알게 된다.

그러면 플러팅도 하지 말라는 말이냐, 하는 반론은 세계 어디서나 꼭 나오는 것 같다. 기사들과 SNS 등에서 플러팅에 대한 의견들을 들여다보니 사람마다 판단 기준이 미묘하게 다른 듯했다. 호감이 있는 상대에게 말을 걸거나 하는 행위와 노상 성추행은 분명 차이가 있기는 할 텐데 미묘하게 겹치는 영역이 존재해, 말 그대로 사회적

합의가 필요한 문제이지 싶다. 개인적 경험으로는, 뉴욕을 혼자 걸어 다녔던 3주 동안 기묘한 플러팅 때문에 대단한 인간 군상을 맞닥뜨렸다. 뜬금없이 가로막고 세레나데를 부른다거나(스페인어를 두 학기 수강한 것이 상황을 파악하는 데 도움이 되었다), 아름다운 저녁이니 공원 산책을 하자고 하거나(딱 봐도 수상해서 주변 사람들이 함께 경계해주었다), 몇 마디 나누다가 홈 파티에 초대하거나(스릴러 소설 도입부가 아닌가?)……. 대부분 큰 무례는 아니었고 쉽게 거절할 수 있었기에 공사장에서의 폭언과는 달랐지만, 그냥 좀 혼자 경계를 내리고 다닐 수 있게 내버려둬줬으면 했다. 의도가 없는 대화는 즐거운데 의도가 있는 대화는 곧바로 번거로워지고 마는 것이다.

어린 시절 귀여워해주시던 엄마의 친구 부부가 십몇 년 만에 나를 보자마자 하셨던 탄식을 가끔 떠올릴 때가 있다.

"이렇게 커버리다니, 아이고……. 길거리를 다닐 때 겨울 고구마 장수처럼 모자를 푹 눌러쓰고 검댕이라도 바르고 다녀야겠다!"

아들만 둘 키우셨던 그분들은 상대적으로 거리 치안에 대해 덜 걱정하셨던 모양으로, 순간적으로 몰려온 십몇 년 치 두려움을 그렇게 표현하신 듯하다. 슬프게도 푹 눌러쓰는 모자를 비롯해 그 어떤 가림이든 폭력에는 무소용하겠지만 말이다.

21세기가 끝내 모두가 받아 마땅한 존중을 누리는 시대가 되길, 만난 적 없는 이들이 모멸 대신 안전을 얻길, 걸음걸음마다 바란다.

뉴욕은 생각보다 너무 작았다

헤매는 모습을 보이기 싫어서 미리 책을 여섯 권이나 읽고 갔는데, 알록달록하게 붙인 포스트잇과 메모들이 무색하게도 뉴욕은 그냥 걷다 보면 목적지가 나타나는 곳이었다. 애써 찾지 않아도 길을 막고 서서 말을 걸었다. 콜럼버스 서클에 가야지 하고 걷기 시작하면 갑자기 브라이언트파크와 크라이슬러 빌딩이 가는 길에 발에 채는 식이었다. 언제나 긴장해 있어 어깨가 잘 뭉치는 타입인지라 그런 면에서 편안한 도시였다. 아무리 계획을 세워봤자 계획이 우스워지는 곳이니까.

　퇴근하는 L을 만나기 위해 큰길을 따라 천천히 걸어 내려오던 날이었다. 매일 2만 보씩 걸어서 발이 엉망이 되어 있었다. 물집 잡힌 부분들이 아파서 벤치를 만날 때마다 쉬면서 걸었다. 빌딩 틈새로 해가 지고 있었다. 5월의 노을이 위로가 되었다. 저녁엔 조용하게 보내야지, 마음먹었을 때였다.

타임스스퀘어가 나타났다.

찾아간 게 아니라 나타난 거라서 흥분하고 말았다. 화려한 전광판들 때문만은 아니었다. 그보다는 타임스스퀘어가 '여러 겹'을 가진 공간이라서 벅찼던 것 같다. 지금 눈에 보이는 한 겹뿐 아니라 그동안 매체에서 접해왔던 겹들이 있고, 시간을 거슬러 올라가 마차를 탔던 시대까지 가도 타임스스퀘어는 언제나 타임스스퀘어였기에 형성된 겹겹 말이다. 여러 겹을 겹쳐 만드는 인쇄용 필름처럼, 접었다 펼쳤다 할 수 있는 부채처럼 겹겹……. 나만 흥분한 게 아니어서 사방에서 탄성이 들렸다. 그 흥분을 모르는 사람들과 나누기도 했다. 캐나다에서 왔다는 두 여성과 신나게 서로 사진을 찍어주고 여행 계획을 물어보고 인사를 나누었다. 그런 일들이 아무렇지 않게 벌어지는 공간이었다. 따지고 보면 그냥 전광판들 사이의 길쭉한 광장일 뿐인데도, 『월리를 찾아서』의 한 장처럼 구석구석 놀라운 일들이 벌어지고 있었다. 한 학생이 친구들과 함께 '나랑 졸업 무도회에 같이 가주겠니?'라고 쓰인 플래카드를 들고(한 사람은 꼭 거꾸로 든다) 다른 학생에게 데이트 신청을 했다. 흔쾌한 승낙이 이어졌고 청춘영화인 줄 알았다. 전 세계에서 온 사람들의 박수를 받으며 어린 연인이 깜찍한 키스를 했다. 갑자기 터져 나오는 음악과 함께 춤을 추기도 하고, 신선한 캠페인이 벌어지다가 누군가 텀블링을 했다. 모두가 놀랍다고 생각하는 공간에서 사람들은 얼마나 사랑스러워지는지.

    조금 다른 의미로 월 스트리트에 갔을 때도 놀라고 말았다. 내 머릿속의 월 스트리트는 세계 경제에 미치는 영향 때문인지 스타워즈의 데스 스타처럼 커져 있었던 모양이었다. 막상 실제로 가보니 충격적일 정도로 좁았다. 10분이면 돌아볼 수 있는 작은 구역이어서 머릿속의 스케일과 현실의 스케일이 맞지 않아 어리둥절했다. 휑하기도 휑했다. 네이비 슈트를 입은 금융인들이 와글와글 쏟아질 줄 알았는데 텅 비어 있었다. 막 서브프라임 모기지 사태와 월가 점령 시위가 끝난 다음이었기에 더 그랬을 것이다. 손바닥만 한 구역의 얼마 안 되는 사람들이 세계 경제를 휘청이게 했다니 허탈한 기분이 들 정도였다. 거리 하나에서 연속적으로 나쁜 결정이 이루어졌다고 그렇게까지 모조리 잘못되어도 되는 걸까, 관련해서 읽으면 읽을수록 이해할 수 없었다. 아마 그 이해할 수 없음이 월가 점령 시위를 촉발한 거겠지 싶다. 내가 갔을 때도 시위의 여파가 남아 있어 여기저기가 바리케이드였고 분위기가 사뭇 삼엄했다. 월가 시위는 성공적이지 않았다는 게 당시의 평이었지만, 그 시위 후 일어난 흐름에 대해 점점 재평가가 이루어지고 있는 듯하다. 자본주의는 어느 순간까지 활기의 원천이다가, 어느 순간부터 괴물이 되는 걸까? 그 지점을 어떻게 간파하고 제동을 거는지가 이 시대의 과제인 것 같다.

뉴욕이 생각보다 너무 작게 느껴져서 세계 전체가 왜곡된 것처럼 아연했던 감정은, 이후 세계 어느 대도시를 가도 빈번하게 찾아왔다. 어쩌면 서울에서 태어나 수도권을 옮겨 다니며 살아와서, 웬만한 메갈로폴리스가 아니면 다 작다고 여겨버리는지도 모르겠지만 말이다.

센트럴파크 소풍

L의 쉬는 날에 맞추어, 센트럴파크에 소풍을 가기로 했다. 돗자리와 과일, 샌드위치를 알뜰하게 챙겼다. 며칠 내내 흐리고 비가 오다가 쨍한 날이어서 타이밍이 좋았다. L의 친구 R, S, S의 카우치 서핑 집 주인 M이 함께 갔다. 늘 스치듯 센트럴파크의 가장자리만 걷다가 친구들과 함께 깊숙이 들어가게 되었다. 우리도 꽤 일찍 갔는데 잔디밭에는 이미 소풍객들이 빼곡했다. 언젠가 공중에서 센트럴파크 소풍객들을 찍은 사진 작품을 본 적이 있었는데 그 일부가 된 것만 같았다. R은 함께 시간을 보내기 무척 즐거운 일본 친구였고, M은 은퇴한 오페라 가수라고 했다.

"그래서 뉴욕에서 또 어디 가려고 하니?"

M이 돗자리 바깥으로 길게 다리를 펴며 내게 물었다.

"하이라인파크에 갈까 봐요."

"하이라인파크? 거기 아무것도 없어. 그냥 풀뿐이야. 풀도 다 대마초처럼 생겼어. 여기도 대마초, 저기도 대마초, 다 대마초야."

"어…… 정말요?"

"그렇다니까. 갈 필요 없어. 그 시간에 다른 데를 가."

시종일관 시니컬한 조언을 주었지만, 이상하게 친근하게 느껴지는 M이었다. S와 함께 브루클린에서 센트럴파크까지 와주었으니 은근 사람을 좋아하는 것은 분명한데, 애정 어린 태도와 대조적인 심드렁한 말들이 인상적이었다.

신발이 불편한 M이 먼저 돌아가고, 나머지 넷이서 본격적인 센트럴파크 탐험에 나섰다. 타임스스퀘어에서처럼 겹겹의 경험이 가능했다. 모든 곳이 영화 속, 책 속 인물들이 만나고 헤어지고 쫓기고 싸우고 노래하고 화해하던 장소였다. 그 구석구석을 확인할 때마다 머릿속에서 효과음이 들렸다. 퀴즈쇼에서 정답을 맞히면 나는 그런 효과음 말이다. 관광지는 좋아, 유명한 곳은 좋아……. 얄팍하고 완벽하게 행복했다.

그리고 그날 오랜 취미 하나가 시작되었다. 센트럴파크 한가운데서 비에 젖은 채 녹슨 펜스에 걸쳐진 토끼 인형을 발견하고 별생각 없이 사진을 찍은 일에서부터였다. 아마 어린 산책가가 실수로 두고 간 물건이었을 것이다. 토끼 인형은 한참 전에 내린 소나기에 젖었다가 말라가는 중이었다. 방치된 지 좀 된 것 같았지만 주인이

다시 돌아올 수 있으니 전혀 건드리지 않았다. 아무렇지 않게 찍은 사진이었고 금방 그 자리를 떴지만 뉴욕에서 돌아오고 나서도 그 이미지를 자주 떠올리게 된 것은 예상 밖이었다. 사진을 찍던 순간을 떠올리면 슬쩍 웃을 수 있고, 숨을 돌릴 수 있고, 뭐든 쓸 수 있었다. 그렇게 2012년부터 '사람들이 길에 두고 가는 아름다운 물건들'을 찍게 되었다.

기준을 세우는 데는 두 가지 해석이 필요했다. 나는 '두고 가다'를 흘리듯 잃어버린 것, 쓰고 버린 것에 다 적용했다. 그리고 '아름다움'은 아주 제멋대로, 주관적으로 해석하기로 했다. 매일의 산책에서도, 여행지에서도, 여름에도, 겨울에도 그런 물건들을 만날 수 있었고 기뻐하며 사진을 찍었다. 이제 3백 장 정도를 가지고 있다. 따로 폴더를 만들어두고 며칠에 한 번씩 열어본다. 그 가지각색의 사진들로 뭘 할지는 모르겠지만 목표가 없어야 취미가 즐거운 것 같다. 찍을 때의 원칙은 하나, 절대로 물건에 손대지 않는 것이다. 아무리 예뻐도 가져오지 않는 건 물론이고, 연출을 위해 건드리지도 않는다. (딱 한 번 떨어져 있는 트럼프 카드의 앞면이 궁금해서 뒤집어본 적은 있다.) 꼭 필요한 원칙이라기보단 재미를 위해서다.

3백여 장이 모이니, 패턴이 보이기 시작했다. 길에다 무언가를 두고 가는 사람들은 대개 어린이거나 술에 취한 사람인 것 같다. 온갖 동물 인형들, 스티커, 종이접기 작품, 가제 수건은 아이들 솜씨다.

술에 취한 사람들은 주로 신발 한 짝이나 겉옷, 모자, 장갑과 머플러를 두고 간다. 우연히 팔목에서 풀린 것들도 있다. 시계와 팔찌가 가장 많은데 특히나 좋아하는 건 누군가의 손목에서 풀린 소원 팔찌다. 어쩐지 소원이 이루어졌을 것 같아서 팔찌의 주인에게 사진을 전해주고 싶어지지만 불가능한 일이다. 초콜릿, 젤리, 사탕도 흔히 떨어져 있다. 한번은 눈 위에 떨어진 호두과자도 본 적 있다. 과자를 땅에 떨어뜨린 사람들의 가벼운 탄식을 생각한다. 이어폰도 많다. 풀숲에, 길가에 현대미술 작품처럼 근사한 형태로 엉켜 있다. (요새는 무선 이어폰 쪽이 늘고 있다.) 장 본 물건을 꺼낼 때 차 밑으로 굴러 들어간 양파, 배, 귤도 생각보다 흔히 발견한다.

미스터리를 만날 때도 있다. 두 장의 사진에 대해서는 아직 이렇다 할 설명을 찾지 못했다. 조그만 비너스 조각상과 형광 핑크의 남자 팬티다. 비너스 조각상은 인천의 공원에서, 핑크 팬티는 런던 본드 스트리트 한복판에서 발견했다. 그곳에 이르게 된 연유를 도무지 추론할 수 없는 물건들이 매력적이다. 상상할 때마다 다른 이야기를 떠올리게 되니까. 꼭 길에 떨어진 물건들이 아니어도, 수집할 거리는 많을 듯하다. 아래는 소소한 예시다.

- 가로등, 맨홀 뚜껑, 공원 벤치 디자인 수집: 의외로 한 지역의 디자인 감각이 가장 멋지게 드러나는 부분들이 아닐까? 현재 마음

속의 1위는 타이베이 구시가지의 맨홀 뚜껑.

- 미술관 인물화에서 마음에 드는 부위 수집: 손, 발, 눈, 이마, 귀, 팔꿈치, 배꼽……. 어느 부위든 평소 좋아하는 부위를 콜라주해 보기.

- 같은 이름의 가게 간판 수집: 곁가지로 '바그다드 카페' 간판 사진을 모으고 있다. 동명의 영화를 좋아하는 사람들이 도시마다 같은 이름의 카페를 하고 있는 것 같다. 아직 몇 장밖에 모으지 못했지만 완성한다면 멋질 것이다.

- 손잡이, 버튼 수집: 세상에 예술적 가치를 가진 손잡이와 버튼들이 얼마나 많은지 놀랍다. 오래된 도시일수록 확률이 높아진다.

- 납작 누워 있는 개 사진 수집: 커다란 개가 최대한 납작하게 누워 있는 모습에 늘 마음이 녹는다. 개들도 나라별로 성격이 다르려나?

이 리스트는 무한히 써나갈 수 있을 것 같다. 소소한 것, 언뜻 무용해 보이는 것, 스스로에게만 흥미로운 것을 모으는 재미를 아는 사람은 삶을 훨씬 풍부하게 살 수 있을 것이라 믿는다. 수집가만큼 즐거운 생물이 또 없고 수집가의 태도는 예술가의 태도와 맞닿아 있다. 항상 다니는 길에서 뭔가 새로운 것을 발견하는 사람들, 자신이 사는 곳을 매일 여행지처럼 경험하는 사람들이 결국 예술가가 되니까.

한국 어딘가의 길거리에서, 조금 정신없어 보이는 여자가 주저앉아 휴대폰으로 바닥을 찍고 있는 걸 발견하신다면 저일 수도 있겠습니다……. 길에 갑자기 주저앉아 사진을 찍는 게 처음만큼 쑥스럽지 않다. 언제나 바쁘고 쫓겼던 마음이 그 순간 새로운 리듬으로 전환되니 말이다. 비용도 들지 않고 공간도 차지하지 않는 근사한 수집 취미를 센트럴파크에서 얻었다고 기록해두고 싶었다.

그날, 센트럴파크에서 돌아올 때쯤엔 모두 지쳤던지 각자 자기 나라 말로 떠들기 시작했다. 말들이 마구 섞여 나왔는데도 서로 대충 다 알아들을 수 있었고, 피곤할 때 헐겁고 즐겁게 나오는 웃음들이 쏟아졌다. 인생 최고의 소풍이었다. 언젠가 다시 그런 소풍날을 만날지 몰라도, 그날 그 멤버는 아닐 것이기에 마음속 선반 좋은 자리에 놓아둔다.

어느 나라 음식이든 뉴욕이 제일 맛있다

고백하자면, 혀가 둔한 편이다. 후각이 별로라 미각 역시 그다지 좋지 못하다. 어떤 수준이냐면 몇 년 전에 숙주와 양념에 버무린 태국 요리를 먹다가 이런 대화를 나누기도 했다.

"이 닭고기 요리 아주 맛있네요!"

"그거…… 게예요."

닭이랑 게를 구분 못 하는 형편이라 요리나 미식에 대한 주제로 청탁이 오면 웬만해서는 거절하고 있다. 솔직히 나 같은 사람은 SF 소설 속 캡슐 음식 비슷한 것만 먹고 살아도 된다. 그런 나에게 미식의 즐거움을 가르쳐주려 애쓴 것도 L이었다. L은 내 좁은 오피스텔 부엌에서 프랑스 가정식과 토마토 마리네이드를 만들어주었고, 뉴욕에서는 과카몰리를 신나게 으깨어주었다. 둔한 혀로도 L을 따라다니면 즐거웠다. 깊은 밤 줄을 서서 먹었던 젤라또도, 트럭 바로 옆에 앉아 먹었던 할랄 푸드도, 주문한 것과 영 다른 스프레드가 나왔던 베이글도, 차이나타운의 딤섬도, 리틀 이탈리아의 파스타와 카놀리도, 멕시칸 옥수수 구이도, 간 마를 잔뜩 올린 우동도, 5번가의 계절 테마 코스 요리도……. L의 집에 머무는 대신 내가 매일 맛있는 것을 쏘기로 한 것이 우리의 약속이었고 음식 탐험을 하기 좋은 핑계였다.

어느 나라 요리든 뉴욕에서 먹은 것이 가장 맛있었다. 어쩌면 본국보다도 더 맛있을지 모른다. 처음에는 요식업계 분들이 뉴욕에서 천하제일무도회 비슷한 걸 열기로 한 건가, 의아했는데 월세가 하도 높다 보니 웬만해서는 생존하기 어려워 쟁쟁한 곳들만 남은 게 아닌가 싶다. 이민자들이 많은 도시라 음식 문화가 풍부한 것도 분명 영향이 있을 것이다. 그중에서도 제일 맛있었던 곳은 뉴욕대학교 근처 맥두걸 스트리트 114번지에 위치한 사이공 쉑(Saigon shack)의 반미 샌드위치였다. 구글 지도에 검색해보니 여전히 있어서 더 가고 싶어지는데, 일단 가게에서 직접 굽는 바게트 빵이 탁월했고 안에 들어가는 재료들도 신선하기 그지없었다. 그 맛을 잊지 못해서 돌아와서 내내 '반미'를 검색하는 바람에 CIA 요주의 인물처럼 되어버렸었는데, 요새는 반미가 대중적인 음식이 되어 행복하다.

그리고 앞에서도 언급했던 루바브 파이와 체리 파이도 오래 그리워했다. 덕분에 뉴욕에서 돌아오고 6개월쯤 되었을 때, 엄마와 아래와 같은 대화를 하게 되었다.

"아아, 체리 파이 먹고 싶다."

"백화점 갈 건데 사다 줄까? 어디 거?"

"뉴욕 트라이베카에 있는 가게 거."

"휴, 저 뉴욕 병 걸린 가시나를 우짜면 좋노……."

뉴욕에서 다양한 음식을 경험한 게 1차로 나의 둔한 미각을 깨웠다면, 동물성 식품을 줄이기로 한 게 2차로 도움이 되었다. 앞에서 고백한 대로 닭과 게를 구분하지 못한다면 굳이 먹을 필요가 있을까, 나 같은 사람이야말로 미식가들에 비해 동물성 식품을 줄이고 식단을 바꾸기 용이하지 않을까 싶어서 시도해보았는데 의도치 않게 채소와 과일의 오묘한 맛을 더 알게 된 느낌이다. 요새 집착하고 있는 것은 강릉 사천 딸기다. 입 안에서 빨간 보석이 터지는 듯한 황홀한 과육이 대단하다.

이른바 '나 홀로 채식' '샤이 채식'을 하고 있었다. 평소 좋아하는 요조 님의 에세이를 읽은 게 계기가 되었고 기후 위기 걱정에 더해 야생동물, 특히 새들을 좋아해서 야생 영역을 지키는 데 도움이 되지 않을까 하고 시작했다. 직접 장을 보고 요리할 때는 아주 쉬운데 다른 사람들과 함께 먹을 때가 어려워서 어정쩡하다. 선택지가 없는 순간이 잦아서 일주일을 통으로 성공할 때도 있고 일주일에 서너 번 실패할 때도 있다. 이보다 줄이려면 역시 좀 더 채식하고 싶다고 말을 해야 하는 것 같다. '나 홀로 채식' '샤이 채식'의 한계를 넘어보려고 책에 슬그머니 써보는데 이러면 업무 미팅이 채식 레스토랑, 채식 카페에서 더 잡히지 않을까? 이 책을 함께 만들고 있는 위즈덤하우스 편집부 분들도 언제나 채식 레스토랑에서 미팅을 잡아주셔서 기쁘다. 요즘 변화가 가속화되는 중인 듯해 다가올 날들을 설레며 기다린다.

어쨌든 근사한 조화를 이루는 샐러드나 유난히 맛있는 과일은 입 안에서 불꽃놀이 같은 느낌을 일으켜서 즐겁다. 연근 스테이크와 애호박 만두를 처음 먹었을 때의 충격도 근사했다. 다시 뉴욕에 간다면 채식 레스토랑 투어를 해보고 싶다. 모르긴 몰라도 채식 요리도 뉴욕이 제일 맛있지 않을까?

벼룩시장에서 뭔가를 샀다면 바퀴벌레 알을 조심해야 한다

헬스 키친 벼룩시장에 간 날은 유난히 날씨가 좋았다. 오래된 물건들만이 가지는 매력이 가판대마다 흘러넘쳤다. 반쯤은 양산되는 가짜 골동품이겠지만 그럴듯한 가짜여서 구경할 만했다. 랜섬 릭스의 『페러그린과 이상한 아이들의 집』을 막 재밌게 읽은 터라, 꼭 거기 나올 것 같은 낡은 사진들을 한참 구경했다. 어떤 경로로 개인적인 사진들이 벼룩시장에 흘러나오게 되는 걸까? 옛날 사진을 모으는 사람들은 어떤 사람들일까? 숨은 사연을 궁금해하는 사람들일지도 모르겠다는 생각이 들었지만 미묘한 수집이 아닐 수 없었다. 하여간 뉴욕 여행은 표면의 이미지와 이면의 이야기를 끊임없이 떠올리게 하는 일종의 연습이나 다름없었다.

귀여운 빈티지 핸드백을 25달러에 샀는데, 그때 내가 몰랐던 것은 그 핸드백 안감에 바퀴벌레 알이 들어 있었다는 것이다. 여행에서 돌아오고 몇 달 동안 갑자기 미국 바퀴벌레 몇 마리가 나타나는 끔찍한 경험을 해야 했다. 거대하고 윤기 나는 데다 날아다녔다……. 바퀴벌레가 전혀 없었던 집이라 의심할 만한 것이 그 핸드백밖에 없었다. 다행히 바퀴벌레는 번식하지는 않았고 상황은 너무 길지 않게 종료되었지만 지금 생각해도 아찔하다. 벼룩시장에서 물건을 살 때는 벌레나 알이 묻어오기 쉬운 물건인지, 쉽게 소독할 수 있는지 고려해봐야 한다는 걸 그렇게 알게 되었다.

비명을 지를 만한 경험을 했지만 그래도 여전히 벼룩시장을 좋아한다. 꼭 뭘 사지 않더라도 좋아한다. 2014년에는 난치병 어린이 후원 모금을 위해 작가들이 기획한 벼룩시장에 판매자로 참여한 적도 있는데, 맨날 구경 가는 입장이다가 직접 해보니 그것 또한 특별한 경험이었다. 자투리 천으로 이것저것 만드느라 재봉틀을 한 달내내 돌렸는데 반나절 만에 다 팔려서 기분이 좋았다. 사 간 분들이 잘 쓰고 계실지 가끔 궁금하다. 천 가방을 구매하고 "전공 책을 넣어도 끄떡없어요!"라고 SNS로 알려주신 대학생분은 잘 지내고 계실까? 이제 사회인이시겠지.

벼룩시장은 물건의 수명을 늘인다는 점에서 가장 근사한 친환경 실천 중 하나 같다. 넓게 트인 공간에서 햇볕을 쬐며 열리든, 휴대폰 속 앱의 형태로 보글보글하든 간에 더 활성화되면 좋겠다. 사실 누군가 선택했던 물건이 다시 선택되는 걸 구경하는 것만으로도 즐겁다.

서브컬처는 흥미로운 동시에 유독하다

뉴욕은 서브컬처 애호가가 방문할 만한 곳이 정말 많았다. 특히 방
송사들의 기념품 숍에는 평소에 좋아하던 쇼들에서 비롯된 위트 있
는 상품들이 가득했다. HBO 숍과 NBC 숍에서 한참을 구경했는데
규모가 크진 않지만 구석구석 재밌었다. 『수키 스택하우스』 시리즈
를 드라마화한 「트루 블러드」를 굉장히 좋아했는데 HBO 숍에 유머
러스한 병따개가 있어서 얼른 샀다. 여전히 잘 쓰고 있다. 가장 종류
가 많은 것은 「왕좌의 게임」 시리즈와 관련된 상품들이었다. 스타크
가문의 늑대 문장도 있고, 진짜 같은 '핸드' 핀도 있고, 라니스터 가문
의 가언이 쓰인 티셔츠들도 있었다. HBO는 소설 원작을 고르는 눈
이 독보적이지 않나 한다. 한참 즐거워하다가 계산대 앞에 섰더니,
계산하는 직원분도 내가 즐거워하는 것을 눈치챘던 것 같다.

"우리 가게 좀 괜찮죠?"

"네, 좋네요."

"어디서 왔어요?"

"한국요."

그러자 점원이 낄낄 웃었다. 너 너드(nerd)라서 이렇게 멀리 왔구나, 하는 웃음이었는데 크게 틀린 이야기는 아니라서 함께 웃고 말았다.

"뭐가 제일 마음에 들어요?"

"네드 스타크의 머리요."

둘이서 더 낄낄거렸다. 네드 스타크의 머리 모형이 센터 피스처럼 전시되어 있었는데 그때는 잘린 지 얼마 안 돼 따끈따끈했던 셈이다. 그 머리가 잘렸을 때 받은 상처를 HBO 숍에서 위로받을 수 있었다.

어릴 때부터 서브컬처를 한껏 누리며 컸다. 소설, 만화, 애니메이션, 영화, 드라마, 게임 등을 즐기느라 심심할 틈이 없었다. 이우혁, 이영도, 전민희 작가의 대작을 초판으로 읽었다. 황미나, 강경옥, 이미라, 유시진, 권교정, 천계영 작가의 영향도 강렬하게 받았다. 영화 쪽에서는 「터미네이터」나 「반지의 제왕」 같은 명작들이 막 발달한 그래픽 기술에 힘입어 쏟아져 나왔고, 일본 애니메이션들은 전성기였던 듯하고, 서사성이 강한 컴퓨터 게임을 밤새도록 했고…… 이야기 매체의 발달을 실시간으로 겪으며 누린 세대라, 그렇게 내 안쪽 어딘가에서 장르 뼈가 빚어졌다. 장르 작가인 게 좋고 장르 소설을 사랑한다.

그런데 그것과 별개로 마음에 걸리는 지점들이 없는 것은 아니었다. 2012년에 장르 문학계에서만 활동하지 않기로 마음먹은 이유 중 적지 않은 부분이 서브컬처계 특유의 가학적인 문화에 있었다. 한 인터넷 게시판에 한국 장르 작가들, 특히 한국 여성 장르 작가들에 대한 지속적인 조롱이 올라왔다. "여자 작가들 글에서는 여자 냄새 나" 따위의 저열한 내용이 반복되었는데 그때는 정말이지 견디기 힘들었다. 많은 사람들이 문단의 폐해에 대해서는 자주 말하지만 장르 문학계의 비틀림에 대해서는 별로 이야기하지 않는데 괴롭힘 문화로 치면 한 수 위다. 거의 매년 악플러를 잡아보았더니 비슷한 영역에서 활동하는 업계 사람으로 밝혀지거나 하는 사건들이 일어나고 있으니까. 얼마 전에도 개인적으로 비슷한 경험을 하고 안쪽의 온도가 조금 떨어져버렸다. 이대로 방치하면 모두가 진저리 치는 문단보다도 더한 유독함을 뿜어낼지도 모른다. 바로 곁에서 일어나고 있는 일만은 아니다. 「스타워즈」 시리즈 7, 8, 9편을 만든 제작진과 배우들이 전 세계적으로 공격을 받는 것을 보며, 「에반게리온」 시리즈의 안노 히데아키가 오랫동안 상처를 받아왔다는 것을 들으며 서브컬처계의 가학성에 대한 고민이 깊어져간다.

겪어본바, 대부분의 서브컬처 향유자들은 다정하고 기발한데,

가끔 몇 년 전에 읽은 책 한 권이 마음에 안 들었다고 집요할 정도로 따라붙으며 잔인한 말들을 하는 이를 맞닥뜨리면 어떻게 받아들여야 할지 정말 어렵다. 마음속의 저울이 잘 작동하는 사람들과만 가까이 지낼 수 있는 것 같다. 마음속의 저울은 옳고 그름, 유해함과 무해함, 폭력과 존중을 가늠한다. 그것이 망가진 사람들은 끝없이 다른 사람들을 상처 입힌다. 사실 이미 고장 난 타인의 저울에 대해서 할 수 있는 일들은 별로 없는 듯하다. 그저 내 저울의 눈금 위로 바늘이 잘 작동하는지 공들여 점검할 수밖에.

나무 에스컬레이터는 멋져

L과 S와 셋이서 메이시 백화점에 갔던 날도 기억난다. S가 어머님께 드릴 향수를 사고 싶어 해서였다. 메이시 백화점의 명물 나무 에스컬레이터는 사실 따져보면 그저 나무로 된 에스컬레이터일 뿐인데, 실제로 보니 매우 매력적이었다. 150여 년 동안 무사고로 운행된 아름다운 기계였다. 반질반질한 나뭇결도 근사해서 놀이기구처럼 계속 타고 싶어질 정도였다. 문득 어린 시절 굉장히 좋아했던 뉴코아 백화점의 거대한 리본 구조물이 떠올랐다. "리본 달린 백화점에 갈래!" 하고 엄마를 자주 졸랐었다. 그 리본이 안전상의 이유로 몇 년 전에 해체되었는데 그렇게 섭섭할 수가 없었다. 물론 외부 구조물은 내부 구조물보다 유지하기 어렵긴 할 테지만 말이다.

향수를 고르고, S가 에어 랩으로 포장해달라고 부탁했는데 점원 분이 '에어 랩' 부분은 못 듣고 '포장' 부분만 들으셔서, 거의 장인의 경지에 가까운 포장을 시작하셨다. 우리 셋은 차마 그 정성 어린 작업을 중간에 끊지 못하고 쪼로로 서서 20분 동안 기다렸다. 한국 백화점 같으면 이미 모양이 잡혀 있는 리본 꽃을 스티커로 착착 붙였을 텐데, 직접 가위로 모양을 내며 접는 모습을 보고 깜짝 놀랐다.

"오래된 백화점이라 그런지 굉장하네!"

나도 모르게 감탄했더니,

"아니야. 미국이 팬시 용품 같은 게 발달을 안 했어. 그래서 그런 거야."

하고 L이 관광객의 흥분을 가라앉혀주었다.

"어쨌든 예쁘네요. 에어 랩은 제가 따로 구하죠, 뭐."

S는 포장이 마음에 든 듯했다.

메이시 백화점에서 한인 타운이 가까워서, 마침 근처에 있던 L의 유학생 친구들과 저녁을 함께 먹었다. 영화 촬영과 복원, 비평과 음악 치료까지 다양한 전공을 하는 친구들이어서 흥미로웠다. 그중 한국에 교환학생을 왔던 친구는 웬만한 한국인보다 한국어 실력이 나았다. 그 친구가 한국말로 '섰다' 게임을 어떻게 하는지 설명해줘서 열심히 들었고 그때는 이해했던 것도 같은데 이제는 또 모르겠다. 가장 좋아하는 밴드가 산울림 밴드라고 해서 재차 감탄했다. 단순히 언어 실력이 좋은 게 아니라 한국 문화를 깊이 이해하고 있는 게 아닌가 싶었다. 왁자지껄하게 여럿이서 먹는 저녁 식사는 즐거웠는데, 식당에 '순 한국식 중화요리'라 붙어 있어서 웃음이 나왔다. 세상에 그렇게 어울리지 않으면서 유쾌하게 붙은 순(純)은 다시 보지 못했다. 창작자로서 가장 지속적으로 들락거리는 경계가 순과 잡 사이인 것 같다. 건강하게 잡스러운 것들, 잡이면서 능청스레 순인 척하는 것들이 무엇보다 재밌는 요소가 아닐까 한다.

돌아오는 길엔 한국 식료품점에서 산 매실청을 옆구리에 낀 채였다. 병이 크고 무거웠지만 씩씩하게 걸었다. 다시 L과 S와 셋이 남았는데, 들뜬 기분이 가라앉지 않아 집 근처 커피 체인점의 야외 의자에 앉아 한참이나 이야기를 나누었다. 그때 무슨 이야기를 나누었는지는 기억나지 않는다. 뾰족하게 상승했던 기분만은 어제 같은데 대화의 내용은 하얗게 날아가버렸다. 신나 있어서 더 그랬는지 모르겠다. 커피의 맛까지도 기억나는데 말이다. 커피는 원했던 것보다도 뜨겁고 진했었다. 과거로 돌아가 한 잔만 다시 마실 수 있다면 그날 밤의 커피를 고를 것이다.

브루클린 브리지를 걸어서 건너보았다

한강 다리를 걸어서 건넌 적도 손에 꼽으면서, 굳이 브루클린 브리지를 건너게 된 것은 아마 S의 숙소가 근처였기 때문이었을 것이다. 맨해튼에 머물 수 있었던 것은 정말 L 덕분이었고 그래서 아낄 수 있었던 시간들을 지금 계산해보니 다시 한번 고마워진다.

가랑비가 날리는 날이어서, 우산을 쓰고 브루클린 브리지를 건넜다. 브루클린에서 맨해튼 방향으로 건넜는데 호기롭게 사람들을 따라 걷다가 깜짝 놀라고 말았다. 2층은 보도이고 1층은 도로인 구조였는데 척 보기에도 낡디낡은 나뭇살이 웬만한 굽은 그냥 빠질 헐거운 간격으로 놓여 있었던 것이다. 그 아래로는 빠르게 지나는 차들이 살벌한 소리를 내고 있었다. 귀고리 같은 걸 떨어뜨린다면 영원히 찾지 못할 듯했다. 게다가 자전거라도 한 대 지날라치면 나뭇살이 덜덜덜 소리를 내며 떨렸다. 만약 고소공포증이 있다면 브루클린 브리지를 걸어서 건너는 것은 추천하고 싶지 않다. 여행 책 어디에도 그렇게 무섭게 되어 있다고 씌어 있지 않았기에 원망스러웠다.

"너무하잖아, 어째서 철판이 아닌 거야?"

되도록 아래를 내려다보지 않으려 애쓰며 투덜거리고 말았다. 다리는 높고 강바람은 또 어찌나 세던지. 해외 뉴스에 브루클린 브리지를 운동화로 씩씩하게 건너고 사무실에 가서 구두로 갈아 신는 '운동화 신는 도시 여자' 장면이 나온 적 있었는데, 그게 아니라 어떤 굽으로든 건널 수 있는 다리가 아니라 갈아 신을 수밖에 없지 않았나 의심하게 되었다. 메이시 백화점의 나무 에스컬레이터는 언제고 타고 싶지만, 뻥뻥하게 뚫린 브루클린 브리지 나뭇살은 한 번 경험한 것으로 족한 것 같다. 3분의 1쯤 건너고서야 평정을 찾았고 천천히 그 오래된 다리의 아름다움이 눈에 들어오기 시작했다. 아름다워서, 그 아름다움을 해치기 싫어서 철판으로 덮지 않은 걸 이해할 수 있었다. 문득 책에서 읽었던, 브루클린 브리지가 준공되고 얼마 안 있어 다이빙 내기를 했다던 젊은이 이야기가 떠올랐다. 여기서 뛰어내리면 죽을까, 죽지 않을까 하는 무모한 내기였고 젊은이는 수면에 부딪혀 내장 파열로 죽었다고 한다. 그 다이빙이 성공했으면 좋았을 텐데.

다이빙은커녕 다이빙 캐치조차 제대로 해본 적이 없다. 무게중심이 격하게 움직이는 동작을 할 만큼 스스로에 대한 믿음이 없었다. 조심스럽게 다음 발짝을 확인하고 내딛는 성격이고 크게 바뀌지 않겠지만, 그래도 가끔 어떤 무모함을 열망할 때가 있다. 갑자기 여행을 시작했던 그해가, 활동 영역을 바꿔보겠다고 마음먹었던 여러 순간들이 나에겐 다이빙이었다. 다이빙에 가장 가까운 행위였다. 나무 발판을 겁내며 건너던 그때의 나는 몰랐지만.

기억하지 않으면 나아가지 못한다

9. 11 메모리얼파크에 갔을 때, 아직 원 월드 트레이드 센터가 재건립
되기 전이어서 그 공간이 더욱 커다란 상처처럼 느껴졌다. 소지품을
꼼꼼하게 검사받고 입장할 수 있었는데 특별히 불편하진 않았다. 최
악을 상상해야 하는 입장을 이해할 수 있었다.

2001년 나는 고등학교 2학년이었다. 교실 앞에 켜져 있던 TV에
서 나오는 뉴스를 같은 반 친구들과 충격에 빠진 상태로 지켜보았
다. 3천 명에 가까운 사람들이 목숨을 잃었다는 것은 채 모르고 있었
다. 시간이 지나 출판사 직원이 되어 뉴욕의 작가들이 끊임없이 그
날 그 사건에 대해 쓰는 작품들을 읽게 되었다. 홀로코스트에 대해
서 유태계 작가들이 세기를 넘어 계속 쓰고 있듯이, 다음 세기 그다
음 세기까지 계속 쓴다 해도 그 아픔은 쉽게 치유할 수 없을 것이다.
테러의 끔찍한 부분 중 하나는 대개 극도로 집단주의적이라는 점이

다. 거기엔 개인이라는, 실체를 가진 존재가 아예 고려되지 않는다. 그날 살해된 사람들은 모두 개인이었다. 각자의 이야기를 갖고 있었을 비행기 승객들, 매일매일 출근하던 직장인들, 전망대에 올라 희열에 찼을 관광객들, 한 사람이라도 더 살리려던 구조대원들이었다. 메모리얼파크 바깥에는 그날 순직한 구조대원들을 기리는 기념물이 있었다. 먼지 한 톨 내려앉지 않도록 닦는 사람은 사실 먼지보다 망각을 두려워하는 것 같았다. 제대로 기억하지 않으면 나아가지 못한다. 공동체가 죽음을 똑바로 애도하고 기억하고 전하지 않으면…….
죽은 자들을 모욕하지 않는 방향으로 기억을 단단히 굳히지 못하는 공동체는 결국 망가지고 만다. 역사교육을 전공하며 공부한 자세한 내용들은 많이 잊었지만 그것 하나는 배운 것 같다. 배운 것을 자꾸 현실과 비교해보며 다급함에 종종거릴 때가 있다.

쌍둥이 빌딩이 있던 자리에는 아래로 끊임없이 물이 떨어지는 분수대가 있었다. 분수대를 둘러서 희생자들의 이름이 새겨져 있었다. 정확한 사망자 추산이 불가능했으니 누락된 사람들도 많을 것이다. 거기 모르는 사람의 이름 위에 손을 얹고 잠시 서 있었다. 한 사람, 한 사람의 가치를 부정하는 이들을 언제까지고 두려워할 것이다. "그놈들 머리에 폭탄이 떨어지면 좋겠어!"라든가 "그놈들 발밑에 지진이 나면 좋겠어!"라고 쉽게 말하는 사람들을 말이다. 실제로 그런 일이 벌어지면 가장 순정한 사람들이 희생된다는 것을 외면하는 독선은 얼마나 독한가? 붕괴에서 살아남은 기적의 나무 한 그루도 있었는데, 다들 그 아래에서 소원 같은 걸 비는 듯했다. 사랑하는 이들의 세상이 갑자기 무너지지 않기를 바라는 이들이 가장 많았을 것이다.

배터리파크까지 걷는데 비가 왔다. 비가 왔을뿐더러 바람이며 파도가 걷기 힘들 정도였다. 멀리 자유의 여신상이 보였다. 어릴 적 엄마와 이모와 페리를 타고 자유의 여신상 가까이 갔었던 기억이 났다. 그때 내가 본 뉴욕은 테러를 겪기 전의 뉴욕, 쌍둥이 빌딩이 서 있던 시절의 뉴욕이었다. 2001년 전에 촬영된 영화들에 그때의 스카이라인이 남아 있는 걸 보면 무지근한 충격이 온다. 변하지 않을 것 같은 세계가 얼마나 크게 변하는지, 나쁜 쪽으로 변할 수 있다면 좋은 쪽으로도 변할 수 있기를 늘 바랄 뿐이다.

거리 공연을 보다가,

워싱턴스퀘어파크에서 거리 공연을 보았다. 관객이 몰려든 가운데 공연 팀은 높이, 화려하게 점프했다. 사람에게 스프링이 달린 것도 아닌데 어떻게 저렇게 뛰어오르나, 나도 목적지를 잊고 구경했다. 나중에 L에게 말하니 매번 비슷한 레퍼토리로 이 공원 저 공원에서 자주 한다고 했다. 거리 공연은 관광객에게는 특별한 기억이 되지만 현지인에게는 금세 간파당하는 모양이다.

즐겁게 보고 있는데, 공연자가 카메라를 목에 건 아저씨에게 말을 걸었다.

"어디에서 왔어요?"

"미시시피요."

아저씨의 대답에 공연자가 차가운 표정으로 쏘아붙였다.

"아, 문명사회에 오신 걸 환영해요."

미시시피는 남부, 공연 팀은 전원 흑인이었으니 역사적 맥락이 있는 멘트였지만 배어 있는 공격성에 100명 넘는 사람들이 일순 조용해졌다. 기기묘묘한 점프들을 다 잊고도 그 한마디가 몇 년 동안 잊히지 않았다.

어느 정도까지 공격적으로 말해도 될 것인가가 오래 하고 있는 고민이다. '조신하게, 예쁘게 말해' 하는 식의 강요는 지긋지긋해서 굴절 없이 똑바로 말하고 싶은데 또 어느 선을 지나치면 따가운 공격성밖에 남지 않는다. 하고 싶은 이야기를 제대로 하면서도 부정적 감정의 발산으로 그치지 않도록 적정 수준을 찾는 것……. 고민은 하는데 매번 실패하는 느낌이다. 언어를 다루는 사람으로서 정교함을 잃지 않으려고 애쓰다 보면 깎아낸 부분이 남긴 부분보다 많아 심지 없는 완곡어법을 쓰게 되고, 세게 밀어붙이는 글을 쓰다 보면 꼭 엉뚱한 사람이 다치게 되어 후회스럽다.

일단은 조롱과 비아냥, 일반화를 피하려고 노력한다. 복잡하게 얽힌 세계에서 한 사람을 덩어리로부터 떼어내 개별적으로 보고 싶다. 내가 '섹시 아시안 걸'로 요약되었을 때 상처 받았던 것처럼, 남부에서 온 아저씨도 상처 받았을 수 있다. 그 아저씨가 '남부'에서 연상되는 전형적인 인종 차별주의자였더라면 그 공연을 보고 있지 않았을 확률이 높으니까. 공연자의 갑자기 드러난 날카로운 면에 대해서도 지나치게 일반화해서 생각하지 않을 것이다. 평생 차별 속에 느껴왔을 스트레스가 왈칵 터져나오는 것은 이해할 수 있는 일이다. 사회적 맥락과 개인을 동시에 온전히 이해하는 것, 내가 쓰는 언어의 요철을 없애면서도 예각을 잃지 않는 것. 그 지난한 두 가지가 포기할 수 없는 목표인 것 같다. 실패하면 그다음 번에 다이얼을 더 잘 돌릴 수 있겠지, 하는 마음으로 계속한다.

하이라인파크에서 나는 깨달았다

하이라인파크는 정말이지 멋졌다. 그 며칠 전 M이 아무것도 없고 풀 뿐이라고 했던 말이 무색하게 충격적으로 멋졌다. (최근 좋아하는 정원 디자이너 선생님이 하이라인파크가 자연주의 정원 유행의 시작이었다고 말씀하셔서 M의 소감도 이해가 갔다.) 역시 다른 사람의 말을 듣기보다는 뭐든 직접 판단해야 하나 보다. 규모가 크지도 않고 화려하지도 않은데 걷는 내내 행복해졌다. 반대 방향에서 걸어오는 사람들의 얼굴마다 은근히 미소가 어려 있어서 좋았다. 하이라인파크의 성공은 이후로 끊임없이 인용되는 중인 듯한데 도심 한가운데를 그런 녹색의 길이 가로지르게 하는 일은 얼마든지 더 시도되어도 좋을 것 같다.

모서리마다 반하며 걷다가 탁 트인 공간에 이르러서였다. 오래 품고 있던 질문의 답이 갑자기 분명해졌다. 우리의 뇌는 신기한 방식으로 작동해서, 끙끙거리고 생각하고 있지 않을 때도 연산을 계속

하다가 그런 식으로 대뜸 결과를 알려주기도 한다. 왜 안정적인 삶을 버리고 불안정한 경로를 굳이 선택한 걸까, 선택하면서도 명확하지 않았던 동기를 그제야 이해하게 되었다.

"나는 나의 최대 가능성을 원해."

최대 가능성이라는 압축적인 다섯 글자로 머릿속이 정리되었다. 이 불완전하고 가혹한 세계에서, 그래도 할 수 있는 데까지 성장해보고 싶다고 스스로의 욕망에 이름을 붙였다. 아시아인은 어릴 때부터 겸손과 중용을 교육받으며 자라기 때문에 한 사람의 최대 가능성에 대해서는 잘 이야기하지 않는다. 아시아 여성은 더더욱……. 그러나 내가 원하는 것에 다른 이름을 붙일 수 없었다. 그날부터 어떤 선택을 하더라도, 그것이 최대 가능성을 향하는지 아닌지를 기준으로 삼을 수 있었다. 외부로부터, 사회로부터 주입되지 않은 종류의 욕망을 가진다는 것은 사람에게 힘찬 엔진이 되기 마련이기에 우리는 욕망에 대해 더 이야기해야 한다.

굳이 뉴욕까지, 하이라인파크까지 가지 않고서도 이런저런 답에 다다를 수 있으면 좋을 텐데, 가끔 뇌에는 그런 자극이 필요하기도 한 모양이다. 다른 풍경, 다른 공기, 다른 문화에 감각을 노출시켜 얻을 수 있는 것들을 위해 여행을 그다지 좋아하지 않는 사람들도 여행하는 게 아닐까 추측해본다.

L의 졸업식

졸업식 날이 드디어 찾아왔다. 사실 뉴욕 여행의 목적 중 하나는 L의 졸업식에 참석하는 것이었다. L의 부모님이 사정상 참석을 못 하셔서 그럼 내가 대신 가야지, 하고 일부러 날짜를 맞췄었다.

L은 예행연습을 위해 일찍 집을 나섰고, 나는 S와 만나 베이글로 늦은 아침을 먹고 고르고 골라 스타티스 꽃다발을 샀다. 사실 한국식 꽃다발 포장을 생각했다가 못생긴 포장지에 대충 둘둘 말아주는 뉴욕의 꽃다발을 받아 들고는 조금 당황하고 말았다. 나의 당황해하는 얼굴을 보고 꽃집 아저씨가 충고해주었다.

"꽉 쥐어요. 물 샙니다."

정말로 물은 줄줄 샜지만, 꽤 친환경적인 포장 문화가 아닌가 싶다.

졸업식은 라디오 시티 뮤직홀에서 열렸다. 따로 캠퍼스가 없는

학교라 낭만이 없지 않나 생각했었는데 유서 깊은 공연장을 강당처럼 쓰다니 근사했다. 라디오 시티 뮤직홀에 들어서며 처음에는 두근거릴 정도였다. 1932년부터 있었던 상징적인 장소니 말이다. 하지만 곧 사람이 너무 많아서인지 오래되어서인지 탁한 공기에 어지럽기 시작해서 강력한 환기팬이 절실해졌다. 덕분에 어느 정도 흥분을 가라앉히고 냉정해질 수 있었다.

드디어 졸업식이 시작되었는데 예술대학의 졸업식이었으므로 거의 공연을 방불케 했다. 현대무용으로 시작해서 뮤지컬로 끝났는데 그 사이에 교수들과 유명한 졸업생들이 젊은 예술가들에게 피가 되고 살이 되는 이야기들을 해주었다. 축하하러 온 연사 중 한 명이 평소 좋아하던 드라마 작가였는데 어찌나 위트 있는지, 내내 웃다가 끝에는 꽤 감동을 받고 말았다. 글은 혼자 쓰는 것 같지만 결코 혼자 쓰는 게 아니니, 다른 창작자들과 끝없이 연결되어야 한다는 메시지를 그 후 오래 곱씹었다. 졸업장 수여식 때는 한 학생이 '빚(debt)'이라 쓰인 플래카드를 들고 올라섰다가 안전 요원에게 쫓겨 내려갔다. 졸업식에서까지 뼈 있는 퍼포먼스를 하다니 예술대학다웠다. 졸업식이 끝나고 6천여 명이 거리로 쏟아졌다. 무대의 환한 조명이 아직 눈꺼풀에 남아 있어서 햇빛이 낯설었다. 여기저기서 졸업 모자들이 공중으로 날아올랐다. L도 타임스스퀘어에서 멋진 솜씨로 졸업 모자를 쏘아 올렸고 나는 어쩐지 울컥하고 말았다. 막상 내 입학식이나 졸업식은 대충 뭉갰으면서……. 친구의 성취를 한껏 축하하고 싶을 뿐이었다.

엠파이어스테이트 빌딩의 꼭대기가 졸업을 축하하며 L의 학교 색깔로 변했고, 그것은 정말로 멋진 축하였다. 친구면서 학부모의 마음에 이입해버린 나는 학내 물품점에 가서는 학교 후드 티까지 사버렸다. 아직도 가끔 입고 다니는데 학력 위조자가 된 기분이 약간 들지만, 그래도 늦은 밤 예술대학 건물 계단에 앉아 노래를 부르고 발끝으로 핑그르르 돌며 기량을 뽐내던 학생들이 생각나서 웃게 된다.

그리고 또 좋았던 것들

반려 장미를 위해 열어둔 창문.

수제 애플사이다.

안개가 심한 날 빌딩들의 꼭대기가 보이지 않던 것.

번지는 조명들도.

친구들과 음식점 냅킨에 하던 낙서들.

크고 작은 서점들, 그중 한 곳에서 L과 『은하수를 여행하는 히치하이커를 위한 안내서』 양장본을 한 권씩 샀던 것.

시나몬 가루가 뿌려진 라이스 푸딩.

차이나타운에서 엘리자베스 스트리트로 이어지는 길. 뉴욕에서 걸었던 어느 길보다도 아름다웠다. "여기가 어디야? 어딘데 이렇게 예뻐?" 하고 물으니 "반은 소호, 반은 이스트빌리지"라고 대답해주던 L의 목소리.

코인 세탁소에 가던 아침.

빌려온 빔 프로젝터의 열기, 함께 보았던 영화들.

거리 축제.

칵테일을 마시러 나갔던 새벽에도 안전하다고 느꼈던 것.

사람들을 한껏 피해 찍어도 도시 사진의 배경엔 종종 누군가의 표정이 잡힌다는 것. 그렇다면 한국을 방문한 누군가의 여행 사진에도 내가 아는 얼굴들이 우연히 찍혀 있지 않을까, 생각해보았던 시간들.

공항에서 엉엉 울다가,

L의 설득에 넘어가길 잘했다고 생각한다. 혼자였으면 절대로 하지 못했을 여행을 했으니까. 여행보다는 머묾에 더 가까운 형식의 여행이었고 그게 잘 맞았다. 자매처럼 함께 살았고, 밀렸던 이야기를 잔뜩 했고, 우리가 서로를 좋아한다는 것을 제대로 확인할 수 있었다. 언제나 나를 근사한 쪽으로 슬쩍 밀어주는 내 친구.

L의 집을 떠날 때는 거의 이사처럼 느껴졌고, 내가 떠난 후 L도 곧 그 집을 떠났다. 지금은 미국의 다른 지역에서 강의를 하고 있다. 언젠가 L이 요즘 사는 도시에도 꼭 가보고 싶다. 이번엔 지지 말고 따로 숙소를 잡고 나서 L을 매일 따라 다닐 것이다. 기상 캐스터가 끓는 물을 주전자째 들고 나가 휙 뿌리면 얼음 알갱이가 되어 떨어지는 겨울로 유명한 곳이던데, L이 춥지 않을지 늘 걱정이다.

울먹울먹하며 공항에 따라와준 L 덕에 결국 출국장 앞에서 둘 다

엉엉 울었다. 별 사연 없으면서 사연 있는 사람들처럼 보였을 것이다. 그러고 나서 돌아서던 L이 깜짝 놀라 외쳤다.

"나 지갑이 없는데?"

나와 함께 택시를 타고 왔기 때문에 지갑을 가지고 오지 않은 줄 몰랐던 모양이다. 그때 알아서 다행이지 내가 출국장에 들어간 뒤에 알았으면 정말 어쨌을까 싶다. JFK 공항에서 수상스러운 구걸을 할 뻔했다. 나도 달러를 탈탈 털어 쓰다시피 한 참이었지만 L을 돌려보낼 차비 정도는 있었다. 그러느라 눈물이 쏙 들어갔고 끝내는 웃으며 헤어졌다.

우리는 여전히 메신저로 이야기하고, 뉴스와 연결된 걱정들을 하며, 언제 다시 만날지 계획을 세운다. 시차 때문에 애매한 시간에 와라라라 몰아서 떠는 수다는 삶의 저점마다 나를 버티게 해주었다. 세계화란 친구를 지구 저편에 데려가버리는 현상이라고 투덜거리면서도, L이 있는 곳이 어디든 그곳을 '친구네'라고 여기는 것이 싫지 않다.

그렇게 나는 뉴욕에서 돌아와, 가끔 여행하는 사람이 되었다.

———————( )만큼 (아헨)을 사랑할 순 없어

아헨 Aachen

2012. 07

W에 대해 이야기하자면,

2010년 11월의 일이었다. 친한 친구가 W를 소개해주었다.

"누구냐면 내 여동생 대학원 동기인데, 동생이 반쯤 농담으로 만나보라는 거야. 그런데 나는 지금 너무 바쁘고 연애할 상황도 아니어서."

뭐라고? 매일 보고 지내면서 농담으로라도 친언니에게 만나보라고 권할 만한 사람이라니, 대체 어떤 사람인 거야? 여동생은 없고 남동생만 있기 때문에 더더욱 쉽게 짐작할 수 없었지만 호기심이 생겼다. 그렇게 W를 만났다. 가로수길의 이제는 사라진 쌀국숫집에서 만났는데, 내가 무슨 말만 하면 숨넘어갈 때까지 웃어서 만족스러웠다. 나는 나의 유머 감각을 인정해주는 사람을 좋아한다. (그런데 나중에 알고 보니 웃음의 역치가 무척 낮은 편이라, 별로 웃기지 않은 것에도 웃는 타입이었다. W의 친구들 사이에서는 "W를 웃기는 것만큼 쉬운 일이 없다"라는 말이 드물지 않게 나온다니 큰 착각을 하고 만 것이었다.)

　W를 만나면 만날수록 왜 친구의 동생이 친구에게 소개하고 싶어
했는지 알 것 같았다. 평균적인 사람들보다 공격성이 매우 낮은 온유
한 성격이었다. 나는 초등학교 때 괴롭히는 남자애들에게 반격하느
라 다쳐가면서도 끝까지 싸우곤 했으므로, 어떻게 살아왔기에 그렇
게까지 공격성이 없는지 신기하고 놀라웠다. 강화길의 「음복」을 읽
고 나니 약간 이해가 가기 시작했는데 얼마만큼 공격성이 없느냐면,
어떤 아저씨가 길에서 담배꽁초로 나를 맞혔을 때에도 전혀 반응하
지 않았다. 평정심을 유지하며, 한껏 열 받은 나를 얼른 그 자리에서
벗어나게 하는 데에만 집중했다. 물론 밤의 항구 도시 번화가에서 험
악해 보이는 아저씨랑 싸우는 것은 그다지 현명하지 않은 일이었겠
지만 한마디 정도는 해도 되지 않았나? 만약 인류가 다 W 같았다면
전쟁도 혁명도 일어나지 않았을 것이다. W를 만날수록 평화와 정체
(停滯)에 대해 깊이 고민하게 되었다. 해가 갈수록 내 안의 공격성을
제거하고 공격적인 경향의 주변인들을 멀리해온 것은 자기 보존의
방식이었을까, 회피와 퇴행이었을까? 답을 모르는 질문이 오래 쓰는
주제로 자리 잡아 간다.

　하여튼 W는 잘 웃고 감정의 진폭이 적은 성격에, 열등감도 없고
꼬인 데도 없었다. 머릿속의 회로가 건강하게 직선적인 W와 지내는
것은 나에게도 큰 도움이 되었다. 그런 W가 2012년, 유럽으로 교환

실습을 가는데 함께 가지 않겠느냐고 물어왔던 것이다.

"주중에는 아헨이란 곳에 있고 주말에는 다른 도시나 네덜란드, 벨기에에 갈 수 있어."

막 뉴욕을 다녀온 참이었는데 또 여행을? 2년을 버티겠다고 모은 돈으로? 처음에는 망설여졌는데 듣다 보니 점점 끌렸다. 유럽 여행을 간다면 소재나 배경을 얻을 수 있을 것도 같았고 무엇보다 건강에 살짝 자신이 생긴 참이었다. 뉴욕에서 아프지 않았으니까.

고등학교 때부터 20대 중반까지 위경련으로 숱하게 응급실 신세를 졌다. 내시경을 해보면 아무 문제가 없었는데, 스트레스성이었을 수도 있고 심한 생리전증후군이었을 수도 있을 듯하다. 그런데 20대 후반, 저체중에서 벗어나 표준체중이 되며 위경련이 사라졌다. (아니면 반대일 수도 있다. 위경련이 사라져서 저체중에서 벗어나게 된 걸지도.) 데뷔를 하고 작품을 발표하기 시작한 게 심리적으로 큰 도움이 되어서 전체적으로 건강해질 수 있었던 게 아닐지 돌이켜 추측한다. 표현하고 싶은 사람은 표현해야 한다. 그러지 않으면 몸이 아프니까. 표준체중이 된 게 만족스럽고 다시는 저체중으로 돌아가고 싶지 않다. 여행할 수 있는 몸을 20대 후반에야 가질 수 있었기에 기쁘게 시험하고 싶었다.

"나 W랑 독일에 한 달 동안 갈래."

그렇게 선언했을 때 엄마 친구들, 친구 엄마들이 모조리 발칵 뒤집어질 줄은 상상도 못 했다. 친구 중 한 명은 어머님께 들볶이다 못해 "세랑이 혼인신고 하고 가는 거야" 하고 거짓말도 해야 했던 모양이다...... 얼마 전 재미있게 읽은 『동해 생활』에서 송지현 작가의 부모님은 훨씬 쿨하시던데 내 주변은 그렇지 못했다. 그때도 지금도 그게 그렇게 큰일인지 어리둥절하지만 스물아홉에 내가 번 돈으로, 내가 원하는 사람과 내가 있고 싶은 곳에 있겠다는 게 당사자가 아닌 다른 사람들이 신경쇠약을 일으킬 일인가? 설마 요즘도 그런 분위기일까? 인식의 변화는 전체 세대로 확대하면 기대보다 느리게 진행되는 듯한데, '최대 가능성'과 함께 좋아하는 말이 '자기 결정권'이라 주변의 반응에 개의치 않을 수 있었다.

"가서 여행 책 쓸 건데."

그때는 계약도 없었지만 그렇게 정리하고 룰루랄라 여행을 준비했다.

베이스캠프가 될 도시는 아헨이었다. 아헨은 독일의 서쪽 끄트머리에 있는 유서 깊은 소도시라는데, 조사해 읽는 것만으로는 머릿속에 확 그려지지 않았다. 출발하기 2주 전에, 아헨에 다녀온 적 있다는 분을 우연히 만나 실제 어떤 곳이냐고 물을 기회가 있었다.

"아헨? 거기 그냥 아현동 같아. 별거 없어요."

그 정도의 반응이어서, 매력적인 여행지일지 걱정되었다. 더하

여 여행 책에 나오는 내용들이 애매하기도 했다. 독일에 관련된 책을 세 권쯤 사서 읽는 중이었는데 조금만 마음에 들면 나치 전당대회가 열렸던 도시, 히틀러가 가장 사랑했던 도시, 마약중독자들과 스킨헤드들의 도시라는 설명이 이어졌던 것이다. 쇼핑 부분을 펴니 그것도 좀 미묘했다. 탈모 방지 샴푸와 발 크림, 치약을 사 오라고 적혀 있었다. 의외로 동유럽을 여행했던 친구가 희망을 주었다.

"가면 볼 게 많을 거야. 동유럽에 갔더니 박물관에 별게 없더라고. 물어보니까 독일이 다 가져갔대."

아, 그거 알 거 같네…… 하는 생각이 들었다.

여행을 떠나기 며칠 전에는 가까이 지내는 B 작가님에게서 메일이 왔다. 아헨의 프랑스 이름이 엑스 라 샤펠이며, 샤를마뉴 대제 때 프랑크왕국의 중심으로서 외교사적 가치가 높은 도시이니 좋은 소재를 건져오라는 친절한 내용이었다. 고마움과는 별개로 웃음이 났다. 나도 게을러서 다 찾아보지 못한 도시를 글을 쓰다가 잠시 쉬는 시간에 찾아보고 보내주시다니 너무나 지적인 방식으로 다정했다.

그리하여 한 달 치 짐을 꾸린 채, 다시 여행을 떠났던 것이다.

일단은 프랑크푸르트

체액이 쌓여서 괴로운 발로 프랑크푸르트에 도착했을 때는 늦은 저녁 시간이었다. 공항에서 프랑크푸르트 중앙역까지 짧게 전철을 탔는데 창밖의 현대적인 건물들을 구경하느라 바빴던 기억이 난다. 7월이었다. 밤 10시까지도 해가 지지 않아 멀리 왔다는 게 실감이 났다. 중앙역 위로 높이, 굉장한 수의 제비들이 날고 있었다. 오스카 와일드의 『행복한 왕자』를 떠올렸다. 왕자의 동상이 서 있던 도시가 정확히 어딘지는 나와 있지 않지만 북쪽 유럽이라고 했으니 비슷한 풍경이지 않을까 싶었다.

중앙역 바로 앞의 호텔에 짐을 풀고 나서야, 어쩌다 이렇게 낯선 곳에 오게 되었는지 아득해졌다. 커튼 틈으로 스산한 창밖을 내다보면서 얼떨떨했던 것이다. 뉴욕에 다녀온 지 두 달도 채 되지 않는데 나는 왜 여기에…… 특별히 꿈꿨던 곳도 아니었으니 나답지 않은

일을 저질렀다는 생각이 들었다. 주변에는 여행을 사랑하고 여행을
위해 사는 친구들이 적지 않았다. 멋져 보이면서도 일상이 괴로운
것이 추동력이면 어쩌나, 내심 걱정을 했었는데 어느새 스스로에게
해당되는 일이 된 것 같았다.

"물을 사러 가자."

나중에야 알았지만 그 시간에 문을 연 상점에서는 물값이 네 배
였다. 광장을 향해 걷다가 채 반도 가지 못했는데, 유럽 중앙은행이

있는 유로타워 앞에서 시위대가 텐트를 쳐두고 농성하고 있었다. 알록달록한 텐트였다. 시위는 평화로워 보였고 아마 월 스트리트 시위의 연장선에 있는 듯했다.

마음은 쉽게 잠들지 못할 것 같았는데, 몸은 그렇지 않았던 모양인지 기절한 것처럼 잠들었다.

다시 깨어났을 때는 다행히, 프랑크푸르트의 표정이 바뀌어 있었다. 전날의 스산함은 햇빛에 날아가버린 듯했고 전혀 다른 필터가 씌워진 것 같은 풍경이었다. 컵에 넘칠 듯이 가득한 커피를 들고 달리다시피 걸으며 한 방울도 흘리지 않는 프랑크푸르터들의 활기가, 넓은 보폭이 근사했다. 프랑크푸르터가 남성형으로 쓰이면 프랑크푸르트 시민을 뜻하고 여성형으로 쓰이면 소시지 이름인 걸 최근에 알게 되었는데, 관사로 단어에 성별을 표시하는 언어는 정말 미묘하구나 싶었다. 어쨌든 그날 이후로 프랑크푸르트 하면 엄청난 생기로 걷는 사람들이 먼저 떠오른다.

오후에 뮌헨으로 가는 기차를 예약해두었으므로, 아침 일찍 프랑크푸르트를 돌아보기로 했다. 마인강변은 즐거워하는 사람들로 가득 차 있었다. 이때는 미처 깨닫지 못했지만 2012년 여름의 독일은 이상기후로 매우 기온이 낮았고 햇빛이 좋은 날이 적었다. 온기가 대단치 않았는데 잔디밭 곳곳에 상의를 벗은 사람들이 누워 있었다. 이후로 햇빛 나는 날을 거의 못 만날 걸 알았더라면 동참했을지 모른다. 사람들이 패딩 조끼를 입고 털 부츠를 신을 8월이 기다리는 줄도 모르고 그날의 햇빛을 대수롭지 않게 여겨버렸다. 강가는 그야말로 빛났다.

박물관 지구를 향해 부지런히 걸었다. 슈타델 미술관과 리비히 하우스를 오전에 보는 게 목적이어서 개관 시간도 되기 전에 먼저 가서 기다렸다. 미술관 건물이 드리운 서늘한 그늘 안쪽에서 일찍 일어난 다른 사람들과 함께 20분쯤 서성거렸다.

"무슨 그림을 보겠다고 이렇게까지……."

그런데 그럴 만한 가치가 충분히 있었다. 슈타델 미술관은 규모가 아주 크지 않아도 인상적인 공간이었다. 보티첼리부터 시작해 루벤스, 모네, 르누아르, 페르메이르를 거쳐 현대의 거장들까지 눈에 익은 작품들과 동시대적인 작품들이 근사한 흐름을 이루며 갖춰져 있었다. 관람객이 아직 많지 않은 복도를 천천히 걷자 피로로 무뎌져 있었던 감각이 깨어났다. 괴테의 가장 유명한 초상화 앞에, 게르하르트 리히터의 「베티」 앞에 오래 서 있었다. 언제고 다시 가고 싶은 곳이다. 이후 몇 년간 출장 등으로 프랑크푸르트에 가는 사람들에게 꼭 방문해보라고 추천했었다. 뉴욕에서 갔던 모마나, 후에 가게 될 런던의 테이트만큼 슈타델이 좋았다.

바로 옆 리비히하우스에서는 제프 쿤스전이 한창이었다. 봐야 할지 말아야 할지 잠시 고민에 빠졌다. 사는 곳에서라면 상설전보다 기획전에 관심이 가겠지만, 여행지에서라면 세계를 떠돌기 마련인 기획전보다 그 도시에서만 만날 수 있는 상설전을 보는 게 유리하니 말이다. 제프 쿤스는 언젠가 다른 곳에서 볼 수 있지 않을까, 프랑크 푸르트에서 굳이 그 전시를 보는 게 의미가 있을까 싶었던 것이다.

"이 전시 포스터, 프랑크푸르트를 완전히 뒤덮고 있잖아. 좋으니까 그렇게 많이 붙이지 않았을까?"

긴가민가하며 제프 쿤스전을 보았는데, 전시 방식이 독특해서 그것만으로도 괜찮은 선택이었다. 리비히하우스는 조각 전문 미술관이다. 이집트 조각부터 신고전주의 조각까지 5천 년을 가로지르는 조각 작품들이 소장되어 있는 곳인데, 기획자들이 기존의 작품들을 그대로 두고 그 사이에 제프 쿤스를 위치시켜 새로운 맥락을 만들어냈던 것이다. 제프 쿤스 특유의 알록달록하거나 매끈한 풍선 같은 작품들이 근엄한 얼굴을 한 대리석 작품 바로 곁에 놓일 때 극대화되는 이질감이 좋았다. 나중에 제프 쿤스의 작품들을 따로 마주칠 때보다 오히려 인상 깊었다.

대중소설을 쓰기 때문에, 다른 장르의 대중적인 작가들을 편들고 싶은 마음도 항상 있는 것 같다. 사람들은 이해하기 쉬운 작품을 두고 비아냥거리는 경우가 많다. 말초적이고 얕다고, 별것 아니면서

거품만 크다고……. 수십 년째 전 세계적인 조롱의 대상이 되는 작가들도 있다. 그렇지만 보는 사람들에게 몇 초 만에 즉각적인 반응을 이끌어내는 작품을 만드는 것은 아무나 할 수 있는 일이 아닐 것이다. 쉬워 보이지만 어려운 일이고 소수만이 다다를 수 있는 경지이니 온당한 평가를 받아야 하지 않을까? 제프 쿤스를 좋아할 수도 있고 싫어할 수도 있지만 누구나 50미터 밖에서 제프 쿤스의 작품을 알아볼 수 있다는 것은 인정해야 한다.

제프 쿤스전이 조각은 리비히하우스에서, 회화는 쉬른 미술관에서 따로 열리고 있었기 때문에 뢰머 광장으로 뛰다시피 걸어야 했다. 그런데 그렇게 가다가 다른 작가의 작품을 50미터 밖에서 알아보았던 것은 공교로운 일이었다.

"어, 백남준 작품이다."

멀리 보이는 실루엣이 익숙했다. 촉이 왔다.

"거짓말하지 마. 그럴 리 없어. 그렇게 막 발에 차일 리가."

W는 내 말을 믿지 않았다.

"내기할래?"

여행 경비를 공동으로 쓰기로 했기 때문에 내기할 만한 게 없었다. 점심 메뉴 결정권을 걸기로 했다.

"텔레비전이 반짝반짝하지 않잖아. 아닐 거야. 그냥 비슷한 작품일 거야."

가까워질수록 W는 불안해했고, 나는 의기양양해져갔다. 역시나 백남준의 작품이었다. 커뮤니케이션 뮤지엄 앞에 서 있는 1990년 작 「프리벨맨(Pre-Bell-Man)」이었다. 다시 한번 고유의 표지가 있는 작가들이 대단하다고 생각하게 되는 경험이었다. 손톱만 하게 보여도 아우라를 뿜어낸다는 뜻이니 말이다. 소설가들 중에도 분명 비슷한 이들이 있다. 한 문단만 읽어도 아, 이거 그 사람이 쓴 거잖아, 하고 바로 알아볼 수 있는. 그런 작가가 되는 게 그때도 지금도 꿈이다. 감각적이고 즉각적이면서도 쉬이 잊히지 않는 어떤 것, 궁극적으로 만들어내고 싶은 것은 그런 것이다.

그리고 프랑크푸르트에서 놓칠 수 없는 괴테 하우스를 방문하기도 했다. 관람한 후에는 괴테 하우스의 외벽에 두 손을 대고 기복 신앙처럼 문운을 나눠 받길 소망했다. 이때의 여행 사진들을 보면 벽을 짚은 손등 사진이 띄엄띄엄 이어진다.

뮌헨 교통 박물관 앞의 달팽이를 보시면, 안부 좀 전해주세요

세 시간 동안 ICE를 타고 뮌헨으로 이동했다. 창밖으로 펼쳐지는 전원의 풍경, 가끔 나타나는 도시의 옆모습을 보고 싶었는데 하필 창문이 없는 자리였다. 한 뼘쯤 되는 의자 틈으로 겨우 엿볼 수 있었던 앞자리 창문은, 지나치게 반사가 잘되어 사람들이 자거나 먹는 모습만 비쳐 큰 도움이 되지 않았다. 뮌헨에 대해 읽은 것 중에는 찰스 슐츠의 『찰리 브라운과 함께한 내 인생』에 나온 내용을 좋아한다. 2차 세계대전 때 어둠 속에서 뮌헨으로 진군했던 찰스 슐츠가 나중에 만화가가 되어 다시 뮌헨을 방문했다는 점이 인생의 빛과 어둠을 동시에 떠올리게 하기 때문이다.

　트렁크를 낑낑 끌고 숙소까지 오래 걸어야 했다. 한 달 내내 머물 숙소 중 가장 저렴한 곳이어서 내심 걱정했는데, 깨끗하고 좋아서 다행이었다. 높은 방이었고, 뮌헨에도 제비가 많았다. 가끔 제비의 하얀 배가 보일 만큼 창문 가까이 날아서 유리에 부딪힐까 봐 걱정이 되었다. 몸이 가벼운 새가 자신의 속도를 주체하지 못하는 것처럼 보였는데 그 산란하게 나는 패턴이 보기보다는 안전한지 충돌 사고는 없었다.

"물도 사고, 잠깐 돌아볼까?"

뮌헨에서도 6시가 넘어서 물을 사는 것이 그렇게 힘들 줄은 몰랐다. 물론 여행자라 잘 몰라서였겠지만, 보이는 가게마다 문을 닫은 후라 꽤 멀리 걷다가 겨우 주유소를 발견해 살 수 있었다. 6시 넘어서까지 문을 연 곳은 몇몇 레스토랑들뿐이었는데 가까이 가면 공기 중에서 알코올 냄새가 났다. 맥주의 나라에 왔구나, 하는 실감이 그제야 찾아왔다. 우리나라 맥줏집의 야외석을 스쳐 걸을 때는 그렇게까지 맥주 냄새가 강하진 않았는데 신기했다. 불행히 알코올 분해 효소가 거의 없다시피 해서 독일에 있는 내내, 3백 밀리리터 잔의 맥주를 마셨는데 독일인들은 매번 경악과 동정의 눈길을 보내왔다. 3백 밀리리터는 청소년용이거나(?) 맛보기 비슷한 개념인 모양이었다. 내가 맥주잔 사진을 올리면, 맥주 애호가인 친구들이 화를 내다시피 안타까워하며 메시지를 보내왔다.

'거기까지 가서 혀만 담그고 오네. 너한테 독일은 낭비다!'

친구들의 의견에 동의하지만, 평소에 없는 알코올 분해 효소가 여행지에서만 잠깐 생기는 것도 아니니 별수 없었다.

6시 이후엔 도시가 조용해지고 어두워지는 것이, 셔터가 내려지고 거리가 비는 것이 관광객 입장에서는 불편했지만 그에 비해 한국의 도시는 지나치게 밤이 밝지 않은지 고민하게 되었다. 언젠가 늦게 귀가하다가 11시 40분인데 환히 열려 있는 동네 빵집을 보았다. 장강명의 『산 자들』에 수록된 「현수동 빵집 삼국지」 같은 사정이 있으신 걸까 걱정되었다. 새벽에 열고 늦은 밤 닫는 빵집에서 더 나아가, 24시간 영업을 하는 가게들이 지나치게 많다. 휴일에도 쉬지 않는 곳들이 말이다. 몇 년 전 어린이날, 대형 마트의 장난감 코너에 서 있는 직원들을 봤을 때도 혹 저 집 어린이들이 서운한 시간을 보내고 있으면 어쩌나 싶었다. 배달 문화가 발달해 있어서 코로나19 위기에 큰 도움이 되고 있지만 과로로 사망한 배달 노동자들을 생각하면 또 아찔하다.

　필수적인 휴식이 모두에게 주어지지 않고 일부에게만 주어지고 있는 것 같다. 누구나 당연히 인간적인 휴식을 누릴 수 있는 사회는 요원해 보이고, 혹사와 착취는 종종 근면과 편의의 표면을 하고 있어 구분을 하려면 정신을 바짝 차려야 할 듯하다. 모두가 쉴 때 쉴 수 있게, 일하다 병들거나 죽지 않게 조금씩 불편해지는 것도 감수하고 싶은데 변화는 편리 쪽으로만 빠르고 정의 쪽으로는 더뎌서 슬프다. 표면만 파악한 것일지 몰라도 2012년의 독일은 누구의 삶도 각박하게 만들지 않기 위해 어떤 합의에 이른 나라처럼 보였기에 부러웠

다. 속사정이야 잠시 머문 것만으로는 알 수 없겠지만 말이다.

뮌헨에서 분명 여러 명소에 갔다. 아름답게 건축되었다가, 폭격으로 무너졌다가, 다시 건축된 교회들을 구경했고 여러 미술관을 이관 저 관 옮겨 다니며 한 나절을 보냈다. 그런데 의외로 오래 기억나는 곳은 교통 박물관 부근이다. 자동차를 잘 만드는 나라니까 교통 박물관이 재밌지 않을까, 하는 단순한 생각으로 갔던 곳인데 박물관 자체도 좋긴 좋았지만 그보다는 그 근처의 주택지가 태어나서 본 중 가장 인상적인 주택지였기 때문이다. 심지어 아파트까지 달랐다. 아파트에서 나고 자랐기에 애정이 있지만, 아파트가 대단히 혁신적인 건축물이 될 수 있을 거라는 생각은 하지 못했는데 그 지역을 걸어보고 의견이 바뀌었다. 한 번도 본 적 없는 형태와 색상의 아파트들이 거기 있었고 문외한의 눈에도 탁월했다. 지역 전체가 단조롭지 않고 새로우면서도 조화를 이루고 있었다. 상상하지 못했던 종류의 놀이터도 마주쳤다. 그 놀이터엔 미끄럼틀도 그네도 없었다. 그저 탄성이 좋은 소재로 만든 몇 개의 언덕이 있었는데, 아이들은 아주 만족하며 놀고 있는 것 같았다. 비어 있는 부분을 아이디어로 채우는 것처럼 보여 신선한 충격이었다. 물구나무를 잘 서는 어린이가, 내가 박수를 치자 쇼맨십을 발휘해 한 번 더 보여주더니 부끄러워하며 뛰어갔다. 보통 사람들이 사는 보통 거주 지역에 그렇게 깊은 인상을 받게 될 줄이야…… 일정을 바꾸어 계속 걸었다. 산딸기를 사서 벤치에 앉아 먹으며 한 지역을 아우르는 미감은 어떻게 완성되는 걸까 궁금해했다. 식료품점에서 찬찬히, 그동안 알던 것과 조금씩 다르게 생긴 채소들을 구경하고 유기농 콜라의 미묘한 맛에 갸웃거리다가 아쉬움을 안고 트램을 탔다.

몇 년이 지난 지금도, 교통 박물관 앞의 달팽이 조형물이 보고 싶을 때가 있다. 구글 스트리트 뷰로 찾아도 나오는 달팽이인데, 아마도 세상에서 제일 귀여운 달팽이 조형물일 것이다. 교통 박물관 앞에 달팽이를 둘 생각을 누가 했을까? 만약 이 글을 읽는 분들 중 어느 분이 뮌헨에 가시게 되면 달팽이에게 꼭 안부를 전해주시면 좋겠다.

슈바빙에서, 속담을 생각해버렸다

뮌헨에서 나는 카메라를 망가뜨렸다. 한 달짜리 여행을 시작한 지 사흘째에 일어난 일이었다. 나는 그 실수를 계속 곱씹었다. 산 지 세 달도 되지 않은 카메라를 유럽 광장의 위력이 대단한 돌바닥에 떨어뜨리는 바람에, 발등을 쿠션 삼았는데도 주요 부품이 완전히 깨져버렸다. 무슨 촉이 있었던지 작은 카메라를 하나 더 챙겨 간 게 불행 중 다행이었다. 지금 생각하면 별것 아닌 일인데, 그때는 마음이 자꾸 하지 않았으면 좋았을 실수로 되돌아가고 말았다. 기분 전환이 필요했다.

　슈바빙엔 토마스 만이 살던 건물이 있고, 그 건물을 방문해서 쓴 전혜린의 수필을 읽었던 기억이 나서 흉내 내어 방문해보기로 했다. 슈바빙은 예술가들과 젊은이들의 거리라 해서 홍대 앞을 떠올리고 찾아갔는데, 세콰이어 가로수들이 건물보다도 더 높게 이어지는 풍경은 짐작했던 것과 달랐다. 토마스 만이 『부덴브로크가의 사람들』
을 썼다는 하숙집 건물은 작고 가지런했고 거미가 인사하듯이 실을
타고 내려왔다. 죽고 없는 사람들이 한때 머물렀던 장소에 찾아가는
마음이란 지도 위를 투명한 점선으로 뒤덮는 것과 비슷하지 않나 싶
다. 보이지 않는 것들이 쌓여서 천천히 그려지는 것들이 있다는 것
에 대해 자주 생각한다. 완벽하지 않은, 지나간 사람들의 바통을 건
네받아 나도 쓰고 싶다고 중얼거렸던 듯도 하다. 그 방문이 만족스
러웠으므로, 기왕 거기까지 간 김에 근처의 영국 정원을 걸어보기로
했다. 멀리서 본 영국 정원은 도심에 있다는 게 믿기지 않을 만큼 크
고 풍성해 보였다. 어떻게 그렇게 커다란 녹지를 남겨두었을까 감탄
했는데, 18세기에 그때까지 늪지였던 것을 시민들을 위한 공간으로
만든 것이라고 한다.

그런데 직접 걸어보니, 세 걸음을 마음 놓고 걸을 수 없을 만큼
똥밭이었다. 무슨 동물의 흔적인지는 추측하기 어려웠다. 설마 뮌헨
사람들이 반려견의 배설물을 극단적으로 치우지 않는 것은 아닐 테
고, 유유히 떠다니던 오리 거위 백조들이 원인이었을까? 게다가 여
름이다 보니 그 배설물에 꼬인 온갖 곤충들이 공기 중에 가득해서
눈 코 입을 한껏 방어하며 걸어야 했다.

뮌헨 사람들이 그 똥밭에 가까운 잔디밭에서 격하게, 격하게 축
구를 하는 모습은 더욱 놀라웠다. 슬라이딩까지 과감하게 하던데 괜

찮은 건지 물어보고 싶었다. 영국 정원을 벗어나기 위해 영혼 없이 걷다가, 앞서 걸어가던 할머니 할아버지가 갑자기 멈춰 서 다정한 포옹을 하는 것을 보았는데 그 장면만이 살짝 위안이 되었다. 오래 살아남은 사랑의 실루엣은 젊은 연인들에겐 희망이 되곤 한다. 사랑 과 사랑 아닌 것들이 쉽게 분리되지 않는 방식으로 들러붙어 있는 삶에서……. 물론 막 사귀기 시작한 뜨거운 사이이셨을지도 모르지 만 말이다. 어쨌든 그 이후로 "개똥밭에 굴러도 이승이 좋다"라는 말 을 들으면 뮌헨의 영국 정원이 머릿속에 펼쳐진다. 다행히 그 펼침 그림 속에 냄새는 포함되어 있지 않다.

무지개 원피스를 입고 나갔더니 퀴어 퍼레이드였다

아침에 둥, 둥 하고 멀지 않은 곳에서 북소리가 났다. 북소리에 깨어
나는 것은 한 번도 해보지 않은 경험이었지만 그것이 축제의 북소
리라는 것을 눈뜨는 순간 깨달았다. 기분 좋은 진동음이 5층까지 닿
았고 창밖에는 밝은색 옷을 입은 사람들이 지나갔다. 무슨 축제인
지 몰라도 축제에는 무지개 옷이지, 하고 꺼내 입고 나갔더니 심지
어 퀴어 퍼레이드였다. 그렇게까지 우연으로 TPO에 맞춰 옷을 입은
적은 인생에 또 없었다. 덕분에 자연스럽게, 곧바로 축제에 섞여 들
어갔다. 그리고 그 퍼레이드는 완벽했다. 건물마다 지지의 무지개가
걸려 있었다. 바리케이드도, 혐오 세력도 없이 열린 광장에서 모두가
행복한 하루를 보내고 있었다. 가장 마음에 들었던 플래카드는 종교
상징으로 쓴 '관용(Tolerance)'이었다.

그곳에서 나는 나의 퀴어 친구들을 떠올렸고, 몇 년 동안 그날을

곱씹게 되었다. 왜 한국에서는 칸막이 없는 축제가 아직 불가능한지를, 어떻게 하면 가능해질지를 말이다. 내가 아끼고 사랑하는 친구들이 차별과 모멸을 겪으며 깎여나가지 않는 세계를 절실히 바란다. 행복은 연결망 위에 놓여 있는 듯하다. 가까운 사람들이 행복하지 않을 때 그 누구도 혼자 행복할 수 없으니까. 누구나 조금씩의 모멸을 견디며 살지만 지금 우리 사회에서 퀴어들이 매일 맞닥뜨려야 하는 모멸은 매우 심각한 수준인 것 같아 우려가 크다. 우정에서 출발하는 신념이 있고, 나는 어느 도시에서 눈뜨건 무지개 깃발을 흔들 준비가 되어 있다.

인간의 몸이 아주 복잡한 유기체라는 점을 종종 곱씹는다. 하나의 통일된, 완벽한 시스템이라고 착각하기 쉽지만 사실은 온갖 부분과 요소들이 저 나름의 목표를 가지고 있고 그 목표는 가끔 서로 상충하거나 갈등 관계에 놓이기까지 한다는 것에 대해서. 뇌가 원하는 것과 위가 원하는 것이 다르고, 이 호르몬의 목표와 저 호르몬의 목표가 다른 식인데 성(性)과 관계된 파트들이 유난히 저 혼자 가지런할 리 없다. 끝없이 업데이트되는 과학과 의학의 연구 결과들이 그렇게 말하고 있다. 우리 몸이 이토록 복잡하고 다층적일 때, 이분법적 정체성과 모두에게 똑같은 사랑의 방식은 실제에 대한 지나치게 거친 요약일 것이다. 나는 그것을 안다. 가장 좋아하는 작가 중의 한 사람인 어슐러 르 귄은 '안다'고 말해야 할 자리에 '믿는다'는 말이 끼

어드는 것을 경계해야 한다고 반복해서 말했고, 이에 깊이 동의한다. 과학의 자리에 과학이 아닌 것이 들어와서는 곤란하다.

몇몇 친구들에게 흐르던 지지의 마음은, 이제 퀴어 독자분들에게도 향한다. 출판 행사에 찾아와 마음을 전하고, 농담을 나누고, 가끔 같이 조금 울기도 하는 독자분들은 한층 넓은 의미의 친구일 것이다. 그리고 퀴어 독자들의 존재가 이야기들을 얼마나 풍성하게 해주는지 길지 않은 시간 동안 깨닫기도 했다.

처음 두드러졌던 것은 레즈비언 독자들이었다. 리뷰 안에 레즈비언임을 밝히시거나 소개 글에 밝혀두고 글을 쓰셔서 알 수 있었는데, 전혀 성애와는 상관없는 소설에서도 여성 캐릭터가 셋 이상이 되면 한 캐릭터를 콕 집어 '얘는 레즈비언이다!' 확언하시는 게 대단했다. 그런데 그 말을 듣고 그 캐릭터를 다시 보면 정말로 그럴듯했다. '아, 제가 미처 몰랐군요. 다음부터는 확실하게 드러내겠습니다' 하는 마음으로 임하게 되었다. 재밌는 사실은 성별을 분명히 하지 않거나, 앞부분에서 남성이라고 밝힌 캐릭터들마저도 과감히 여성으로 읽어버리신다는 점이었다. 덕분에 읽는 사람이 스스로의 욕망을 자연스럽게 채워 넣을 수 있도록, 비워두고 쓰는 방식을 익힐 수 있었다. 세계는 아직 여성을 제대로 사랑하는 법을 모르는데 다양한 여성들을 다양한 방식으로 열렬히 사랑하는 법을 더더욱 배우고 싶다.

또 최근에는 어떤 독자분이 내 소설의 세계관이 범성애적 세계관이라고 해석하신 것을 보고 그럴 수 있겠다는 생각을 하게 되었다. 작가들은 사실 자기가 뭘 하는지 잘 모르고 해석이 풍부할수록 다음으로 쓸 것에 근사한 영향을 받는다. 그렇죠, 외계에서 온 돌이랑 이것저것을 하면 범성애적 세계관이겠네요! (구글 AI는 같은 정보로도 『지구에서 한아뿐』을 '외설 문학'으로 분류해버렸지만…… 고치는 데 몇 달이 걸리고 여러 번에 걸쳐 신청해야 한다고 해서 그냥 내버려두었다.)

독자분들이 조금 더 퀴어 캐릭터가 주인공인, 본격 퀴어 소설을 써달라고 말씀하실 때가 잦아 고민하고 있다. 당사자성 없이 퀴어 소설을 쓰는 것은 민폐이지 않을까 싶고, 또 한편으로는 퀴어 캐릭터들을 주변인으로만 소모하는 것도 부족하지 않은지 의문이 든다. 아직까지는 정답을 찾지 못했지만, 그럴 때는 보다 똑똑한 사람들이 곧 말해주리라 믿고 관심을 가진 채 기다린다.

뮌헨 퀴어 퍼레이드 날, 마리엔 광장은 즐거운 사람들로 가득 찼었다. 총천연색 가발들이, 어깨에 멘 날개가, 기발한 슬로건들이 햇빛을 반사했다. 시청 건물의 인형 시계도 그날따라 더 즐겁게 움직이는 것만 같았다. 여기서 말하면 재미가 반감하니까 숨겨두지만, 이 인형들의 움직임엔 반전이 있다. 꼭 한번 시간 맞춰 그 아래에 서보시기를 바란다. 현지인들은 방문자들이 입을 쩍 벌리길 기다리며 장난스러운 얼굴로 곁눈질할 것이다.

그날의 햇빛, 그 음악, 그 모든 웃음소리를 마음속에 소중한 풍경으로 품고 있다. 풍경은 때로 지향점이 되고, 내가 사랑하는 사람들이 그렇게 열린 광장에서 안전하게 스스로일 수 있는 날은 여기에도 올 것이다. 그것을 믿는다.

모차르트는 아직도 잘츠부르크를 먹여 살리고 있었다

뮌헨에서 두 시간만 가면 오스트리아의 잘츠부르크였다. 하루는 그
곳에 가기로 했다. 「사운드 오브 뮤직」의 촬영지이며 모차르트가 태
어나고 자란 도시였다. 비가 많이 오는 날에 가게 되었지만 옛 모습
이 거의 그대로 남아 있어서 오히려 정취를 느끼기 좋았다. 잘츠부
르크 뮤직 페스티벌이 막 끝난 후라 아직 무대장치들이 이곳저곳에
서 비닐에 덮인 채 해체를 기다리고 있었다. 간발의 차로 놓쳤구나,
아쉬웠다.

　　10여 년 전에 「사운드 오브 뮤직」 출연자들이 TV 토크쇼에 나온
걸 본 적이 있다. 편안한 얼굴로 중년을 맞은 채였다. 아주 특별한 경
험을 안고 평생을 산다는 건 어떤 기분일지 궁금했다. 서로 여전히
사이가 가깝다고 해서, 그것 역시 대단하다는 생각이 들었다. 채널을
돌리다 「사운드 오브 뮤직」이 나오면 계속 보게 되어서 몇 번이나 봤

는지……. 줄리 앤드루스와 크리스토퍼 플러머가 왕성하게 쌓아 낸 작품들의 리스트에 존경심을 느낀다. 멈추지 않고 쌓아가는 사람들에 대한 찬탄은 아끼지 말아야겠다고 마음먹는다. 어린 배우들이 도레미 송을 부르며 뛰어다녔던 미라벨 정원을 우산을 쓰고 걸었다. 맑은 날이라면 꽃들의 색이 달라 보였겠지만 빗물이 맺혀서 더 빛나기도 했다.

시내로 향하자 모차르트 가발을 쓴 거리 공연자들이 골목마다 서 있었다. 다섯 명째 만나자 별로 신기하지도 않았다. 로마 때부터 형성되어 합스부르크 시절을 거쳐 오래도록 조각된 도시는 골목에서 다른 시대의 사람이 갑자기 튀어나와도 이상하지 않을 것 같았다. 지나치게 많은 곳에서 모차르트 초콜릿을 팔고 있는 것만 빼면 잘츠부르크 특유의 분위기에 압도당할 수밖에 없었다.

케이블카 가격이 비싸서 망설이다가 그래도 한번 가보자, 하고 도시 가운데 높이 위치한 호엔잘츠부르크성에 올라가보았는데 정말 가길 잘했다. 천 년 동안 한 번도 점령당한 적이 없는 중세의 성을 구경하는 것도 굉장했지만, 구름이 낮게 깔린 잘츠부르크 전체를 내려다보는 것은 가슴이 저밀 정도의 경험이었다. 두 시간쯤 그 성에 머물렀다. 성의 테두리를 돌며, 그곳에 가지 않았더라면 상상할 수도 없었을 풍경에 마음을 빼앗겼다. 그리고 조금 이상한 욕구에 사로잡

히게 되었다. 풍경 속 집 하나하나 안쪽 사람들의 삶을 깊이 알고 싶어졌던 것이다. 잘츠부르크에서 태어나고 자란 사람은 어떤 사람이 될까? 물론 개개인마다 다르겠지만 분명 공통의 특질이 생길 텐데, 그런 것들이 참을 수 없이 궁금해졌다. 음악을 사랑하게 될까? 역사를 사랑하게 될까? 어쩌면 크고 현대적인 도시에서 살고 싶어 할까? 가족이 내내 살아온 집에 자부심을 가질까? 가끔 지긋지긋해할까? 어떤 음식을 먹고 어떤 식물을 키울까? 반려동물은? 일기를 쓸까? 여행을 할까? 가장 흔한 이름은 어떤 것일까? 어디서 새로운 사람을 만나 아름답거나 더러운 관계에 빠질까?

"나, 저 집에 살고 싶어."

그러다가 집 한 채를 발견했다. 너무나도 근사한 진입로를 가진, 작고 하얀 집이었다. 나무들이 그림처럼 그 집을 안고 있었다. 풀의 바다에 뜬 섬처럼 보였다. 지난 몇 년간 마음이 지칠 때마다 나는 그 집을 몇 번이고 떠올렸다. 평화로운 고립이 필요할 때 그 집의 이미지를 빌려왔다. 일종의 명상처럼 말이다. 그 집에 진짜 살고 있을 사람들은 어떤 외국 여자가 자신들의 집을 안도감이 드는 이미지로 떠올린다는 것에 기가 막힐 테지만…….

언제까지고 호엔잘츠부르크성에 머무르고 싶었지만, 비와 바람이 체온을 빼앗아 갔으므로 내려와야 했다. 겉옷의 지퍼를 올리고 초콜릿을 오래 녹여 먹었다. 모차르트의 생가 앞은 콘서트장처럼 붐졌다. 모차르트가 잘츠부르크를 여전히 먹여 살리는 것처럼, 죽어도 죽지 않는 문화적 아이콘들이 떠받치고 있는 도시들이 세계 여기저기 적지 않을 것이다. 한가할 때 한번 그렇게 유령 시장이 된 사람들과 그들의 도시를 쭉 짝지어 리스트로 만들어보고 싶다. 게으른 여행자라 다 가보지는 못한다 해도 말이다. 심지어 그들 중에는 실존하지 않았던 가상의 인물들도 좀 껴 있어서, 흥미가 더해지지 않을까 한다.

돌아오는 기차에선 호엔잘츠부르크성에서 재미 삼아 쏘아본 석궁 과녁 종이를 꺼내보았다. 화살이 뚫어 일어선 가장자리가 촉감이 좋았다. 가운데를 두 번이나 맞힌 것이 아직까지도 자랑이다.

아헨에서는 생강 쿠키를 꼭 먹어볼 만하다

드디어 4주간 베이스캠프가 될 아헨에 도착했다. 아헨 중앙역은 언덕에 있었고 긴 내리막길을 따라가면 시내가 나왔다. 평소라면 꽤 생기 있는 작은 도시지만, 일요일 오후라 고요히 닫혀 있는 모습이었다.

숙소는 친절한 노부부가 운영하는 곳이었는데, 필요한 게 있으면 마을버스를 타고 잠깐 네덜란드에 다녀오라고 했다. 문화적인 충격을 받고 말았다. 두 나라 사이를 마을버스가 오간다는 것에도 놀랐고, 고작 20분 거리라는 것에 한 번 더 놀랐다. 아헨에선 네덜란드도 벨기에도 지척이었고 국경은 열려 있었다.

그리하여 짐을 풀자마자 별로 크지도 않은 마을버스를 타고 네덜란드 발스로 향했다. 슈퍼마켓에 가기 위해. 마을버스에서는 이제부터 네덜란드라고 방송을 해주기는 했지만 심상하게 들렸고 국경은 도로에 페인트로 표시되어 있을 뿐인 데다 아무도 서 있지 않았다.

이어 아기자기한 주택가와 크고 작은 들판을 지났다. 소들이 한 마리씩, 두 마리씩 울타리도 없는 곳을 어슬렁거리며 돌아다니고 있었다. 저 소들은 대체 누구의 소, 어떤 목적으로 기르는 소인 건지 놀라서 쳐다보게 되었지만 쳐다보건 말건 아주 편안한 표정이었다. 밤이 되면 집을 찾아서 돌아가는 건지, 누가 찾으러 오는 건지 그것도 궁금했는데 알 수 없었다. 가끔 눈에 띄는 말들도 묶이지 않은 채 들판에서 쉬고 있었다. 건물들이 점점 촘촘해지더니 곧 발스였다. 번화가는 제법 붐볐고 일요일에도 상점들이 열려 있었다. 네덜란드 사람들은 독일 사람들만큼 휴식을 원하진 않는 듯했다. 아침거리를 사고 천천히 구경했다. 낯선 세제들만 구경해도 재미있었다.

둘러보다가 상점가에서 50미터쯤 벗어났는데 양 떼를 만났다. 조용히 풀밭에 앉아 있던 백여 마리의 양 떼는 우리를 발견하자 한두 마리씩 울더니, 이내 수십 마리가 동시에 매애거리며 다가왔다. 양을 만나본 적 없었던 나는 양들의 목소리가 다 비슷할 줄 알았다. 그런데 비슷한 톤이 하나도 없고 사람만큼이나 목소리가 다양해서 놀라고 말았다. 게다가 그렇게 호기심이 많은 동물인 줄은 몰랐다. 발스의 양들은 행복해 보였다. 넓고 깨끗한 풀밭에 편하게 몸을 부리고 있었다.

그 양들을 다시 떠올린 건 2015년 여름에 강원도의 한 리조트에 갔다가 관광객 눈요깃거리로 좁은 곳에 갇힌 양들을 마주쳤을 때였다. 발스의 양들과 눈빛이 너무 달라서 속상했다. 좁은 진흙 바닥 우리 속 양들은 눈에 호기심 대신 광기가 돌았다. 양에 대해 잘 몰라도 알 수 있었다. 이 양들은 절망하고 있구나, 하고.

밀집 사육과 동물권에 대한 다큐멘터리를 보다가 우리가 마을버스를 타고 지나갔음 직한 독일과 네덜란드의 농장이 나왔을 때, 문득 깨달았다. 그때가 갇히지 않은 소를 처음 본 것이었단 걸. 시간 차를 두고 의미를 갖게 되는 경험들이 있는 듯하다.

다음 월요일부터 매일 혼자 아헨 시내를 걸었다. 중앙역에서 시내 쪽으로 시민들에게 근사한 계단을 제공하고 있는 보험회사 건물을 지나, 『죽기 전에 꼭 봐야 할 세계 건축 1001』에도 나오는 유명한 버스 정류장을 지나, 온천 분수가 있는 광장을 지나, 주로 서점에 갔다.

첫 주에 다녀본 결과, 아헨에서 유명한 것들은 아래와 같다고 파악했다.

1. 샤를마뉴 대제의 유산

2. 말

3. 프린텐(Printen) 쿠키

샤를마뉴 대제는 8세기 프랑크왕국의 정복왕으로, 아헨을 수도 삼아 강력한 통치를 했던 모양이다. 그때 지어진 궁정과 대성당은 파괴되기도 하고 증축되기도 하면서 현재에 이르렀는데, 독일에서 가장 먼저 유네스코 세계문화유산으로 등록되었다고 한다. 몇 번이고 그 건물들을 혼자 헤매었는데 천 년 넘게 사랑받은 구석구석이 대단해서 질리지 않았다.

대성당의 부속 박물관을 방문했을 때 종교 유물들에 깊은 인상을 받았다. 화려한 황금 조형물 안에 성인들의 머리카락이나 손목뼈 등이 들어 있었다. 지금과는 사뭇 다른 중세 사람들의 미감에 놀라워하며 몇백 년 된 그 신체 부위들을 들여다보았다. 그런 것에 관심이 있다. 어떤 시대에 당연했던 것이 어느 순간 당연해지지 않아지는 지점 같은 것들에……. 요새 누가 뛰어난 사람이 죽었으니 그 사람의 손목뼈를 황금 세공함에 보관하자고 하면 받아들여질 리가 없다. 물론 공산국가의 독재자들이 방부 처리되어 유리관에 들어 있긴 하지만 20세기의 작품이고, 우리는 20세기로부터도 멀어지고 있다.

인간의 수명은 짧고 이 '멀어지는 감각'을 제대로 느끼기엔 역부족이지만 언제나 흥미와 희망을 가지게 된다.

2차 세계대전 때 심하게 폭격을 당했던 듯, 성당 말고는 현대적인 건축물이 많았다. 그리고 그 건축물 사이에 뜬금없이 서 있는 공공미술 말 조각들을 발견할 수 있다. 아헨에서 열리는 국제 승마 경기가 유명해선지 도시의 상징물이 말인 것이다. 시내에서 관광용 마차를 운영한다거나 하지는 않아서 안심이었다. 유명하다는 말을 보고 싶으면서도 자연스럽지 않은 모습은 보고 싶지 않았다.

성당 바로 앞의 베이커리에서는 명물인 프린텐을 파는데, 생강과 시나몬을 바탕으로 향기로운 허브들이 잔뜩 들어 있는 달고 쫄깃한 쿠키다. 굉장히 맛있기 때문에 한 봉지쯤은 꼭 드셔보라고 권하고 싶다. 얼마나 맛있냐면 생강 알레르기가 있는데도 유혹을 참지 못하고 먹었다가 큰 고생을 했다……. 대충 향만 냈겠지, 괜찮겠지 했다가 괜찮지 않았고 식품 알레르기는 심각하게 여겨야 한다는 것을 뼈아프게 배웠다. 이때 며칠 지칠 때까지 토한 기억으로 단편 「해피 쿠키 이어」를 쓸 수 있었지만 다시는 하고 싶지 않은 경험이다. 그래도 알레르기가 없다면 프린텐을 꼭 드셔보아야 한다. 크리스마스 과자이긴 한데 여름에도 항상 팔고 있다.

비록 생강 과자를 즐기는 데는 실패했지만 느긋한 시간이 4주나 이어질 테니, 아헨을 속속들이 걷자고 마음먹었다.

K와 B에 대해서 이야기하자면,

K는 한 해 전에 W의 학교에 교환으로 왔던 아헨대학의 학생으로, 영어를 무척 잘하는 다른 학생들을 다 놔두고 어째선지 W와 매우 친해졌다. 두 사람의 우정은 대체 뭘 기반으로 하는지 모르겠다. W는 다른 많은 것에 뛰어나지만 피곤한 오후쯤에는 한국어도 틀리게 말하는 언어 감각의 소유자인데 어쩌다 K의 단짝이 된 건지……. 덕분에 K의 안내는 얼떨결에 내가 맡게 되었던 것이다. 내 영어 회화 실력도 관광 영어 수준이라 난감했는데, K쪽이 유창해서 대충 의사소통은 됐다.

K는 쾌활하고 자기주장이 강하고 유머러스한 성격이었다. 동베를린에서 태어나 독일 통일 이후 미국을 비롯한 여러 곳에서 산 적이 있어서 그야말로 코스모폴리탄이었다. 한국에 교환학생으로 온 것도 아시아를 여행하려고 신청한 것이었다. 비록 고춧가루가 든 음식

을 하나도 못 먹어서 순한 맛의 떡볶이를 먹고도 배 아파하고, W에게 "맨날 데리야키 소스만 먹어서 미안해! 그건 일본 음식인데!" 하고 별로 필요하지도 않은 사과를 하곤 했지만 말이다. 한국 지하철역 바닥에 만(卍) 자 무늬로 깐 타일을 보고 깜짝 놀라던 모습이 생생하다.

B는 K의 여자 친구로 한국에도 함께 왔었지만 독일에서 처음 인사를 나누게 되었다. 아헨 외곽 마을에서 태어나고 자란, 천천히 다정한 말을 하는 대학생이었다. B 특유의 은근한 친절과 배려에 금세 가까워질 수 있었다.

이 두 사람은 우리에게 아헨의 멋짐, 독일의 멋짐을 경험하게 해주려고 굳게 마음먹은 것 같았다. 뮌헨 근처를 여행하고 있을 때부터 문자가 몇 통 오더니 아헨에 도착한 것을 알리자 곧바로 만나자고 했다. 두 사람 다 바쁘고 중요한 시기를 보내고 있었는데 고마운 일이었다.

"어디 갔었어?"

"뮌헨 갔었어, 무척 멋졌어."

"부자 도시를 좋아하는구나?"

독일에도 지역 편차가 심한지 K가 그렇게 말해서 놀랐다.

"독일어는 좀 배웠어?"

횡단보도를 건너기 전에 물어와서 열심히 배운 단어들을 대답했다.

"아인강, 아우스강(입구, 출구)!"

"헤렌, 다멘(남녀 화장실 표기)!"

"아인스, 츠바이, 드라이(1, 2, 3)!"

"추스(작별 인사)!"

너무나 관광객 독일어였던지 횡단보도를 앞서 건너던 아주머니가 뒤돌아보며 폭소했다. 그 아주머니는 횡단보도를 다 건넌 다음 우리에게 말을 걸어왔다. 어디서 왔냐고, 얼마나 있을 거냐고 깔깔 웃으며.

"나는 네덜란드 사람이에요. 아헨에 잠시 뭘 사러 왔어요. 이 근처에 가볼 만한 데를 좀 알려줄게요."

아주머니는 거의 10분 동안 길에 서서 이곳저곳을 추천해주시고는 우리가 근사한 시간을 보내길 빌어주셨다. 그분을 생각하면 나도 입구, 출구 표시 정도만 아는 외국인에게 친절해져야지 마음먹게 된다. 즐겁게 웃던 분, 건강하게 지내고 계실지. 잠시 마주친 사람들의 안부를 생각하면 차오르는 안쪽의 표시선이 있다.

K는 '마시지 마시오'라고 경고문이 붙어 있는 온천물을 자꾸 마셔보라고 해서, '독일인들은 원칙을 잘 지킨다'는 선입견을 곧바로 깨주었다. (독일인은 시간 약속을 잘 지킨다는 속설을 깨주기도 했다.) 유황 냄새가 훅 끼쳐서 장난을 치고 싶었던 모양이었고, 친구들을 만났다

는 실감이 났다. 뭘 먹을지 즐겁고 신중하게 의논했다. 아헨은 대학 도시라 대학생들이 4만 명 넘게 살고 있고 그래서 학생들이 갈 만한 식당들이 많았다. 몇 군데를 추천받고 그중 한 군데에서 저녁을 먹었다. 서툰 언어로도 이야기는 끊이지 않았다.

"앞으로는 어딜 다닐 거야?"

"쾰른에도 가고 베를린에도 가고……."

"아헨이 최곤데, 응? 다른 어디보다 아헨이 최고라고."

"알았어, 알았어."

하여간 그 저녁 K가 "잠시 만나서 걷자"고 말했을 때 다섯 시간 여정의 아헨 정복 투어가 될 줄은 몰랐다. K의 열정적인 성격을 고려했어야 했는데 말이다. 에세이를 쓸 계획이라고 말한 것이 자극이 된 듯했다. (완성까지 9년이 걸릴 줄 모르고 잘도 선언하고 다녔다.)

"저기 빵집은 다른 데 다 닫을 때도 문 열더라. 근데 맛은 없어."

"저 영화관은 낮에는 영화관이고 밤에는 클럽이야."

"이 슈퍼가 아까 그 슈퍼보다 조금 싸. 근데 그 슈퍼에는 가끔 특가 물건이 나와."

"아헨공과대학의 저 건물은 문이 늘 열려 있어서 화장실 쓰기가 좋아. 그리고 꼭대기에서 보면 아헨이 다 보인다?"

K와 B는 도시 소개 계획에 더해 사진을 찍을 구도까지 다 생각해 와서 포즈를 디렉팅했다. 굉장한 정성이었다. 비록 해가 진 다음이라

사진이 전부 흔들려서 나왔지만 그때 두 사람이 찍어준 사진을 보면 아헨의 밤공기가 생생하다. 옛 왕궁 터에 지어진 시청과 그 앞 광장을 몇 번이고 오갔다.

헤어질 때쯤 B가 물었다.

"내일 부모님 차를 빌릴 수 있어. 버스로는 못 가는 곳을 구경시켜줄게. 가보고 싶었던 곳 있니?"

"음, 교외에 가면 좋으려나?"

잠깐 말이 없던 B가 웃었다.

"멋진 곳이 생각났어. 분명 네가 좋아할 거야."

"어딘데?"

"말 안 해줄래. 내일 보여줄게. 서프라이즈야!"

그리하여 나는 처음 만난, 운전 실력을 미처 확인하지 못한 스물두 살 독일 아가씨의 차에 실려 미지의 장소로 모험을 떠나게 된 것이다. 새벽까지 잠들 수 없었다.

여름의 미로에서

다음 날, B와 B의 여동생 S가 나를 데리러 와주었다. 출발할 때 옆 차를 긁을 뻔해서 긴장했지만, B는 안정적인 운전자였다. 시내를 벗어나 굽이굽이 깊은 숲속으로 들어갈 때까지도 B는 목적지를 말해주지 않았다. S도 빙글빙글 웃기만 했다. 나는 목적지에 대한 정보를 얻길 포기하고 편안하게 좌석에 몸을 묻었다. 자매는 앞에서 보면 전혀 닮지 않았지만 옆모습은 꽤 비슷해서 신기했다.

도로는 빽빽한 숲 사이로 나 있었다. 문득 머릿속에서 예전에 읽은 역사책의 구절이 생각났다. 기마병들이 숲을 통과하지 못했다는 부분이었고 그때는 조금 천천히라도 통과하면 안 되나, 의아했었는데 직접 보니 이해가 갔다. 말이 통과할 수 있는 느슨한 숲이 아니라 바늘꽂이 같은 형상이었다. 나무들은 서로에게 30센티미터 간격도 주지 않는 듯했다. 숲의 그런 밀도는 토양의 비옥함 때문일까? 토양이 비옥해서 감자가 맛있나? 잉여 생산력으로 석조 건축을 할 수 있었나? 한참 딴생각을 하고 있을 때 B가 말했다.

"도착했어!"

B는 얼굴 가득 기대를 담아, 차에서 내린 나의 반응을 기다렸다. 유원지인 것 같았다. 간판의 지명을 읽어보았다.

"드라이란덴푼트(Drielandenpunt)?"

영어로 치면 스리 랜드 포인트인 것 같았다. B와 S가 나를 끌고 경계석으로 향했다. 무엇의 경계인가 했더니 독일과 네덜란드, 벨기에 세 나라의 국경이 한 점에서 만나는 꼭짓점을 표시하고 있었다. 나는 흥분하고 말았다. 그 전날, 유연한 국경이 재밌다고 말한 것에서 아이디어를 얻어 그야말로 가장 유연한 곳에 데려다준 것이었다. 네 살, 여섯 살쯤으로 보이는 아이들이 경계석 근처를 뛰어다니고 있었다. 한 걸음 딛을 때마다 발밑의 나라가 바뀌었다. 뒤로 국기가 셋 꽂혀 있긴 했지만 그뿐이었다. 아무도 지키고 있지 않았다. 군인이 없었다. 어느 나라에나 있을 법한 평범한 공원이었다. 나도 모르게 평소보다 높은 목소리로 신이 난 채 어린이들과 경계석을 빙빙 돌았다. 내 격한 반응에 B 자매는 만족한 듯했다. 한 걸음마다 벨기에였다가 네덜란드, 네덜란드였다가 독일, 독일이었다가 벨기에…… 뭐라 할 수 없이 멋진 경험이었다.

　　B는 세 나라의 풍광이 한눈에 들어오는 전망대에 올라가자고 했다. 그러자, 하고 신나게 따라갔는데 계단이 너무나 허술했다. 거의 뚫린 철망 수준이었다. 게다가 계단과 계단 사이가 허공인 구조에 보폭이 독일인에 맞춰져 있어서 체구가 작은 사람은 쑥 빠져버릴 것만 같았다. 6층 높이부터 난간을 쥔 손이 절박해졌다. 평소에 얼마나 자주 미끄러지고 넘어졌던가가 자꾸 떠올랐고 고소공포증과 어지럼증이 심해져서 포기할 뻔했다.

"무서우면 내려갈래?"

"아냐, 괜찮아."

B가 걱정해주었지만, 중간까지 온 게 아까웠다.

"전보다는 좀 나아진 거야. 몇 년 전까지만 해도 전망대 전체가 나무여서 바람에 막 흔들렸었어."

독일 사람들은 평소엔 건축을 그렇게 잘하면서 그 전망대는 왜 그렇게 지은 걸까? 속으로 투덜거리며 올라가보니 다행히 10층 높이의 꼭대기 층 바닥은 안전하게 막혀 있었다. 그리고 거기서 마주친 풍광에 커다란 바람 주먹을 맞은 듯한 기분이 되었다.

끝없이 숲과 들판이었다. 철조망 같은 건 없는 멋진, 이어진 녹색이었다.

세계대전 중엔 격전지였다는데 어떻게 그렇게 열린 형태로 바뀔 수 있었을까? 50년, 100년은 세상이 바뀌기엔 우스운 시간인 줄 알았더니 아니었다.

"저기 아래에, 미로 정원 봐봐."

"응."

"우리 점심 먹고 저기 갈까?"

"응!"

내려올 때도 난간을 꽉 쥐고 내려왔다.

매점에서는 네덜란드 사람들이 벨기에 프라이와 독일 소시지를 팔고 있었다.

"네덜란드 사람들 말하는 거 들어봐, 되게 다르지?"

B가 말했지만 내 입장에서는 다 비슷하게 들려 알 수 없었다. 네덜란드 사람들, 벨기에 사람들과 사이가 언제나 좋은지 물어보았다.

"워낙 섞여 사니까 잘 지내지. 사실 서로 좀 놀리기는 해. 특히 네덜란드랑 독일이랑은. 아, 축구 경기 하면 사이가 좀 나빠진다."

가끔 경기 후에 자동차를 부수거나 하는 사건은 있다고 했다. 그래도 국경이 조그만 간판 하나고 아무도 여권을 보여달라고 하지 않는 게 나에게는 신기한 감각이라고 말하자 자매는 웃었다.

"우리 이탈리아까지 자동차 여행 했을 때도 아무도 여권 보자고 안 했어."

그거 정말 굉장하잖아, 하고 생각했었다. 그래서 2015년 파리 테러에 이어 2016년 브뤼셀 테러로 국경이 닫히고 검문이 시작되었다는 뉴스를 접했을 때 무척이나 슬펐다. 폭력이 근사하게 나아갔던 것들을 하루아침에 뒤로 돌려버린다는 사실을 몇 년에 걸쳐 알게 되었다.

나쁜 일들은 하나도 떠올리지 않은 채, 그날의 우리는 프라이를 먹었다.

"음식은 잘 맞아?"

"다 맛있지만 가끔 쌀이 먹고 싶어."

"왜? 감자가 우리 쌀이야. 똑같은 거야. 감자 먹으면 돼."

B가 그야말로 독일인답게 말해서 나는 속으로만 웃고 고개를 끄덕였다.

그러고 나서 호기롭게 나를 미로 정원에 데려간 B와 S는 심각하게 길을 잃고 말았다. 처음에는 신이 났다. 요술 거울 앞에서 서로를 보며 웃고, 모서리에서 갑자기 뿜어져 나오는 물줄기를 피하고, 사이좋게 상의하며 길을 찾았다. 그런데 도무지 길을 찾을 수가 없었다. 우리보다 늦게 들어온 사람들이 다 빠져나간 후에도 같은 길을 여덟 번, 열 번씩 오락가락해야 했다. 아니, 나야 처음 오는 외국인이니까 그렇다 치고 어릴 때부터 몇 번이나 방문했다던 B 자매는 왜 길을 못 찾는단 말인가? 웬 꼬마애가 육교 비슷한 구조물에서 미로를 내려다보며 우리를 놀렸다. 독일어를 못해도 "다 큰 어른들이 못 빠져나오고 있대요, 멍청멍청, 메롱메롱" 따위의 말인 걸 귀신같이 알아들을 수 있었다.

"쟤가 우릴 놀렸어! 쟤가 우릴 비웃었다고!"

내가 호소하자, B와 S도 발끈해서 반격했다. "버릇없는 꼬맹이 저리 가지 못해! 너 누구랑 같이 왔어? 어른 모셔와!" 정도가 아닐지, 격한 말투에서 반박하는 내용도 대충 짐작할 수 있었다. 벽 하나 안쪽에 가고 싶은 길이 있는데 아무리 들여다봐도 그쪽으로 가는 길을 찾지 못했고, 더위와 갈증에 지쳐 결국 항복하고 출구가 아닌 입구로 다시 빠져나왔다. 전연령용 미로를 그렇게까지 어렵게 만들었을 줄은 몰랐다. 항변하자면, 나는 어디 가서 길을 잘 못 찾는 편이 결코 아니다. 작가들 중에 유난히 길치가 많다는 이야기는 사실 맞는 이야긴데, 나는 모임에 가면 뒤에 열 명을 데리고 걷는 길잡이 쪽이라 유난히 굴욕적이었다. 그때 우리를 약 올렸던 독일 초등학생은 이제 어른이 되었겠구나. 괘씸한 녀석, 그래도 좋은 어른이 되었길 바란다.

우리는 약간 침통하고, 훨씬 친밀해진 채 시내로 돌아왔다.

"내일 학교로 돌아가. 또 만나고 싶은데 어떻게 될지 모르겠어."

B가 말했고 다행히 두세 번 더 만날 수 있었지만, 그때는 작별이 될지도 몰라 몇 번이나 포옹을 했다. B의 서프라이즈한 장소는 정말로 서프라이즈했다고, 고맙다고 인사했다.

B는 환경에 관련된 일을 하고 싶다고 했고, 전공에 관련된 전문적인 글을 쓰고 싶다고도 했다. 그때부터 한결같이 B를 응원하고 있다. 공교롭게도 생일이 같아서 여덟 시간의 시차를 두고 서로에게 축하를 건네기도 한다.

평일 오후의 네덜란드 여행

횡단보도에서 만난 아주머니가 추천해주신 곳을 가보고 싶어서, 네덜란드의 마스트리흐트도 갔었다. 버스를 한 시간쯤 타면 되는 거리였다.

추운 날이었다. 버스 안의 사람들은 가벼운 패딩이나 라이더 재킷을 입고 있었다. 털 부츠를 신은 사람도 있었는데 그게 이상하게 느껴지지 않았다. 독일은 태양광 전기 생산량이 화석연료 전기 생산량을 앞선 나라라는데, 그해 여름은 정말이지 그 사실이 믿기지 않았다. 햇빛이 있어야 태양광 전기를 생산하는 거 아닌가? K가 "말도 안 되는 날씨"라고 말했던 걸로 보아 언제나 그런 건 아닌 것 같았지만 나는 여름만 되면 독일의 날씨가 궁금해져서 찾아보곤 한다. 설마 또 추운가, 하고.

마스트리흐트는 강이 도시 가운데를 관통하는 근사한 곳이었기 때문에 왜 추천해주셨는지 알 수 있었다. 강의 이름은 뫼즈강. 나중에야 알게 되었다. 일단은 경험하고 후에 찾아보는 이름들이 늘었다. 버스 터미널에서 시내로 진입하려면 네덜란드에서 가장 오래된 다리를 건너야 했다. 다리 위의 풍경은 멋졌고, 그곳에 서서 '평일 오후에 잠시 외국 여행이라니 유럽은 신기해!' 하고 생각했다.

무엇보다 세계에서 가장 아름다운 서점 중 한 군데로 꼽히는 셀렉시즈 도미니카넌에 가본 게 큰 소득이었다. 그때는 그렇게 유명한 곳인지도 모르고 들어갔는데 7백 년 된 성당을 개조해 꾸민 내부가 잊히질 않는다. 그곳에 있는 책들을 다 읽을 수 있으면 했다. 그럴 수 없다는 사실이 몸 안쪽 어딘가를 타들어가게 했다. 수도 없이 들렀던 아헨의 5층짜리 서점에서도 늘 그런 욕구에 시달렸다. 언어에 대한 따가운 욕구에⋯⋯. 그즈음 깨달았던 것 같다. 숨 쉬듯 다룰 수 있는 언어가 없는 곳에서는 살지 못하리라는 걸. 그래서 친구들이 떠날 때에 나는 떠나지 못했다는 걸.

마스트리흐트의 저녁에 슬쩍 스며든 방문객 역할은 마음에 들었지만, 추위가 만만치 않았으므로 급한 대로 싼 맨투맨을 사서 입어야 했다. 여행 비용이 빠듯해 낮은 가격만 보고 골랐다. 그 까만 맨투맨은 먼지가 어찌나 달라붙던지, 길거리에 날아다니는 먼지도 포착하는 게 아닌지 의심되는 형편없는 재질이었다. 그래도 체온을 유지할 수 있게 되자 안도했고, 광장에 다다라 분수에서 노는 어린이들을 보며 느긋하게 저녁을 먹었다. 작은 분수만으로도 그렇게 즐거울 수 있다니 부러웠고 아이들이 감기에 걸릴까 살짝 걱정되기도 했다.

지도에서 마스트리흐트를 찾아보니, 아마도 다시 마스트리흐트에 가기는 어려울 것 같다. 하지만 그 저녁의 마스트리흐트가 완벽했기에 다시 가지 않아도 될 것 같다는 생각을 한다. 다시 간다고 해도 2012년, 그때의 내가 느낄 수 있었던 많은 것들은 재경험할 수 없을 테고 말이다. 운이 좋게 간직할 수 있게 된 마음속 이미지들을 품고 아끼며 살아가는 것, 그것만으로도 충분하지 않을까, 너무 욕심내지는 않으려고 마음먹는 것이다.

브뤼셀 전체에서 와플 냄새가 났다

두 번째 주말은 벨기에에 가기로 했다. 큰 트렁크는 아헨에 두고 배
낭만 가볍게 멘 채 기차를 타고 브뤼셀로 향했다.

도착하자마자 놀란 것은 전철역에서 와플 냄새가 난다는 것이었
다! 눈에 보이지 않는 어딘가의 와플이 환기구를 통해 존재를 과시
하고 있었다. 독일에선 언제나 오줌 냄새가 났는데…… . 뉴욕도 그렇
고 독일도 그렇고 어째서인지 역사 안에 소변을 보는 사람들이 많은
듯했다. 그에 비해 와플 냄새라면 훨씬 나았다. 물론 몇 걸음 더 옮기
자 와플 냄새와 오줌 냄새가 섞여 나기 시작했지만 말이다. 문득 한
국을 방문하는 사람들은 델리만주 냄새를 전철역과 결부해 기억하
는 걸까 궁금해졌다.

냄새에 최면이 걸린 사람들처럼 일단 와플을 먹고 시작하기로
했다. 오줌싸개 동상 앞에 맛있는 와플 가게가 있다기에 찾아갔다.

오줌싸개 동상에 대해서는 워낙 작다고 익히 들어와서 실망하거나 하지 않았다. 작은 것에는 작은 것 나름의 매력이 있으니까. 오줌싸개 동상보다는 동상 앞에서 기뻐하는 세계 각지에서 온 사람들을 몇 분쯤 구경하다가 바로 와플을 주문했다.

플레인 와플 하나, 온갖 토핑을 얹은 와플 하나를 시켰는데 결론부터 말하자면 플레인 와플이 훨씬 맛있었다.

이 사실은 중요하다.

플레인 와플을 시켜야 한다.

지금 이 글을 읽고 있는 당신이 책의 모든 내용을 잊고 '벨기에선 플레인 와플'만 기억해준다 해도 나는 섭섭하지 않을 것이다. 차가운 액체류의 토핑을 얹으면 와플의 온도가 내려가고 축축해진다. 두 배나 되는 가격을 주고 토핑을 얹은 와플을 시키는 건 초보의 실수인 것이다. 현지인으로 보이는 사람들은 모두 플레인을 먹고 있었다. 벨기에 와플은 뜨겁고 쫄깃한 게 핵심이었다. 손바닥만 한 와플의 그 죽을 때까지 기억날 것 같은 식감이란…….

정갈한 자세로 두 손을 모은 채 와플을 다 먹고 나니, 주변에 즐비한 초콜릿 가게와 과일 젤리 가게가 눈에 들어오기 시작했다.

"단것 좋아하는 사람들은 여기 오면 기절하겠다. 이 나라의 단것 좋아하는 사람들은 대체 어떻게 살지?"

갑자기 걱정되었다.

"글쎄, 골목마다 초콜릿 가게던데 의외로 어릴 때부터 이런 곳에서 자라면 단것에 초연해지지 않을까?"

"그러려나?"

곧이어 어린이 한 무리가 가게 진열장으로 다가가는 모습을 보았는데 아주 초연해 보이지는 않았다.

브뤼셀 왕립 미술관이 벨기에 여행의 가장 큰 목적이었다. 왕립 미술관을 향해 따뜻하고 달콤해진 배를 안고 걷기 시작했다. 거리 곳곳에서 땡땡과 스머프가 튀어나왔다. 『땡땡의 모험』은 1929년부터 연재되었던 작품이라 이제 와서 보면 아시아인으로서 큰 상처를 받을 수밖에 없지만 후반부로 갈수록 그런 인종차별적이고 제국주의적인 시각이 바뀌었다고 한다. 그럼에도 손이 가지는 않는 편이다. 그보다 더 전에 쓰였어도 지금의 우리를 상처 주지 않는 좋은 고전을 탐색하거나 동시대의 작품들을 성실하게 찾아보는 게 폭력적인 작품을 견디며 계속 읽는 것보다 낫겠다는 판단이 들었다. 그렇게 어떤 작품은 잊히고 어떤 작품은 계속 살아남는 것일 테다. 오래 살아남는 작품을 쓰기 위해서는 당대의 인식보다 더 멀리 나아가야 하는 것 같다. 설령 곧바로 이해받지 못하고 비난만 돌아온다 해도……. 우리가 지금 사랑하는 작품들 중 많은 수가 감내해야 할 것들을 감내하며 멀리 밀고 나갔던 작품들인 것이다. 2년을 앞서 나갈지, 10년을 앞서 나갈지, 100년을 앞서 나갈지 쓰는 사람들은 쓸 때마다 고민에 빠지는 듯하다.

왕립 미술관에 르네 마그리트의 작품이 많다고 해서 찾아간 것이었는데, 그냥 많은 정도가 아니라 미술관의 반쯤이 마그리트 미술관으로 따로 구획되어 있었다. 마그리트는 내게 좀 특별한 화가였다. 줄여 말하면, 최초의 쇼크랄까.

아마도 열두 살 때였던 것 같은데 나는 집에 있는 화집들을 이것저것 꺼내보다가 마그리트의 화집을 발견했다. 펼치자마자 하늘, 비둘기, 전혀 다른 세상이었다. 어쩌면 그때의 충격이 나를 미술 애호가로 만들었는지도 모른다. 따분한 구석은 하나도 없는 그림들이었다. 부모님 책꽂이의 서른 권짜리 세계미술화집에서 마그리트 것만 뽑아내 내 책꽂이로 옮겼다. 그리고 몇 번이고 몇 번이고 다시 들여다보았다. 1980년대에 발간된 화집들, 저작권료는 제대로 주고 만든 것이었을지 곱씹어보니 불안한데…….

생애 최초의 검열도 그 화집으로 경험했다. 화집의 한 페이지가 정교하게 칼로 오려져 있었던 것이다.

"이거 한 장 왜 없어요?"

아빠한테 물었었다.

"그거 너무 기분 나빠서 오려서 버렸다."

"엥? 정말요?"

제목은 남아 있었으므로, 나는 기억해두었다가 나중에 인터넷이 활성화된 이후에 찾아보았다. 「강간(The Rape)」 시리즈 중 한 점으로 여성의 얼굴에 눈 코 입 대신 가슴과 성기를 그려 넣은 그림이었다. 그 경험으로 10대의 나는 두 가지를 체득했다.

1. 검열은 크게 소용이 없다.
2. 어떤 예술은 사람들에게 일부러 불쾌감을 일으킨다. (그것이 의도라면 각오도 단단히 해야 한다.)

그림을 한 장 오려내긴 했지만 부모님은 예술을 아주 사랑하는 분들로, 광주 비엔날레 첫 회에 초등학생이었던 나를 결석시키고 데려가주셨다. (대전 엑스포 때도 그렇고 하도 뭐만 있으면 결석시켜서 오히려 출석률에 집착하는 사람이 되어버렸다.) 그리고 그곳에 르네 마그리트의 「기억(Memory)」 시리즈 중 한 점이 왔던 걸 기억한다. 굽이굽이 줄을 서서 전시를 보다가 나는 흥분해서 소리쳤던 것이다. 저기, 내가 화집에서 봤던 그림이 있다고. 늘 손바닥만 하게 보아온 좋아하는 그림이 실물로 눈앞에 나타났을 때의 기쁨이란 처음 경험하는 것이었다. 대체 열두 살짜리가 석고상의 관자놀이에 피가 흐르는 그림을 왜 좋아했는지 알 수 없지만 말이다.

2012년 브뤼셀 왕립 미술관에서, 1995년에 광주에서 만났던 그림을 다시 만났다. 17년 동안 잘 지냈나요? 하고 묻고 싶은 기분이 되고 말았다. 마그리트 미술관은 벨기에 여행의 정점이었다. 작품들이 연보에 따라 풍부하게 정리되어 있는 것은 물론, 화가의 삶의 흔적들도 꼼꼼하게 기록되어 있었다. 사진 속의 마그리트는 사랑하는 배우자와 마음 잘 맞는 친구들과 즐거운 표정을 짓고 있었고, 예술가로서 누릴 수 있는 최상의 삶을 누린 것 같았다. 벽지를 디자인하고 상업 포스터를 그리던 시절, 젊은 마그리트는 어떤 고민을 했을까? 생활과 그 너머의 문제들에 대해서? 대가들이 막 시작한 아티스트였을 무렵이 늘 궁금했는데 그런 궁금증이 살짝 풀릴 만한 전시였다.

그때껏 본 적 없는 작품들도 많았다. 스물아홉 살의 나는 좋아하는 작품이 조금 바뀌어서, 그 발견을 흥미로워하며 기념품 숍에서 엽서를 샀다. 커다란 포스터를 사고 싶었지만 여행객이니까 어쩔 수 없었다. 미술관 공간 자체도 아주 매혹적이므로 브뤼셀을 방문한다면 두 시간, 혹은 세 시간쯤 넉넉하게 비워두고 방문하기를 권한다.

장 콕토가 세상에서 가장 아름다운 곳이라고 말했던 광장 그랑플라스는 그런 칭송을 받아 마땅한 곳이었고, 그랑플라스를 이 방향 저 방향으로 거듭 반복하여 통과하면서 브뤼셀 시내를 걸었다. 도시 곳곳에 혼자 앉아, 노트에 무언가 열심히 쓰고 있는 이들이 많았다. 일기일 수도 소설일 수도 전혀 다른 글일 수도 있지만 그 몰입의 옆

모습들이 어쩐지 자극이 되었다. 혼자 있는 시간, 낯선 나라에서 나는 계속 썼다. 칼럼도 쓰고 소설도 쓰고 여행의 기록도 썼다. 그 여름에 쓴 여행의 기록들은 세세하고, 오로지 나에게만 의미가 있어서 이 글로 압축하니 분량이 10분의 1로 줄어들었지만 말이다.

브뤼셀은 섬세한 아름다움이 있는 도시였고, 그래서 그토록 아름다운 도시를 그렇게 오래전에 지었던 사람들이 잔인한 제국주의자였다는 사실을 더 곱씹게 했다. 콩고에서 학살자였던 사람들이, 성자들의 부조 아래를 태연히 걸었을 것을 생각하면 기분이 이상해진다. 한 사회는 죽고 없는 사람들의 죄를 어디까지 질 수 있을까? 어쨌든 "벨기에? 별로 볼 거 없어"라고 말하는 사람들의 여행 충고는 걸러 들을 수 있게 되긴 했다. 명쾌하지 않고 어려운 감정들을 마주하기 위해서라도 가볼 만한 나라였다.

생각을 하며 걸으면 머릿속에서 돌 구슬이 구르는 소리가 나고 그렇게 걷던 거리들의 이름은 이제 희미해졌지만, 2016년에 벨기에 폭탄 테러 대상 중 한 곳이었던 말베이크역은 분명히 기억난다. 어떤 지명을 알게 되고 특별하게 생각하게 되면 감수해야 할 것들이 는다. 세상의 아픈 소식을 더 아프게 받아들일 수밖에 없어지니까. 테러 희생자들에 대한 해외 뉴스를 읽다가, 한 남매가 마스트리흐트에서 나고 자란 것을 알게 되었다. 네덜란드인 남매가 지리적으로 더 가까운 국제공항인 벨기에 국제공항을 이용하려 방문했다가, 둘

다 목숨을 잃었다고 했다. 마스트리흐트 분수에서 놀던 아이들이 생각났다. 그렇게 자랐을 텐데, 분명 그 분수를 지나쳤을 텐데 하고.

세상은 망가져 있다. 어떻게 고쳐야 할지 가늠할 수 없을 정도로 무참히……. 그것을 알면서 여행하는 것은 묘한 일이다. 여행지에 이르러 '세상이 이렇게 아름다운데 사실은 아름답지 않다니' 중얼거릴 때 반대 방향으로 미끄러지는 마음은 현기증을 일으키고 만다.

브뤼셀에서 묵은 숙소는 맨해튼 거리에 있었다. 브뤼셀을 떠나던 7월 21일은 벨기에의 국경일이어서 오줌싸개 동상은 전날과는 달리 옷을 잘 차려입고 있었다. 동상의 옷을 갈아입히는 사람들을 보고 싶었는데 보지 못했다.

브뤼헤에 대한 더 긴 소개가 필요하다

브뤼헤는 브뤼셀에서 90킬로미터 거리에 위치한, 유네스코 세계문화유산으로 등재된 도시다. 책에 따라 다르겠지만, 내가 가져간 여행책에는 브뤼헤가 고작 두 페이지로 간단히 소개되어 있었는데 압도적인 풍경을 감안하면 그보다 길고 자세한 페이지를 나눠 받아야 하지 않나 싶다.

그리고 그곳에서 숙소 예약을 크게 잘못했다. 브뤼헤 중앙역에서 분명 걸어갈 수 있는 거리라고 되어 있었는데 막상 걸어가니 만만치가 않았다. 40분 넘게 걸렸고, 사람이 거의 없는 한없이 한적한 길이었기에 맞게 가고 있는지 계속 의심스러웠다. 브뤼헤 시내의 숙소가 감당하기 어려워 고른다고 고르다가 실패한 것이었다. 투덜거리며 걸어갔지만 그림 같은 교외 풍경이 위안이었다. 숙소에 도착하니 숙소 주인이 어떻게 왔느냐고 물었고, 걸어왔다고 대답했더니 오히려 그쪽이 놀라워한 것이 반전이라면 반전이었다. 아니, 그쪽이 놀라면 안 되잖아요. 허위광고쟁이 같으니…….

　숙소는 전형적인 베드 앤드 브랙퍼스트였는데, 벽마다 다소 음침하고 기괴한 그림이 걸려 있어서 흠칫했지만 벨기에 주택 내부를 경험할 수 있어 좋았다. 숙소 설명에 자전거를 빌려준다고 되어 있었기에 빌리기로 했는데, 막상 자전거를 받고 보니 한참이나 아무도 타지 않아 거미줄이 덮인 데다 차체 무게도 상당히 나갈 것 같은 오래된 짐 자전거였다. 크고 무거운 자전거에 부담감을 느꼈지만, 그래도 시내까지 또 걸을 수는 없었다.

　다행히 속도를 붙이고 나니 자전거는 잘 굴러갔다. 자전거 신호등도 마음에 들었다. 브뤼헤의 자전거 신호등은 보행자 신호등이 켜지고 몇 초 있다가 불이 들어온다. 보행자들이 안전하게 건너고 나면 자전거들이 천천히 출발하는 셈인데 그 시간 차의 적절함이 근사했다. 문제는 브뤼헤 시내에 가까워지자, 아스팔트 도로가 끝나고 돌바닥이 시작되었다는 점이었다. 승차감이 현격히 떨어졌다. 엉덩이가 얼얼하게 아파서 항복하고 자전거를 묶어두었다. 자전거야 내리면 되지만 유아차나 휠체어를 이용하는 사람들은 어떻게 하고 있나 보니, 다들 돌바닥에 골이 흔들려 괴롭다는 표정이었다. 도시 전체가 문화유산이라 어쩔 수 없이 돌바닥인 것이겠지만, 교통 약자에게는 괴로움일 테고 틈새마다 쓰레기가 빼곡하게 끼는 듯했다.

브뤼헤는 베네치아와 자주 비교되는 도시라고 한다. 중세의 건축과 근세의 건축이 발걸음마다 시간 차를 만들고 그 사이로 수로가 촘촘하게 흘렀다. 1600 몇 년에 지어졌다고 사람으로 치면 이마쯤에 숫자를 새긴 건물들에 감탄하면서 걷다가, 비어 있는 벤치를 발견하고 앉았다. 귀여운 용 두 마리가 좌판을 받치고 있는 벤치 디자인이 마음에 들었다. 늦은 오후에 도착했기 때문에 길게 누빌 수 없어 아쉬웠다.

브뤼헤의 정취에 발목까지만 담근 다음, 해가 지기 전에 숙소로 돌아왔다. 숙소 근처를 산책하며 전날 본 마그리트의 「빛의 제국」을 다시금 이해했다. 밤도 낮도 아닌 그 그림 속 시간은 개념적인 것일 뿐만 아니라 벨기에 북부엔 실제로 존재하는 시간이었던 것이다. 가로등이 켜지고도 해가 어찌나 천천히 지는지 영원히 지지 않을 것 같았다. 10시가 넘어서야 해가 지는 서늘한 여름이었고 잡음 없이 조용했다. 빛의 제국이란 소리가 없어야 성립될 수 있는 것이구나, 아마추어 감상가로서 가슴 두근거리며 생각했다. 사람들은 일찍 귀가해 발걸음 소리도 자동차 소리도 들리지 않았다. 풀벌레도 날개를 떨지 않는 깨끗한 무음 속을 걸었다. 직접 감각하고서야 이해할 수 있는 것들이 있다는 것에 대해 생각했다. 예민한 몸을 끌고 다니는 게 싫어 여행을 망설이는 사람도 계속 여행할 수밖에 없게 만드는 요소들에 대해서.

그 그림에 대해서 완전히 잘못 이해한 것일 수도 있다. 하지만 마그리트는 오해에도 너그러울 것 같았다.

유럽에 도착한 이후로 가장 깊이 잠들었다.

아침에야 서로의 존재를 확인하게 된 다른 투숙객들과 눈인사를 나누고, 정원으로 난 유리 온실에서 아침을 먹었다. 따뜻한 빵 위에 차가운 잼만으로도 기력이 차올랐다. 말하는 것만으로도 기분이 좋아지는 단어들이다. 따뜻한 빵 위에 차가운 잼…… 잊지 않고 메모해 두었다가 4년 후에 「웨딩드레스 44」에 써먹었다. 숙면과 맛있는 아침이 만족스러워서 브뤼헤 시내와 중앙역에서 가깝다는 허위광고에 대해서는 너그러이 넘길 수 있게 되었다. 숙소 주인과 단단한 악수를 하고 체크아웃을 했다.

전날처럼 자전거를 빌릴 수는 없었기에, 브뤼헤 시내로 가려면 한 시간에 한 대 있는 버스를 기다리는 편이 좋을 듯했다. 버스 정류장 뒤편에 마을 장이 열려 있어 기다리는 시간이 지겹지는 않았다. 낯선 음식들, 절인 열매들, 비슷한 듯 조금씩 다른 생활용품을 구경했다. 문제는 관광 포인트가 아니어서 관광객인 우리가 너무 눈에 띄었다는 점이다. 우리가 장을 구경하는 게 아니라 장이 우리를 구경했다. '대체 관광객들이 왜 여기 왔지?' 하는 표정으로 말이다. 아시아인 유학생이 많은 편인 아헨에서도 종종 사람들의 쳐다보는 눈

길이 느껴졌는데 벨기에의 작디작은 마을까지 가니 더 심했다. 싫다기보다는 부담스러웠고, 그런 경험 때문에 시내나 전철에서 외국인을 만나면 최대한 쳐다보지 않으려고 애쓰는 편이다. 우리나라처럼 인종적 구성이 상대적으로 단순한 곳에서는 얼마나 부담스러울지 모르겠다.

그래도 궁금증을 하나 풀었다. 독일, 네덜란드, 오스트리아, 벨기에를 다니면서 유난히 유리창이 깨끗한 것에 깊은 인상을 받았는데 알고 보니 유리창 청소 도구와 세제가 매우 다양했던 것이다. 기본적으로 공기가 깨끗해서 관리가 어렵지 않겠지만 물 얼룩이 잘 지지 않는 코팅 유리에 온갖 도구들로 청소를 하는 듯했다. 틸트 앤드 턴 방식의 창호는 확실히 바깥 면을 닦기에 유리할 것 같았다.

여행 내내, 창문 장식 문화에도 마음을 빼앗겼다. 이를테면 3층짜리 건물에 아홉 개의 창문이 있는데 창문마다 이어지면서 변주되는 주제의 장식을 해둔다거나 하는 사랑스러운 문화였다. 안이 아닌 바깥을 향한 장식은 행인들에게 다정한 인사를 건네는 것처럼 느껴진다. 설계 자체가 장식용 선반을 품고 있는 것 같았고, 얼마나 열렬하냐 열렬하지 않으냐 정도의 차이지 장식이 아예 없는 집은 보기 힘들 정도였다. 그걸 구경하고 다니는 재미가 쏠쏠했는데, 한번은 멀리서 도자기 고양이인 줄 알고 다가가니 진짜 고양이가 창밖 구경을 하고 있어 웃고 말았다. 요새 사는 동네에도 그런 외향적인 장식을 하는 사람들이 가끔 있어서 반갑다. 어린이들의 공작 작품이 잔뜩 달려 있거나, 유리용 펜으로 해둔 솜씨 있는 낙서, 우스꽝스러운 인형, 포스트잇으로 만든 게임 캐릭터들도 좋다. 얼마 전에는 자주 지나는 건물의 낮은 층에 사는 분이 그림을 바깥쪽으로 기대둔 것을 발견했다. 아마 포스터일 것 같은데, 버스를 타고 지날 때마다 그 액자가 아직 있나 살펴보곤 한다. 혹시나 이 글을 읽으신다면 그렇게 해두신 걸 좋아한다고 말하고 싶다.

창문과 관련하여 또 다른 궁금증 하나는, 빨래와 관련된 것이다. 독일과 그 주변국 어디에서도 널어둔 빨래를 본 적이 없다. 한 달 넘게 있었는데 단 한 번도. 건조기 사용이 매우 보편화되어 있는 것과 함께, 널어둔 빨래를 남에게 보이는 걸 금기시하는 문화가 있는 게 아닐까 추측했다. 그 문제를 잊고 있었는데 미국에 사는 친구와 대화하다가 다시 떠올랐다.

"이불 빨래를 앞마당도 아니고 뒷마당에 널었다가 주민협회에서 경고를 받았다니까. 날씨가 정말 좋아서, 속옷도 아니고 이불을 잠깐 넌 것이었는데도."

"안 되는구나! 건조기만 써야 하는 거야?"

"응, 널자마자 전화 왔어. 벌금이 나오는 경우도 있대. 집 앞에 장식돌 하나를 놓을 때도 허락받아야 하고."

친구가 사는 지역은 독일처럼 여름이 서늘한 곳이 아니었다. 어

느 쪽이냐면 한국보다도 덥고 해가 쨍한 곳인데도 빨래를 바깥에 드러내는 문화는 없었던 것이다. 서구 문화의 특징이라고 단순하게 말할 수도 없는 것이 이탈리아의 경우 바깥에 매단 빨래가 도시의 자연스러운 풍경인 것 같았다. 차이는 어디서 발생하는 걸까? 우리나라도 고급 아파트에선 이불을 바깥에 보이도록 널지 못하게 한다고 들었다. 빨래 널기에 대한 관습이 지역별로 얼마나 복잡하게 발달하는지 여행지에 가면 매번 관찰하게 된다.

버스를 타니 브뤼헤 시내가 어이없을 정도로 금방이었다. 무거운 짐은 중앙역의 로커에 맡기고 본격적으로 브뤼헤를 걸었다. 아헨이나 브뤼헤처럼 중세에 형성되어 도심의 크기가 그때와 비슷한 도시들은 여행자들을 도발한다. 메갈로폴리스라면 시작하자마자 포기할 텐데, 작고 오래된 도시는 어쩐지 하루 만에 바둑판식으로 모든 거리를 다 걸을 수 있을 것만 같기 때문이다. 브뤼헤의 한적한 동북부부터 시작하여 운하 곁 대로와 골목골목을 활보했다. 백조 두 마리를 발견하고 반가워서 신나게 달려갔는데 우리 말고는 아무도 백조에게 관심이 없는 것 같았다. 한 골목 더 가 백조 수십 마리가 요가를 하는 자세로 낮잠을 자고 있는 걸 발견하고서야 의문이 풀렸다. 목이 어쩜 그렇게 꼬이는지 백조는 바라보는 게 질리지 않게 멋졌고, 그럼에도 자리를 뜰 수밖에 없게 냄새가 났다. 그때는 새를 좋아한다는 것도 자각하지 못하고 있을 땐데, 이제 와 사진첩을 열어보니 온통 새 사진뿐이다.

"그래도 운하 도시인데 배를 타봐야 하지 않을까?"

W가 제안했고 나는 사실 좀 겁을 먹었다. 베네치아처럼 곤돌라라면 오히려 나았을 것 같은데 모터보트였고 멀미를 할까 봐 걱정이 되었던 것이다. 브뤼헤의 아름다운 운하에 토하고 싶지 않았다. 보트를 타고 오락가락하는 사람들을 유심히 보니 다행히 얼굴들이 즐거워 보였다. 용기를 내서 표를 끊었다.

보트는 걱정이 무색하도록 편안히 미끄러졌다. 걸어 다닐 때는 보이지 않던 것이 보였다. 물 위로 열리는 문이나 물속으로 바로 내려서는 계단은 독특한 느낌을 주었다. 예전에는 그곳에 배가 묶여 있었겠지만 이제는 비어 있는 듯했다. 문득 그 도시의 취객들과 수면 장애 환자들이 매우 염려되기 시작했다. 잠결에 문을 열었는데 바로 물이라면, 취한 상태로 계단을 따라 내려갔는데 무릎이 잠긴다면……. 브뤼헤의 그런 풍경이 마음속 깊이 남았는지, 2016년에는 영향을 받아 단편 「이마와 모래」에 비슷한 풍경을 집어넣었다. 얼마나 많은 이야기의 씨앗이 여행지에서 묻어왔는지 생각하면 아찔하다. 가지 않았더라면 쓰지 못했을 글들이 너무 많다.

보트 투어에서 브뤼헤에 대한 역사적인 사실들을 들을 수 있어 좋았다. 건물들에 얽힌 사연과 탑과 총안의 용도, 수백 년 전의 암살

시도에 대해 이것저것 들었다. 그런데 그보다 압도적인 기억은, 어떤 집 창가에 방석을 괴어놓고 오가는 보트를 구경하던 골든레트리버 한 마리에 대한 것이다. 어찌나 편안한 표정으로 즐기며 구경하던지……. 한참을 그 개에 대해 잊고 있었는데 어느 날 SNS를 하다가 다시 보았다! 내가 봤던 것과 똑같은 자세로 방석에 누워 있는 모습의 사진이 올라왔고 그 밑에는 세계 각지의 사람들이 "나 이 개 브뤼헤에서 봤어!" "나도 본 애야!" 하고 달아둔 댓글들이 있었다. 한 마리의 개가 지구에 흩어질 대로 흩어진 여행자들이 공유하는 기억이 된다는 게 얼마나 신기한 일인지 모르겠다. 또 몇 년이 흘러 그 개의 부고를 듣게 되었다. 창가 자리에 방석을 괴어주었던 반려인이 슬픈 소식을 전했고 전 세계로 퍼졌다. 그 골든레트리버는 자신이 한 도시를 대표하는 마스코트였다는 걸, 많은 사람들의 환호와 사랑을 받았다는 걸 알지 못했겠지만 말이다.

　브뤼헤에서만 한 달을 지내고 싶었다. 매일 수로의 백조들을 보고, 17킬로미터 떨어진 바다에서 날아오는 갈매기들도 보고, 골동품을 구경하며 아무것도 하지 않고 머물고 싶었다. 브뤼헤를 떠날 시간이 다가오자, 마음에 들었던 구석구석을 반복해서 걷고 가지 못한 곳이 또 없나 몇 번이고 지도를 확인했다. 떠나기 싫었다. 떨어지지 않는 발걸음으로 중앙역에 도착한 후 울적해지고 말았다. 그때 다짐했던 것이다. 누가 여행을 계획하며 "벨기에는 조그만하니까 그냥

안 가려고"라고 말하면 극구 반대하며 추천해줘야지, 그게 우정이지, 하고 말이다.

하나 재밌게 남은 건, 브뤼혜에서 수제 레이스 공방을 실컷 구경한 덕분에 유럽을 배경으로 한 소설을 읽다가 주인공이 벨기에산 레이스를 하고 나오면 곧바로 그 의미를 이해할 수 있게 되었다는 점이다. 예를 들어 어떤 군인이 전쟁터에서도 벨기에산 레이스로 치장하고 있다는 묘사가 있으면 그가 사치스럽고 허영이 있는 인물이라는 뜻이다. 그 묘사를 읽은 게 『시라노』였는지 『삼총사』였는지 가물가물하지만 은근히 자주 나온다. 여행한 공간이 늘어나고 또 늘어나면 정보를 건질 그물망이 촘촘해져서 책이 훨씬 재밌어지는 게 아닐지, 그렇다면 지금껏 놓친 정보는 또 얼마나 많을지, 종종 허술하게 흘려보냈을 반짝임들을 안타까워한다.

독일 대학생 250명과의 파워 댄스

K가 학교 체육관에서 강사 아르바이트를 한다며 초대를 해주었다. 댄스 유산소 운동 수업이고 재밌으니 들으러 오라고 말이다. 열몇 명이 듣는 간단한 수업일 줄 알고 흔쾌히 가기로 했다.

약속한 시간에 헉헉거리며 언덕 위의 체육관으로 올라갔는데, 체육관이 그렇게 클 줄 몰랐다. 건물이 용도별로 여럿에 규모와 설비도 상상 이상이었다. 규격이 잘 갖추어진 트랙에는 각자의 속도로 달리는 학생들이 보였고, 그 곁에서는 스윙 댄스 수업이 한창이었다. 덕분에 희미하게 재즈 음악이 들리는 와중에 갖가지 운동 도구들을 들고 오가는 이들을 질리지 않고 구경할 수 있었다. 가장 눈에 띄는 것은 프로에 가까운 솜씨로 기계체조를 하는 학생들이었다. 도마, 안마, 링 등을 실수 없이 매끈하게 연습하고 있었다. 기계체조가 19세기 초에 독일에서 확립되었다고 하니 독일 대학에서는 심상한 풍경일지도 모르지만 눈을 뗄 수 없었다.

　사실은 규칙 위반이 아닐까, 강사의 초대를 받았다지만 학생이 아닌데 이 건물에 들어와도 되는 걸까, W야 교환학생이라 치고 나는 정체가 완전 불분명한데, 하고 고민에 빠져 있을 즈음 K가 진행하는 댄스 수업을 듣기 위해 수강생들이 모여들기 시작했다. 열몇 명이 아니었다. 눈으로 세어도 백 명은 훌쩍 넘어갔고, 나중에 K에게 확인한 바로는 250명이 등록했다고 했다. 그날 빠진 사람들이 있다 쳐도 대단한 숫자였다. 그리하여 1990년대 록 음악과 2000년대 팝 음악으로 완급을 조절하며 춤이라 해야 할지 체조라 해야 할지 모를 한 시간 동안의 유산소 운동이 시작되었다. 그 많은 이들이 한꺼번에 움직이니 바닥을 박차는 소리가 굉장했다. 동작은 하드코어했다. 어쩌다가 여기에서 이 많은 사람들과 이걸 하고 있지? 격렬하게 춤추다 보니 아득해졌다. 건강한 독일 대학생들은 무리 없이, 즐거이 따라 했지만 나는 25분께에서 나가떨어졌고 W는 끝까지 버틴 다음 탈진했다. 250명이 빙글빙글 도는 한가운데에서 수업을 하던 K가 내쪽을 보며 '얼른 일어나지 못해?' 하고 눈짓했지만 어쩔 수 없었다. 운동 매트가 쌓여 있는 쪽으로 가 얼른 숨었다. 체력은 그때보다 지금이 오히려 나은 듯하다.

　그 수업을 통해, 왜 모두가 K를 알고 있고 길에서 끊임없이 인사를 나누는지 드디어 알 수 있었다. 매 학기마다의 수강생들이었던 것이다.

자잘한 모험들을 하긴 했지만, 아헨에서의 평일은 단조로웠다. 주로 코인 세탁소에 갔다. 챙겨 간 옷가지가 얼마 되지 않다 보니 며칠에 한 번씩은 꼭 가야 했다. 설명이 독일어로만 되어 있어서 몇 번 시행착오를 거쳤는데 친절한 사람들이 도와주었다. 두꺼운 공학 책을 펼쳐두고 공부하는 학생들 사이에서 나도 칼럼이나 다른 짧은 글을 썼다. 빨래가 다 되기를 기계 앞에서 기다릴 때도 있었고, 걸어 내려가 광장의 온천물에 발을 담그며 기다릴 때도 있었다. 추운 날엔 아무도 발을 담그지 않지만 날씨가 좋으면 모두 거기 발을 담그고 시간을 보냈다. 물은 미지근했다. 살짝 차가울 정도였다. 맥주 한 궤짝을 담가놓은 이들도 있었다. 계곡물에 수박을 띄우는 것과 비슷한가 싶었다. 빨래를 찾으러 가려고 발을 타일 위로 끌어 올려 말리는데, 웬 커다란 개가 달려와 내 발등을 핥은 적도 있었다. 뒤에서 기척도 없이 순식간에 덮쳐서 안 된다고 할 새가 없었다. 아니, 수십 명이 발을 담그고 있었는데 왜…… 물린 것보다야 낫지만 개가 보기에도 외국인이라 맛이 궁금했던 걸까 싶었다.

매일 가던 5층짜리 서점엔 피아노가 있었다. 처음에는 층을 넘어 들려오는 훌륭한 연주를 듣곤 고용된 전문 연주자인 줄 알았다. 소리에 이끌려 위로 올라갔는데 웬걸, 동네 사람들이 번갈아가며 연주하고 있었다. 어린이들, 아주머니들, 할아버지들이 먼저 치고 있던 사람을 압박하지 않고 자리가 비면 슬그머니 건반을 두드리기 시작했다. 베토벤의 고향, 클래식 음악의 나라라는 게 과장이 아니었던 것이다. 그 조용한 서점에서 자신 있게 연주하려면 어느 정도 실력이 있는 사람들일 수밖에 없겠지만 그래도 대단했다.

햇빛이 잘 드는 창가에 긴 의자들이 많이 배치되어 있었는데, 등받이가 거의 누워 있어서 거기 앉는 사람도 눕게 되었다. 그 의자에서 책을 읽는 사람들도 있긴 있었지만 어째선지 잠든 이들이 많았다. 코를 골기까지 했다. 깨우는 사람은 아무도 없었다. 약간 해양 포유류가 된 기분으로 나란히 누워 있거나, 아트 북 코너에서 트렁크에 몇 권이 들어가려나 탐욕스럽게 계산을 해보곤 했다. 아트 북들이 그렇게 크고 무겁지만 않았더라면 많이 사 왔을 것이다. 가격도 국내 가격의 3분의 2밖에 되지 않았으니 말이다. 그때 그 책들에서 알게 된 아티스트들의 작업을 지금껏 열심히 따라 살펴왔다. 해외 예술가들의 동향을 이처럼 쉽게 알 수 있다니, 인터넷은 대부분의 경우에 끔찍하지만 가끔 정말 멋지다.

근사한 경험이었고 그때 아헨에서 혼자 보낸 시간들이 짙게 남아 있는데, 그래도 조금 외로웠던 것 같긴 하다. 운동 선수의 배우자들이 외국 생활에 적응하지 못했다고 TV 같은 데 나와서 말하면, 매우 공감하게 되었다. 아무 연고 없는 곳에서 살아가는 건 쉽지 않을 게 분명하다. 자신의 일이 없고 친구가 없고 언어가 없는 곳에서 홀

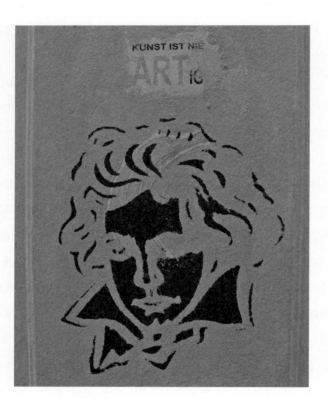

로 걷기를 몇 년이나 하다니, 얼마나 외로웠을까. 누구와도 연결되지 못하는 느낌이었을 것이다.

여자들의 삶에 대해 자주 생각한다. 세계 곳곳의 여자들의 삶에 대해. 여자 이름으로 된 제목의 소설들을 많이 쓴 것은 그래서인 것 같다. 하루는 처음으로 부르카를 입은 여자를 보기도 했다. 여자는 혼자 걷고 있지 않았다. 다른 가족들은 모두 평범한 랄프 로렌 셔츠와 나이키 운동화 차림이었다. 색색의 평상복 사이에서 혼자 눈만 남기고 검은 천으로 휘감은 모습은 둔중하게 다가왔다. 어디까지가 당사자의 선택이고 어디서부터가 집단적 압력의 결과일지, 존중에서 비롯된 문화상대주의가 폭력에 대한 방관으로 변질되기 시작하는 지점을 어떻게 짚어낼지 항상 어렵게 느껴진다. 세계가 이렇게 망가지고 무너져가는 것은, 이 세계를 복원하고 개선할 가능성을 가진 여성들이 교육과 사회 활동의 기회를 얻지 못해서가 아닐까 두려워하며 추측하기도 한다. 그 여성들이 잃은 가능성은 결국 인류가 잃은 가능성이 될 확률이 높아 조급해지지만, 여성이 극도로 억압받는 지역에서도 의미 있는 움직임들이 보이고 먼 곳에서도 지지를 보내기 예전보다 쉬워진 시대에 살고 있다는 것은 희망이다. 모여서 강해지는 것들이 있다는 사실을 잊지 않으려 인권 단체에 기부를 하고 오지은의 「작은 자유」를 들으며 마음을 다진다.

써야 하는 글이 있어서 숙소에 머물 때는 CNN을 틀어놓곤 했다.

영어라도 듣고 싶었다. 바로 옆 나라인 폴란드에서 엄청난 토네이도로 사망자까지 나왔다는 뉴스를 보곤 지나간 광풍을 뒤늦게 이해했다. CNN에서는 시리아 문제를 길게 다루었고, 이어 김정은과 함께 공식 석상에 나타난 여성이 누구인지 패널들이 토론을 하면서 북한을 비웃었다. 김정은과 같은 84년생이라서 기분이 묘할 때가 있는데, 김정은이 다녔다는 스위스 국제학교의 동창들은 어떤 기분으로 국제 뉴스를 볼지 궁금하다.

생필품을 사기 위해 슈퍼마켓에 갈 때는 재활용 병들을 챙겨 갔다. 독일은 생산자 책임 재활용 제도를 시행하는 나라라, 병을 넣으면 용기 비용을 돌려주는 기계들이 있었다. 그런 점을 부러워하며 봉투 없이 음식을 안고 돌아올 때, 길거리에 앉아 있는 독일 청소년들이 "곤니치와"와 "니하오"를 외치며 시비를 걸곤 했다. 관광지에서는 종이비행기에 머리를 맞은 적도 있었다. 처음엔 또 인종차별이구나 하고 움츠러들었다가, 지켜보니 유럽인들에게도 집요하게 던지기에 대상을 가리지 않는 괴롭힘인 걸로 판단되어 덜 괴로워졌다면 이상한가?

그해의 아헨에서, 머릿속은 혼란스러운 생각들로 가득했고 말은 거의 하지 않았다. 그런 시간이 필요하긴 했던 것 같다. 이후 쓰인 3년 치의 글들은 다 그 한 달 동안 움트기 시작했으니까. 로마인들의 온천 휴양지였고, 독일 왕들의 대관식을 치르던 곳이기도 했으며, 프랑스 땅인 적도 있고, 잠시 벨기에이기도 했고, 세계대전 때는 연합군 점령지였던, 종합해보자면 5백 년째 중심에서 벗어나고 있는 아헨에서.

고속철도를 네 시간이나 잘못 타버렸을 때

모든 게 잘될 것같이 시작해서 완전히 어긋나버리는 날이 있다. 하이델베르크에 갔을 때가 그랬다. 오랜만의 햇살 아래서 그 작고 오래된 대학 도시는 찬란했다. 하이델베르크 대학은 1386년, 신성로마제국 시대에 세 번째로 세워진 대학이라는데 그 형태나 정신이 결국 현재까지 이어져 내려오는 게 아닐까 경탄하게 되었다. 학생 감옥의 기백 넘치는 낙서들을 구경하고, 개구리 왕자가 진열된 과자 가게에서 주먹만 한 설탕 과자도 사 먹었다. 즐거운 주말이 되겠구나 싶었는데 그때부터 왕창 꼬이기 시작했던 것이다.

사실 아침에 아헨을 출발할 때부터 기차가 연착했다. 10분 남짓의 연착이었는데, 시간이 흘러 하이델베르크를 떠났던 오후엔 도미노 효과 같은 게 일어났는지 거의 한 시간에 가까운 연착 때문에 플랫폼이 엉망이었다. 현지인들도 혼란스러운 표정이었고, 요즘은 어

떤지 모르겠지만 그때는 전광판도 구형인 데다 역내 스피커도 음질
이 심히 좋지 않아서 가끔 한 번 해주는 영어 안내를 알아들을 수가
없었다. 원래 예약해둔 기차의 정보가 무언가 바뀐 것 같다는 것까
지만 알아듣고 상황을 미심쩍게 여겼으면서도, 국철이라면 얼마든
지 갈아탈 수 있는 도이치 패스를 믿기로 했다. 모로 가도 오전에 지
나온 쾰른을 다시 거쳐 뒤셀도르프로 조금만 더 가면 될 일이었다.

　다행히 비어 있는 자리가 있었고 연착 때문에 종종거렸던 승객
들은 일제히 잠이 들었다. 나는 어쩐지 더 날카로워져서 창밖을 계
속 보고 있었는데, 문득 풍경이 이상하다는 생각이 들었다. 분명히
아헨에서 하이델베르크로 향하는 동안은 들판뿐이었는데, 돌아오는
길에 갑자기 산이 나타난 것이다!

　"일어나봐."

　W를 깨웠다.

　"왜?"

　"산이야."

　"산이 왜?"

　"아까 올 때는 산이 없었어. 우리 이상한 데로 가고 있어."

　접어서 들고 다니던 열차 시간표를 펼쳐 대체 어떻게 된 일인지
확인을 시작했다. 쾰른까지 제대로 갔던 기차는 엉뚱하게 하노버로
가고 있었다. 연착 때문에 두 대를 이어서 운행하다가 분리한 열차

의 앞부분에 탔어야 하는데 뒷부분에 타는 바람에 고속철로 네 시간을 잘못 와버린 것이었다. 서울에서 부산만큼 엉뚱한 방향으로 와버렸다는 사실에 충격을 받았을 때는 이미 늦은 저녁이었다. 창문 밖은 점점 어두워졌고 독일 중북부 지방의 스산한 산악지대 풍경은 그마저도 비치지 않게 되었다. 다른 사람들은 다 가야 할 곳으로 가고 있는데 우리만 길을 잃었다는 기이한 기분에 빠져들었다.

"어차피 중간 역에 내려도 급행열차가 없어. 차라리 하노버까지 그냥 가서 되돌아오는 게 낫겠어."

잘못된 방향으로 가고 있단 걸 깨닫고도 끝까지 가야 하는 경우였다. 인생에 대한 비유처럼 들리네, 하고 그 와중에도 웃었다. 문제는 뒤셀도르프 숙소의 체크인 시간이었다. 아무리 시간 계산을 해봐도 뒤셀도르프에 도착하면 자정을 넘길 게 분명했다. 숙소에 다급하게 전화를 걸어 사정을 설명했다.

"아아, 그런 일도 종종 일어나죠. 체크인 시간 안에 못 온단 말이군요? 그럼 와서 현관에 붙은 인터폰을 눌러요. 내가 열어드릴게요."

숙소 사장님은 흔쾌히 대답했다. 스트레스를 한참 받은 와중에도 안심이 되었다. 차가워진 손을 주무르며 샌드위치로 저녁을 때우고 어찌어찌 상황을 해결했다고 스스로를 다독거렸는데…….

사장님은 호언장담을 저버리셨다. 숙면을 취해버리신 것이다.

그 밤만큼 난감했던 적이 또 없었다. 뒤셀도르프역에 도착했을 때는 12시를 훌쩍 넘긴 시간이었고 숙소 근처까지 가자 1시였다. 가는 길엔 지하도를 건너야 했으며 벽에는 위협적인 늑대 그래피티가 그려져 있었다. 인적이 없는 게 무서웠는지 있었으면 더 무서웠을지 모르겠다.

숙소 사장님은 어찌나 깊이 잠드셨는지 인터폰에도, 오후에 통화했던 번호의 전화에도 반응하지 않으셨다. 절묘하게도 폭우가 내리기 시작했고, 천둥번개까지 끼어들었다. 이 상황은 만화인가? 『피너츠』 만화인가? 나는 비관적인 찰리 브라운처럼 길가에 쭈그리고 앉았다. 폭우 속에 노숙을 해야 할 판이었다.

"저기, 호텔인 것 같지 않아?"

백 미터쯤 떨어져 있는 간판을 발견한 건 둘 중 누구였는지 모르겠다. 우리는 그 작고 노란 간판을 향해 간절한 마음으로 걸어갔다. 문은 잠겨 있었다. 하지만 데스크 직원이 열심히 인터넷 서핑을 하고 있었다. 새벽에 깨어 있는 젊은이가 최고야! 밤새 깨어 있는 사람들이 최고라고! 우리가 문을 두드리자 직원이 꽤 놀란 듯했지만 말이다.

가본 중 가장 형편없는 시설에 대단히 비싼 비용을 지불해야 했지만 빗속에 서 있는 것보다야 나았다. 얼마나 형편없는 시설이었느냐면 샴푸는커녕 수건도 한 장 없는 호텔이었다. 별 반 개짜리 호텔이 있다면 그곳이 기준이 될 것이다. 스프링이 아슬아슬한 소리를 내는 매트리스에, 원래 색이 어땠는지 알 수 없는 불그죽죽한 침구는 제발 세탁된 것이기를 바랄 수밖에 없었다. 비바람에 끊임없이 삐걱대는 나무 창문 밖으로는 황폐하고도 황폐한 정원이 방치되어 있었다. 2차 세계대전 이후 줄곧 방치한 게 아닐까 싶은 상태였다. 바로 이 건물에 대한 깊은 인상 때문에 『시선으로부터,』의 배경이 뒤셀도르프가 되었고 다른 실패한 숙소 몇 군데를 더한 것이 마티어스 마우어가 살던 집이 되었다. 유쾌하지 않은 경험도 소재로 흡수할 수 있어 유용하다면 유용했다.

"아침에 보면 지금이랑은 다르게 보일 거야."

　그런 이야기를 나누다가 그 천장만 높은 방에서 잠들었는데, 아침에 일어나서 봐도 흉흉했다. 도저히 사용할 수 없는 욕실을 확인하고, 얼른 체크아웃한 다음에 피로로 부은 발을 끌고 원래의 숙소로 갔다.

　"어제는 어떻게 했어요?"

　푹 자고 난, 건강해 보이는 얼굴로 숙소 사장님이 물었다. 사장님은 전날의 전화 통화에서처럼 호쾌히 웃으시곤 하루 치 숙박료를 바로 환불해주셨다. 뭔가 자동 시스템 같은 걸 갖추셨으면 좋겠다고

속으로 생각했다. 한국 같은 경우 국내 철도만 잘 계산하면 되지만, 유럽은 온갖 국적의 철도들이 엉켜버릴 테고 의도치 않게 지각하는 투숙객이 흔하지 않을까?

가벼운 불운을 깨끗하게 씻어내고 숙소를 나서자, 새벽의 늑대들은 평범한 벽화가 되어 있었다.

뒤셀도르프는 미술로 유명한 도시이기도 해서 K20미술관과 K21미술관을 다 가고 싶었지만 시간상 한 군데를 선택해야 했다. 현대미술을 편애하는 나의 좁은 취향대로 K21을 골랐다. 고전적인 외관의 건물은 정말 현대미술관인가 갸웃하게 만들었지만, 한 발짝 들어선 순간 꼭 왔어야 하는 곳에 왔구나, 하는 생각이 들었다. 설치미술로 유명한 곳이라더니 작품들과 공간이 완벽하게 어우러졌고, 체계적으로 고려된 동선을 따라 움직이면 어떤 의도로 전시되었는지 직관적으로 와닿았다. 특히 지하의 비디오 아트관은 미술관을 둘러싼 호수 수면이 창밖으로 찰랑거려 어디서도 본 적 없는 풍경을 선사했다. 백조들의 헤엄치는 발이 보였다. 이후로도 종종 K21의 홈페이지에 들어가보곤 한다. 바로 보러 갈 수 없는, 새로운 전시들을 욕망하면서……. 미술관을 나와 수로를 따라 걸었던 시간도, 전날의 혼란스러웠던 독일 일주를 잊게 해주었다. 거울 같은 수면과 잊히지 않는 초록이 여전히 뒤셀도르프의 이미지로 남아 있다.

볼커 거리에선 이른 오후부터 사람들이 맥주를 마시고 있었다. 테이블을 골라 앉자 주문도 하지 않았는데 알트 비어를 척 하고 갖다주어서 놀랐다. '당연히 이걸 마시러 왔지?' 하는 태도엔 자부심이 깃들어 있는 것이겠지 싶었다. 얼굴이 타오를 듯 붉어진 상태로 라인강변을 걷자, 겉보기엔 비슷하지만 사실은 훨씬 많이 마셨을 독일인들이 말을 걸어왔다.

"있잖아, 나한테 한국인 친구가 있어. 걔가 자꾸 나한테 '바보'라고 하는데 그 '바보'가 바보라는 뜻 맞지?"

대뜸 어깨동무를 해서 깜짝 놀랐다.

"그런 뜻 맞아."

"역시 그랬구나! 이제 분명히 알았어! 악수할래?"

신이 나서 악수를 청해왔다. 이 사람 분명 취하지 않았을 때는 이렇게까지 사교적이진 않겠지, 의심하며 악수를 했다. 강변은 모두가 점점 더 취해가는 축제 분위기였고 평범한 주말이 이렇다니, 그러면 정말 축제 때는 어떻게 되는 걸까 궁금해졌다. 이 거리, 저 거리를 걸으며 가스등이 켜지기를 기다렸다. 어렸을 때부터 책에서 읽은 가스등이 어떤 모습일지 궁금했는데, 유럽에도 이제 가스등이 남은 도시는 거의 없다고 해서 뒤셀도르프의 가스등이 여행의 기대 포인트 중 하나였다. 으슬으슬 추워지는 9시까지 기다려서야 등에 불이 들어오는 걸 볼 수 있었다. 상상만큼 빛이 번지는 낭만적인 모습은 아니었지만 오랜 궁금증이 해소되어서 가뿐할 정도였다. 이제 어느 소설에서 가스등이 나오건 구체적으로 상상할 수 있을 테니 말이다. 어린 시절의 사소한 궁금증을 해소한 것은 예상보다 큰 만족감을 주었다. 자유를 가진 성인의 만족감에 가까웠다. 궁금한 게 있으면 그게 어디든 찾아가서 확인할 수 있을 거라고, 당시에 내심 뿌듯했었다.

뒤셀도르프를 떠나 다음 행선지로 향한 날은 일요일이었다. 일요일의 독일은 H&M이나 아디다스 같은 다국적 기업의 매장까지 닫기에, 쾰른과 본은 텅 빈 거리의 정갈함으로 기억에 남아 있다. 도시가 쉬고 있어도 쾰른 대성당 주변은 수많은 사람들로 붐볐다. 한눈에 다 들어오지도 않는 대성당을 맴돌다가 향한 곳은 쾰른의 명물 향수인 '4711' 본점이었다. 쾰른 어디에서나 4711을 구매할 수 있지만 본점에는 향수 분수가 있다고 들어서 보고 싶었다. 초콜릿 분수도 멋지지만 향수 분수는 더 멋지지 않을까 했던 것이다. 물론 그곳도 쇼윈도 밖에 관광객들이 서성이거나 말거나 꽁꽁 문을 닫은 상태였다. 닫힌 문 밖으로도 향은 새어 나왔고 자그만 분수를 볼 수 있어 기뻤다. 나중에 K에게 그 이야기를 했더니 "그거? 할머니들이 좋아하는 향수인데"라고 시큰둥한 반응이 돌아왔지만 말이다.

피카소와 마티스의 작품들을 풍부하게 소장한 루트비히 미술관에서 한나절을 보내고, 연인들이 채워둔 자물쇠 무게 때문에 무너지지 않을까 걱정되던 철교를 잠깐 걸어보았다. 한 번도 직접 소원을 담아 자물쇠를 채워본 적은 없지만 남산타워를 비롯해 여러 곳의 자물쇠를 보았던 기억이 『보건교사 안은영』에 영향을 미쳤다. 단단하던 마음과 약속들은 쉽게 저주로도 변할 수 있을 텐데 그런 에너지를 은영이 이용할 수 있을 것 같았다.

본에서는 중앙역에서 베토벤의 생가까지 걸었는데, 베토벤 생가의 벽에 손바닥을 대고 있자니 W가 이의를 제기했다.

"베토벤은 작가가 아니잖아. 작곡가잖아. 그 벽에 손바닥을 대어봤자 효과 없지 않을까?"

장르가 달라도 좋은 아이디어를 떠올린 다음 힘든 중간 단계를 거쳐 끝까지 밀어붙이는 과정은 비슷하니 다 통할 거라고 대답했다. 효과를 믿기보다는 강렬하게 바라는 것을 스스로에게 되새기는 것 자체가 의미 있었다. 한편, 모차르트 초콜릿은 있는데 베토벤 초콜릿은 없는 게 의아했다. 『피너츠』의 슈로더가 알면 서운하겠네, 하고 웃었다. 슈로더가 베토벤을 생각하듯이, 자주 박완서 선생님을 생각한다. 편집자로 일할 때 멀리서 딱 한 번 뵌 적이 있다. 그것도 뒷모습이었지만. 돌아가셨을 때 슬펐는데, 곧 『박완서 소설 전집』이 스마트폰 앱으로 나와 색다른 위로가 되었다. 그렇구나, 선생님은 돌아가셨지만 전집 앱으로 오래오래 머무시겠구나, 그럴 수 있는 작가가 정말 적은데 대단한 탁월함이다……. 좋아하는 작가들의 이름과 실루엣을 딴 초콜릿들을 잠시 상상해보았다.

아헨 카롤루스 온천

새벽에 맥주병을 깨는 소리에 잠에서 깼던 기억이 난다. 처음에는
실수로 깨뜨린 줄 알았다. 하지만 두 개, 세 개, 네 개…… 파열음이
계속 이어졌다. 누군가 여럿이, 일부러 병을 깨고 있었던 것이다. 공
격적인 소리였다. 사람들이 샌들을 신고 다니는 계절에 보도블록 틈
새를 유리 조각으로 채우는 행위엔 분명히 악의가 깃들어 있었다.
다른 사람을 해치고 싶어 하는 사람들은 비슷하게 지긋지긋한 방식
으로 어디에나 있구나, 한숨이 나왔다. 이른 아침에는 청소차가 깨진
유리를 치우느라 몇 번이고 같은 자리를 반복해서 지나는 소리를 들
었다. 두 번, 세 번, 네 번…… 그래도 남은 조각들이 있을 게 틀림없
었다. 독일 어느 도시에나 깨진 맥주병들이 흔했다. 사람들의 공격성
이 공기에서 전혀 느껴지지 않는 곳이 지구 어딘가에 있지 않을까,
마음속에 환상이 자라날 때 독일의 그 날카로운 파편들을 떠올리고

만다. 어린이가 넘어지면 여린 살을 파고들지도 모를, 산책하는 강아지에게 아주 나쁠, 작게 부스러진 후엔 강풍에 날아올라 눈을 찌를 파편들을. 그러면 존재하지 않는 곳을 찾아 헤매기보다 지금 이곳을 지키고 싶어진다.

긴 여행의 피로도 풀 겸 온천에 가기로 했다. 로마 시대 때 생겨난 온천이라기에 기대가 컸다. 일부 사우나가 나체 혼욕이라는 정보를 미리 가지고 있었기에, 수영복을 입고 이용하는 부분만 표를 끊었다. 그런데 문화가 무척 다르긴 다른 모양인지 라커룸 자체가 남녀 공용이었다!

들어가서 옷을 갈아입을 수 있는 칸막이들이 없는 것은 아니었는데 독일 할아버지들이 여기저기서 옷을 홀렁홀렁 벗었다. 칸막이들이 텅텅 비어 있는데요……. 나체를 대수롭지 않게 여기는 문화를 경험해본 건 정말 새로웠다. 당시에는 바닥만 보느라 힘들었지만 몇 년 지나며 생각해보니 몸에 성적인 의미를 부여하지 않는 문화가 더 건강한 문화가 아닐까 싶었다. 독일은 나체주의의 역사가 긴 나라라고 한다. 벗은 몸이 그저 벗은 몸일 뿐인 사회가 가능할까? 그날 그 온천에서 탈의를 하고 싶다는 욕구가 든 것은 아니지만, 몇 년 후 하와이에 갔을 때 가벼운 반바지만 입고 자전거를 타는 사람을 보고선 매우 부러웠었다. 등으로 가슴으로 가득 햇빛을 받으면 기분 좋을 것 같았다. 어째서 유독 여성의 몸에만 굴절된 이미지들이 씌워지는 걸까? 나체주의도 결국 남성에게만 안전한 게 아닐까? (온천의 할머니들은 칸막이를 선호했다.) 과연 공용 라커룸이 한국에서도 안전할 수 있을까? 몸에 대해 건조한 편인 독일에서는 그러면 불법 촬영 문제가 한국보다 덜할까? 찾아보니 최근에 불법 촬영에 대해 형량을 높인 걸로 보아 한국만큼은 아니라도 문제가 있는 모양이었다.

온천은 수영장과 목욕탕 사이의 느낌이었는데, 가장 온도가 높은 탕이 체온과 비슷한 수준이어서 아쉬웠다. 뜨거운 물이 피부에 좋지 않다는 건 알고 있지만 그래도 열탕에 몸을 푹 담글 때의 만족감이란 게 있기에……. 여기에 몸을 담가도 저기에 몸을 담가도 오히려 체온을 빼앗겨서 사우나를 이용하지 않고는 오래 있을 수 없었다. 좋은 성분이 피부에 스며들게 하는 데 목적을 둔 시설이겠지만, 여름에도 그렇게 차가워서야 로마 병사들이 감기에 걸렸겠구먼, 싶었다.

유랑 서커스단

온천 다음은 서커스였다. 포스터가 아헨 곳곳을 덮었을 때 호기심을 이기지 못했다. 도시 외곽에 빨갛고 흰 줄무늬로 천막이 솟아올랐다. 어릴 때 동춘 서커스의 이동 공연을 본 적이 있었고, 그 이후로는 TV에서 「태양의 서커스」를 본 게 다였는데 유럽에는 아직도 크고 작은 서커스단이 유랑하고 있는 듯했다. 주변국을 여행할 때에도 포스터가 종종 눈에 띄곤 했다.

가까이 가서 보니 서커스 천막이 대단한 규모라서 기대가 되었다. 자리를 찾아 앉은 후 어두워진 객석 조명에 한껏 느꼈던 설렘은 시작하자마자 우르르 달려 나온 낙타와 얼룩말에 충격으로 바뀌고 말았다. 「태양의 서커스」에 익숙해진 후라 사람들이 하는 서커스일 거라 예상했던 것이다. 그때는 동물권이라는 말도 몰랐지만 안쪽 어딘가가 손톱으로 긁힌 듯 불편했다. 아니, 무슨 유럽씩이나 되어서 얼룩말을 데리고 다닌단 말인가. 역시 균일하게 앞선 선진국 같은 것은 존재하지 않는 게 틀림없다.

다행히 동물은 잠깐 등장했을 뿐, 내내 사람들의 공연이 이어졌다. 곡예는 역시 사람이 하는 쪽이 좋았다. 한결 편하게 반가워하며 박수를 칠 수 있었다. 정신을 못 차리게 화려한 쇼들이 계속 이어졌다. 서커스라면 체조 선수 체형이 유리하지 않을까 했는데 유럽의 단원들은 체격이 무척 좋았다. 원통과 판으로 균형을 잡는 묘기를 터미네이터 같은 분이 해내는 걸 보니 "균형도 근력으로 잡는다!" 같은 느낌이었다. 백미는 공중그네였다. 공연자들의 상기된 얼굴이 조명 속에 빛났다. 관자놀이에서 핏줄이 뛸까, 몸 안의 심장 소리가 얼마나 클까, 바로 아래에서 함께 조마조마해했다. 1초의 몇 분절도 어긋나지 않는 호흡에 서커스 텐트가 탄성으로 가득 찼다. 생각보다 많은 일들이, 사실은 그저 탄성을 듣기 위해 행해지지는 않는지 싶었다. 그물 없이 그네에서 그네로 뛰는 것도 오로지 탄성을 위해……. 길고 긴 글들도 결국 짧은 탄성을 위해서 쓰이는 것처럼 말이다.

서커스는 아헨을 금방 떠났다. 커다란 천막을 고정시켰던 굵은 밧줄들도, 고소한 향의 간식 수레들도 깜짝 놀랄 만큼 짧은 시간에 사라졌다. 지금은 어느 도시에 있을까? 어느 공터를 잠깐의 황홀경으로 채우고 있을까? 21세기가 서커스가 완전히 사라진 세기로 기억되길 바라지 않는다. 다만 동물들은 놓아주고 사람끼리만, 어딘가 그리운 그 장르를 지속시킬 수 있었으면 좋겠다.

아헨공과대학 계단에서

아헨의 외곽에 위치한 현대미술관인 루트비히 포럼은 잘 알려져 있지 않지만 굉장한 컬렉션을 가지고 있었다. 30분이면 관통할 수 있는 작은 도시마다 근사한 미술관이 하나씩 존재하는 것이 부러웠다. 독일이 2백에서 3백 개 지역으로 나뉘어 오랫동안 통일되지 않았던 것이 당대를 살던 사람들에게는 고생스럽고 때로 참혹하기까지 한 일이었겠지만 현재의 지역 균등에 기반이 되지 않았나 한다. 루트비히 포럼에서 빈백에 편하게 누워 비디오 아트를 실컷 감상하다가 K와 B를 만나러 갔다.

K와 B에게 다른 지역에서의 일정이 있었기 때문에, 마지막으로 만나기로 한 것이었다. 여름은 끝나가고 있었고 깊어진 우정에 슬퍼하며 모였다. K의 기숙사에서 만나기로 했는데 기숙사 앞은 폭탄 위협 때문에 온통 파헤쳐진 상태였다. 독일 소도시 대학 기숙사에 폭

탄 위협을 가하는 사람은 대체 뭘 바라는 걸까? 발코니의 파티가 느긋하고 평화로웠기 때문에 엉망이 된 잔디밭에 둘러진 빨간 띠가 더 기이하게 느껴졌다. 폭탄은 끝내 발견되지 않았다지만 마음속에 폭탄의 그림자가 남고 말았다.

"있잖아, 나 한국에 갈 계획을 세우고 있어."

K에게 소개를 받은 친구 P가 유쾌하게 말했다.

"오게 되면 재밌는 곳들에 데려가줄게."

나는 P에게 흔쾌히 이메일 주소를 적어주었다. P가 다른 일 때문에 자리를 뜨고 나자 K가 약간 주저하며 말했다.

"P는 어쩌면 한국에 못 갈지도 몰라."

"왜?"

"몸이 많이 안 좋거든."

그저 심한 감기 때문에 얼굴이 좋지 않은 거라고 생각했었는데 아니었다. 독일인의 신장에 적합한, 내겐 지나치게 컸던 푹 꺼진 소파에 앉아 마음속의 그림자가 점점 자라는 걸 느꼈다. 스물두 살의 친절한 P가 그렇게까지 아픈 건 불공평하다는 생각이 들었다. 감기 옮지 말아야지, 하고 멀찍이 서 있었던 게 뒤늦게 미안해지기도 했다. 아직 너무 젊은 사람, 선한 사람, 가능성을 채 확인하지 못한 사람도 아플 수 있다는 걸 안다. 불행은 완전한 우연으로 찾아온다는 걸 이해한다. 알고 이해하면서도 영 무뎌지지는 못하고 있다. 그래서 한국에 돌아와서도 P의 이메일을 한참 기다렸다.

안녕, 잘 지냈니? 이번에 한국이랑 다른 아시아 지역을 여행할 생각
이야. 혹시 좀 도와줄 수 있어?

이메일은 아마 이렇게 시작되겠지, 구체적으로 상상하곤 했다.
K에게 언제든 P의 안부를 물을 수 있었지만 묻지 않았다. 묻지 않는
이상 스물일곱 살의 P, 서른 살의 P가 계속 독일에서 살아가고 있을
것 같은 기분이 들어서, 어쩌면 그런 기적 같은 일이 정말로 일어났
을지도 몰라서다. 앞으로도 묻지 않을 것이다. 메일은 아주 늦게 도
착할 수도 있다.

보라색 슬러시와 오렌지색 슬러시를 녹여 휘저은 듯한 어마어마
한 노을과 함께 B가 도착하자, 스멀스멀 길어지던 그림자가 다시 줄
어들었다. 친구들의 빛이 언제나 나를 구한다.

저녁을 먹으며, 그간 다녀온 도시들에 대해서 열심히 보고했다.

"뒤셀도르프의 알트 비어는 정말 맛있었어."

"그래? 그거 마셨구나. 독일인들이 세 개는 정말 잘해. 맥주, 자동
차, 축구."

"쾰른 대성당은 멋졌고."

"지금까지 어디가 제일 좋았어?"

"베를린은 다음 주에 가지만 지금까지는 여전히 뮌헨?"

"뭐라고? 아헨이라고 대답해야지, 너무하잖아! 아헨을 더 잘 알아보라고!"

함정 질문에 빠지고 말았다. 그리고 K의 말대로 지금은 아헨이 가장 좋았던 것 같다. 세뇌당한 걸지도 모르지만……. 가볍게 먹은 저녁이 다 소화되어버릴 정도로 오래 밤의 아헨을 걸었다. 텅 빈 거리를 걷다 보면 불을 환하게 밝힌 광장들이 나타났다. 늦게까지 문을 여는 테이크아웃 칵테일 가게가 최종 목적지였다. 순할 것 같아서 고른 피나콜라다가 의외로 독해서 놀랐던 기억이 난다. 아헨공과대학 본관 계단에 앉아 자정이 될 때까지 웃고 떠들었다. 주로 우리가 어디에서 다시 만나게 될지에 대해서였다.

"내가 호주에 취직하면, 만나러 와."

K가 말했고, 그것은 유럽인에게 아프리카에 방문하게 되었는데 가까우니 놀러 오라고 하는 것과 비슷한 발언이었지만 열심히 고개를 끄덕였다. 코스모폴리탄인 K의 머릿속 지구는 내 머릿속 지구와 축척이 달랐다.

"아니면 싱가포르에서 만나자."

B가 제안했고, 여섯 시간 비행이지만 호주보다는 가까우니까 또 열심히 고개를 끄덕였다.

"어쩌면 아주 엉뚱한 데서 만나게 될 수도 있어. 하와이라든가."

계획할 때는 진심이었지만 아직 다시 만나지는 못했다. 모두 바빠졌고, 서로의 근처에 가지 못했다. 도시 전체가 내려다보이던 돌계단에서의 몇 시간을 소중히 품고 살면서도, 만나지는 못한 채로 2021년을 맞았다.

곧 다시 만날 수 있을 거라 믿었던 2012년의 여름밤, 우리는 헤어지기 싫어서 서로를 거듭 포옹했다. K가 양 볼에 키스를 해왔는데 수염이 너무 따가워서 놀랐다. 예상치 못한 까슬함에 비명을 질러도 K는 아랑곳하지 않았다. 약간 울었고 고맙다는 말을 정말 많이 했고 뭐라도 주고 싶었지만 줄 게 없었다. 한참을 뒤돌아보며 헤어졌다.

버스가 끊겼기 때문에 걸어서 돌아왔는데, 그날 밤만큼은 겁먹지 않았다. 친구들이 나눠준 빛이 아직 가시지 않은 상태였기 때문이다.

베를린은 어쩐지 달랐다

"베를린은 세상에서 제일 열려 있는 도시야!"

전날, K는 태어난 도시에 대해 자부심에 가득 차 말했다. 일곱 살이 되었을 때 베를린 장벽이 무너졌다고 했다. 장벽에서 몇 블록 떨어지지 않은 곳에 살았고, 아버지 손을 잡고 소용없어진 초소에 깨진 돌을 던졌다고 자신의 특별한 기억을 들려주었다. 팔 힘이 약해 맞히진 못했지만 즐거웠다고 말하는 K의 얼굴에서 일곱 살의 표정을 찾고 싶었다. 그렇게 역사적인 순간을 현장에서 경험하는 것은 어떤 기분일까? 알고 싶기도 하고, 어떤 면에서는 알고 싶지 않기도 하다. 역사적인 순간이라는 것은 매우 양면적일 수 있고 개인은 언제나 휘말려버리니 말이다.

"그럼 베를린에서는 어디에 가는 게 좋을까?"

"메링담역의 무스타파 케밥에 가서 되네르를 꼭 먹어야 해."

"또?"

K는 한참 고민하더니, 그냥 베를린 전체를 즐기라고 해주었다. 친구야…… 베를린 자랑을 그렇게 하더니 야채 튀김 케밥만 추천해주면 어떡하니. (그렇지만 실제로 먹어보니 정말 굉장한 야채 튀김이었다.)

베를린으로 가는 길엔 들판과 언덕이 풍력발전기들로 가득했다. 빈 땅만 있으면 세워둔 듯했다. 나의 신사 유람단 같은 마음은 풍력발전기들을 보면 선망으로 부풀어 올랐는데, 시간이 지나 국내에서도 풍력발전에 대한 이야기가 많이 나오고 있어 기쁘다. 새들이 충돌하는 문제를 비롯해 보완할 점은 많이 남아 있겠지만 대안을 찾으려는 노력 자체가 의미 있다. 세상이 망가지는 속도가 무서워도, 고치려는 사람들 역시 쉬지 않는다는 걸 잊지 않으려 한다. 절망이 언제나 가장 쉬운 감정인 듯싶어, 책임감 있는 성인에게 어울리진 않는다고 판단했다. 작은 부분에서 시작된 변화가 확산되는 것은 인류 역사에서 흔히 찾을 수 있는 패턴이기 때문에 시선을 멀리 던진다. 합리성과 이타성, 전환과 전복을 믿고 있다. 우리는 하던 대로 하고 살던 대로 사는 종이 아니니까.

아헨에서 제일 먼 여행지가 베를린이었는데, 확실히 독일의 다른 도시들과 이질적인 매력이 있어 가보길 잘했다고 생각했다. 도시의 마스코트인 암펠만 신호등이 귀여웠고, 박물관 섬의 유물들도 강렬했다. 의외로 오래 곱씹게 된 장소는 체크포인트 찰리였다. 장벽은

사라지고 검문소는 관광지가 되었는데, 그 곁의 크지 않은 박물관에서는 동베를린에서 서베를린으로 탈출하려 했던 수많은 사람들에 대한 기록이 전시되고 있다. 박물관 내부는 텍스트로 빽빽했다. 장벽을 넘었던 사람들, 넘지 못했던 사람들, 그들을 도왔던 사람들의 이야기였다. 사람들이 자유를 위해 용기를 내는 건 알고 있었지만, 극한의 환경에서 놀라운 기지를 발휘했던 것에 울면서 웃고 싶어졌다. 장난처럼 어이없는 시도가 성공하기도 하고 몇 달을 계획한 치밀한 시도가 실패하기도 했다는 게 어질어질했다. 몸집이 작은 여성은 여행 가방 두 개 사이를 교묘히 뚫어 누웠고, 프로펠러로 직접 잠수 장비를 만든 발명가도 있었다. 간단하지만 효과적인 사다리, 한국의 경우에도 익숙한 땅굴, 밧줄에 행글라이더에 심지어 열기구까지 쓰였다. 모터와 자전거 바퀴의 조합은 수도 없이 다양했고 우직하게 콘크리트를 채워 넣어 사격에 대비한 무거운 자동차도 다섯 사람이나 탈출시켰다니, 전략적이었다. 만나고 싶은 사람들을 만나기 위해 뼈가 부러지거나 총알을 맞은 사람들의 사진들이 이어졌다. 다쳤지만 살아남은 사람들은 활짝 웃고 있었다.

더하여, 우리는 체크포인트 찰리에서 큰 실수를 하고 말았다. 동독 군인 복장을 한 사람들이 가짜 여권 종이에 동독 도장을 찍어 주고 있었는데, 우리 코앞에서 종이가 떨어졌었다. 아쉬워도 포기했어야 했는데 여행 초보라 아무 생각이 없었고, '그럼 진짜 여권에

다 받을까?' 하고 여권의 뒷장에 기념 도장을 받아버린 것이다. 어쩐지 찍어주는 사람이 "너희 괜찮겠니?" 하고 걱정해주더라니, 여권은 정말 중요한 공문서고 그런 훼손 행위를 해서는 결코 안 되었다……. 나의 경우 별문제 없이 몇 년 후 여권 유효 기간이 끝나서 괜찮았는데, W는 2016년 마카오에서 배를 타고 홍콩으로 들어가다가 그 도장이 문제가 되어 네 시간 동안 억류되고 말았다. 어째서 존재하지 않는 국가의 도장이 찍혀 있는지 뒷방으로 끌려가서 해명해야 했다. 다행히 곧 풀려났지만 다른 누구도 원망할 수 없는 스스로의 상식 없음 때문이었다.

4년 후의 곤란한 상황을 예측할 수 없었기에 가뿐한 마음으로 남아 있는 장벽의 벽화를 구경하고, 도시 전체를 조망할 수 있는 열기구도 탔다. 굵은 케이블로 땅에 연결되어 있는 열기구였지만 바람에 이리저리 흔들려 멋진 풍광도 눈에 들어오지 않을 만큼 고소공포증을 느끼고 말았다. 그래도 베를린을 한눈에 볼 수 있었던 것은 근사했다. 눈에 들어오는 커다란 건물이 있어 가보았는데, 알고 보니 SS 친위대 건물을 보존해둔 것이었다. 그런 역사를 그렇게 커다랗게 남겨놓는 것은 대단한 신념이지 않을까 한다. 부끄러운 역사일수록 지우고 싶었을 텐데, 남겨놓는 시늉만 하고 싶었을 텐데, 그 방향으로는 가지 않았다는 것이 말이다.

액션 영화에 자주 등장하는 베를린 중앙역을 갔고, 유대인 박물관과 홀로코스트 메모리얼을 소리 나지 않게 걸었고, 브란덴부르크 문을 보았고, 포츠담 광장을 가로질렀고, 벼룩시장에서 비를 맞았다. 이틀뿐이었지만 베를린에 대한 K의 자부심을 이해할 수 있었다. 베를린에는 독특한 미완결성이 있었다. 유럽의 다른 도시들은 이미 촘촘하게 완성되어 있는 느낌, 딱딱하게 틀이 잡힌 느낌, 남아 있는 변화의 여지가 적은 느낌인데 반해 베를린은 다 빚어지지 않은 것 같았다. 반쯤은 액체처럼 출렁거리고, 품고 있는 불안과 혼란까지도 어떤 기대감을 주었다. 끝나지 않은 이야기의 끝을 듣기 위해 기다리고 싶어진달까. 미완결성은 물리적으로도 들어맞아, 도시 한가운데 공동들이 산재했고 온통 새로 지어지고 있어 어느 방향으로 사진을 찍어도 크레인이 찍혔다.

　짧게 머문 것이 아쉬웠는데 다행히 언제나 책이 있고, 한은형의 『베를린에 없던 사람에게도』와 박민정의 『서독 이모』를 읽으며 베를린만의 질감을 즐길 수 있었다. 다시 베를린에 갈 수 있게 될 때까지, 베를린에 대한 책을 잔뜩 읽고 싶다. 베를린에 다녀와서 베를린에 대한 책을 끝없이 읽는 것과 베를린에 대한 책을 모조리 읽은 다음 베를린에 가는 것 중 어느 쪽이 더 베를린을 이해하는 데 적합할까? 알게 된다면 그것에 대해 쓰고 싶다.

마지막 방문지는 초콜릿 공장

B가 근처의 초콜릿 공장을 꼭 가보라고, 아헨에 왔으면 꼭 가야 하는 곳이라고 지도에 동그라미까지 쳐주었기에 출국 며칠 전에 찾아갔다. 마을버스가 외지고 아무것도 없는 아헨 외곽에 내려줘서 어리둥절했는데, 알고 보니 린트 초콜릿 공장 중의 한 곳이었고 포장이 약간 잘못된 초콜릿들을 상당히 싸게 파는 아웃렛이 붙어 있었다. 찰리의 초콜릿 공장보다는 창고형 매장에 가까웠지만 사람들이 얼마나 행복한 얼굴로 대형 카트를 밀며 초콜릿을 큰 덩어리로 담는지, 지켜보는 것만으로도 마음이 차올랐다. 우리도 조금만 사려고 했다가 결국 맛별로 주워 담고 말아서 돌아오는 캐리어에 든 초콜릿만 몇 킬로그램이었는지 모른다. 8월이었으니 공항에 내리자마자 녹아버릴까 걱정이었고 나의 SOS에 엄마가 공항으로 아이스박스를 가져다주셨다. 그 초콜릿을 반년쯤에 걸쳐 천천히 먹으며

독일을 떠올렸다.

편의점에서 린트 초콜릿을 보기만 해도 행복해하다가, 그 행복감이 사그라진 것은 2014년이었다. 시드니의 린트 초콜릿 카페에서 IS 추종자가 벌인 인질극으로 여러 사람이 죽고 다쳤다는 뉴스를 접하고 나서였다. 인질극이 벌어진 것은 오전 9시 45분이었다. 오전에 초콜릿을 먹고 싶었을 뿐인 사람들이 인질이 되었다. 대체 초콜릿 카페에서 테러를 벌일 이유가 뭐가 있단 말인가? 가끔 인류가 문명의 끝에 서 있는지 초입에 서 있는지 고민할 때가 있다. 떠올리기만 해도 감미로운 사람들과 마음을 나락으로 미는 사람들이 동시에 만들어가는 이 기묘한 점묘화가 멀리서 볼 때 어떤 형태일지 궁금하다. 점묘화의 점이어서 영원히 스스로는 볼 수 없을, 고정되지 않은 채 끊임없이 변화할 상의 전체를 소설로 어설프게 모사할 뿐이다. 아끼는 사람들에게 기댄 채, 지나치게 좌절하지는 않으려 노력하면서.

다른 곳을 여행하고 아헨 중앙역으로 돌아오면 나도 모르게 집에 왔다고 말했다. 숙소의 사장님들도 "웰컴 홈" 하고 반겨주셨다. 한 달 동안의 베이스캠프라 애틋한 곳이었는데 언제 또 갈 수 있을지 모르겠다. 아헨은 쾰른과 프랑크푸르트에서 가깝고, 브뤼셀이나 파리에서도 가기 어렵지 않다. 그런데도 아헨을 떠올릴 때면 어째선지 갈 수 없을 것만 같다. 특별한 나이와, 특별한 사람들에 대한 기억이 강렬하게 얽혀 도무지 돌아갈 수 없을 것처럼 느껴지고 만다.

기회가 닿아 돌아간다 해도 그 자리에 섰을 때 변한 것들, 잃은 것들
이 감당하기 어려운 슬픔일까 겁이 난다는 게 더 솔직한 고백일 수
있겠다.

그래서 성급히 재방문 계획을 세우기보다는 가끔 마음속에서 꺼
내보는 편을 택했다. 특히 여름에 갑자기 기온이 뚝 떨어지는 날엔

아헨을 생각한다. 예상 밖의 차가운 공기 한 줄기를 만나면 아, 방금 그 바람은 아헨의 바람 같았어, 하고 생각하는 것이다.

정점을 지나온 작은 도시를 잔잔한 형태로 사랑하고 있다. 그런 형태의 사랑도 있는 것 같다.

──────( )만큼 (오사카)를 사랑할 순 없어

오사카 Osaka

2012. 11

C를 만나러 가자

C는 나의 대학 때 친구로, 함께 산 기간은 길지 않지만 여전히 그때를 생각하면 너무나 행복하다. 우리는 낡은 집의 온갖 문제들과 싸웠고, 쓸 만한 가구를 중고 가게에서 신나게 사 왔고, 5만 원짜리 세탁기의 소음을 이기기 위해 음악을 틀어놓고 춤을 추었다. 체구가 작은 내 친구는, 보이는 것과 달리 근육이 잘 붙는 체질이라 보디빌딩 대회에 나가라는 권유를 종종 받으며 늘 의외의 상황을 맞닥뜨린 다음에 특유의 말투로 이야기해줘서 소설가의 친구로는 최고 중의 최고다.

　에피소드 하나만 이야기하자면, 전철에서 옆 사람과 이어폰이 엉켜서 내리며 자기 이어폰 줄을 당긴다는 게 그만 자신보다 훨씬 덩치가 큰 사람을 끌고 내려버린 적이 있다. 그렇게 끌려 내린 분한 테 아주 미안했던 모양인데, C의 단단한 팔을 아는 나는 속절없이 끌려 내렸겠구나 싶었다. 작지만 강력한 자석 같은 친구라, C와 같이

다니면 사람들이 길에서 계속 말을 걸고, 평소보다 잦은 확률로 특이한 사건이 벌어지곤 한다. 그 모든 일에 대해 기록하기 위해서는 책 한 권 이상이 필요하다.

L의 미국행에 이어 C까지 일본으로 떠나자 상심이 컸었는데 멀리 있어도 마음의 가까움은 그리 희석되지 않는다는 걸 확인하게 된 이후로는 잘 견디게 되었다. 나의 친구들, 나이 들면 같은 동네에 살자고 해놓고 아무도 돌아오지 않고 있다. 덕분에 미국에 산불이 나거나 일본에 홍수가 나면 깊은 걱정에 빠지는 인생을 살 수밖에 없게 되었다. 그해에도 C가 보고 싶어서 만나러 가야겠다고 생각은 하고 있었는데, 여행에는 늘 미적미적인 나를 엄마가 참지 못했다.

"나 C한테 놀러 갈래."

처음에 엄마가 말을 꺼냈을 때는 워낙 C를 예뻐하니까 하는 농담인 줄 알았는데 알고 보니 아니었던 것이다.

"C한테 우리 간다고 말해놨어? 아직 안 했어?"

거듭 재촉하다 못해 비행기표 예매를 추진력 있게 지시하셨다.

"가을에 당장 가자. 가서 C한테 이것저것 먹여야지. 내가 C랑 어떤 사인데?"

엄마, 제 친구와 대체 무슨 사이신데요……? 정확한 대답은 듣지 못했지만 곧바로 계획을 짜기 시작했다. 디저트와 산책, 기차와 단풍이 교차하는 계획이었다.

강풍이 부는 날, 오사카에 도착

오사카에 가면 종종 남부지방 사투리가 들리는 것 같다. 오래 교류한 이웃 나라라서 그렇겠지만, 억양이 매우 비슷하다. 친척들과 똑같은 톤으로 누군가 말을 해서 돌아보면 한국말이 아니었다. 예전에 다른 자료를 찾다가 읽었는데 조선시대 부산에 있었던 일본인 상주 지역인 왜관에서는 철저한 분리가 기본적인 원칙이었음에도 불구하고 일본인과 조선인 사이의 연애 사건들이 끊임없이 불거져 나왔다고 한다. 「알다시피, 은열」을 쓰게 된 모티브 중 하나였다. 동아시아의 독특한 가까움에 대해 자주 생각한다. 정치적으로는 늘 좋지 않고, 문화적으로는 활발히 서로를 애호하는 다층적인 관계가 흥미롭다.

오사카에 착륙하니, 맑은 날이었지만 바람이 강해 모자를 잃어버리지 않으려면 꽉 붙잡아야 했다. C와 상의해서 C의 집과 가까운 곳에 호텔을 예약했는데 호텔 양옆으로 파친코 가게들이었다. 뽀로롱 뽀로롱 하는 소리가 시끄러울까 걱정했는데 우리가 머문 층까지 그 소리들이 들리지는 않았다. 조용하고, 깨끗하고, 분수가 있는 정원이 내려다보이는 방이 마음에 들었다.

곧바로 C를 만났다. 엄마와 C가 서로를 완전히 편하게 생각해서 웃음이 났다. 사실 자주 만난 사이기는 했다. 부모님은 물론 이제는 돌아가신 할아버지도 학교 앞에 와서 우리에게 맛있는 걸 사주시곤 했기 때문이다.

"그래, 자네 본관은 어딘가? 어디 C씨인가?"

"무슨 공부를 하고 싶나?"

"앞으로의 계획은 어떤가?"

그럴 때 어른들이 돌아가면서 던진 질문들은 귀여운 룸메이트가 아니라 사윗감에게나 물어볼 만한 것들이었다. C는 꼬박꼬박 잘 대답했고 그 저녁을 매우 따뜻하게 기억했지만, 나중에 친구들끼리 있는 술자리에선 곧잘 아빠나 할아버지 흉내를 냈다. 내가 만나는 사람이 바뀔 때마다 연습을 시켜준다며 같은 질문들을 반복했음은 물론이다.

엄마는 C를 보자 떠올랐는지, 할아버지의 일본 유학 생활 이야기도 처음으로 해주셨다. 가난한 유학생이었던 할아버지는 주말이

면 트럭 운전사의 보조를 하며 생크림을 배달하셨다고 한다. 생크림을 배달하는 젊은 할아버지를 상상해보았다. 시대가 시대이니만큼 막막했을 것이고, 또 어떤 날은 막막하면서도 햇빛이 좋아 작은 즐거움을 느끼시지 않았을까? 그렇게 유학한 후 초등학교 교사가 된 할아버지가 엄마를 포함해 딸들을 다 대학에 보내셨고, 손녀들에게도 언제나 큰 기대를 걸어주셔서 힘을 얻었다. 문학 애호가답게 헨리크 입센과 아쿠타가와 류노스케를 추천해주신 데다, 책을 쓰고 드라마를 쓰라고 격려해주신 적도 있는데 뭘 어떻게 미리 아셨던 걸까 싶다. 돌아가시기 전에 데뷔했으면 기뻐하셨을 텐데 1년 반쯤 어긋나고 말았다. 내 소설 속 좋은 어른들은 할아버지를 닮았다. 누군가를 동등하게 대해주는 것, 북돋아주는 것, 가능성을 알아봐주는 것은 교육자의 자질이기도 하고 어른의 자질이기도 한 것 같다. 내가 받은 응원과 지지를 이야기로 감싸 다른 사람에게 전하고 싶다.

C는 첫날은 물론, 마지막 날까지 매일 우리를 숙소에 데려다주었다. 밤 9시쯤 헤어졌으니 그렇게 늦은 시간도 아니고, 어떻게 생각해도 나와 엄마가 C를 집까지 데려다주는 게 낫지 않나 싶었지만 C가 그러고 싶어 해서 그러게 두었다.

"위험하지 않지? 일본은 치안이 잘되어 있잖아."

밤거리를 걸으며 물어보았다.

"그렇긴 한데 강력 범죄도 많아. 이렇게 CCTV가 많은데도 여학생들이 버스 정류장에 차를 타러 나가서는 그대로 실종되어버려. 연쇄 살인도 빈번히 일어나고."

외교 상황이 악화될 때 어떤지도 물었는데, 한참 좋지 않았던 시기에는 유학생들끼리 어디 가서 한국 말 쓰지 말라고 서로 당부했다고 한다. 대다수의 사람들은 평소와 다름없지만, 일부 존재하는 극단적인 사람들을 피하기 위해 조심하는 것이다. 99명의 사람들이 친절해도 한 명의 극단주의자가 무슨 짓을 저지를지는 아무도 모르기 때문이다. 한국도 마찬가지여서, 2019년에 일본인 유튜버가 홍대에서 폭행당한 사건을 생각하면 속상해진다.

어느 나라나 위험한 일부가 있고, 상식적인 나머지가 그 위험한 일부에 휘둘리고 끌려가고 동조해버릴 때 모든 게 나빠지는 것 아닐까 추측한다. 나는 그즈음 베를린에서 묵었던 티어가르텐이 히틀러 시기엔 정신질환자와 장애인, 외국인들을 강제로 불임시키고 각종 생체 실험을 하던 지역인 것을 뒤늦게 알게 된 참이었다. 21세기의 국가들은 20세기 국가들로부터 멀리 왔지만, 조금만 경계를 낮추면 악의는 습기 높은 계절의 곰팡이처럼 기세를 떨치며 확산하고 지우기 어려운 얼룩을 남긴다. 이를테면 일본에는 나와 내 책을 극진히 사랑해주는 다정한 독자들이 계시지만, 서점에서 내 책은 혐한 서적들과 그리 멀지 않은 곳에 놓일 것이다. 모든 것이 그런 식이라는 점을 생각하면 슬퍼져도, 선의 또한 번진다는 것을 믿어야겠다고 스스로를 다진다. 얼마 전, 일본 작가들이 혐한 발언을 쏟아낸 주간지를 단호히 비판하는 걸 보며 역시 빛나는 사람들에게 집중하고 싶다고 생각했다. 적어도 문학계에서는 한국에서도 일본에서도 혐오가 이기지 못한다는 게 안심이다.

엘 그레코를 보고 전망대에 갔다

오사카 국제미술관에서는 엘 그레코 특별전이 한창이었다. 처음에
는 왜 현대미술관에서 16세기 그림을 전시하는지 의아했지만 그림
을 보자마자 모던함이 느껴져 이해할 수 있었다. 본인은 스스로 뭘
하는지 인식하지 못했을지 몰라도 엄청 다른 걸 그리고 만 듯했다.
정신은 시대에 속해 있지만 몸이 먼저 앞서 나가는 예술가들이 재밌
는 것 같다. 특히 「사도 성 요한」의 독배를 든 초록빛 옆얼굴이 마음
에 들었다. 뭐라 말할 수 없이 사람을 슬프게 만드는 기다란 손가락
들이 16세기를 벗어나도 한참을 벗어나 있었다. 시대와 묘하게 불화
하는 느낌이 인상적이었기 때문에 『이만큼 가까이』에 그 작품을 신
나게 등장시켰다. 여행의 조각들이 소설에 석영처럼 박혀 있는 것을
발견할 때마다, 좀처럼 여행하지 않는 나의 등을 떠밀어준 사람들에
게 감사를 느낀다.

그 전시가 좋았던 것은 C가 일본어 설명을 꼼꼼히 읽고 들려주었기 때문이기도 했다. C는 목소리가 좋고, 좋은 목소리로 조곤조곤 설명해주는 친구와 미술관을 걷는 것은 풍요로운 경험이었다. 원래도 일본어를 잘하는 건 알고 있었지만 공부하며 더 늘어서 숨 쉬듯 읽어 내려가는 모습이 자랑스러웠다. 한글을 읽는 속도로 다른 문자를 읽을 수 있다면 얼마나 근사할까? 매번 외국어 공부를 해야지 마음먹고 인터넷 강의를 신청하거나 책을 사곤 하는데 끝까지 해낸 적이 없어서 민망하다. 영어도 관광객 영어, 일본어도 "돈키호테가 어디입니까?" 정도밖에 못 하고, 프랑스어와 스페인어도 배웠지만 급속도로 잊고 말았다. 얼마 전에는 한국문학번역원에 갔다가 프랑스어 교수님께 실수로 스페인어 단어를 말해서 정말 죄송했다. 아는 척하려다가 괜히 무례를 범했던 것이다. 흑흑. 언젠가 제대로 언어 하나를 깊게 공부하고 싶다. 언어를 알아갈 때 넓어지는 시야를 가지고 싶고, 아무 목적 없이 낯선 단어 하나하나를 배워보고 입 안에 굴려볼 때의 행복을 누리고 싶다.

전시를 천천히 보고, 어쩐지 더 농밀한 것 같은 가을 햇볕을 즐겁게 쬐며 우메다로 향했다. 원래는 입장권을 사야 하는 전망대에 갈 생각이었는데, C가 더 좋은 곳이 있다며 한큐 32번가 그랜드 빌딩의 전망 찻집에 데려가줬다. 찻값만 치르면 따뜻하게 앉아 야경을 볼 수 있다니 훨씬 나은 선택이었다. 장년층 손님들이 주로 담소를 나누는 고전적인 곳이었는데 내다보이는 풍경에 숨이 막혔다. 해가 질 때까지 하늘색이 변하는 걸 보며 느긋하게 대화를 이어갔다.

"있잖아, 전에 네가 보내줬던 사진의 거기 어디야?"

C는 마음에 드는 풍경이 있으면 종종 사진을 보내주었었다. 그 중의 몇 군데가 가보고 싶어 어딘지 물어보았고 그렇게 우리는 행선 지를 아라시야마와 우지로 정했다. C는 아르바이트가 있어서 함께 가진 못했지만 조그만 손가락으로 꼼꼼하게 좋았던 곳의 이름을 적어주었다. 공부하고 일하느라 바쁜데 시간을 내어준 것이 너무나도 고마웠고, 동시에 아무것도 한 것 같지 않은데 이틀이나 가버렸다니 '옆에 있으면서도 보고 싶다'는 말이 무슨 뜻인지 알 것 같았다.

그날도 밤거리에서 손을 꼭 잡았다 놓으며 헤어졌는데, 친구의 수족냉증이 속상했다. 손이 따뜻해야 덜 걱정되는데 말이다. 걱정하 거나 말거나 씩씩하게 잘 다니겠지만, 그래도 C의 손이 핫핫할 정도 로 따뜻했으면 좋겠다고 호텔의 작은 방에 누워 투덜거렸던 기억이 난다. 신비한 존재가 나타나 세계에 지나친 영향을 미치지는 않는 소원을 하나 들어주겠다고 하면 사람들의 손발이 항상 따뜻하게 해 달라고 빌 것 같다. 그다지 부작용은 없고 괜찮은 소원 아닐까?

아라시야마가 특별해졌다

C의 추천으로 가게 된 아라시야마에서, 우리 모녀는 여행하며 겪은 중 가장 놀라운 친절을 만나게 된다. 이 친절이야말로 이 책을 쓰게 된, 혹은 이 책을 쓰는 걸 포기하지 않게 해준 계기였다.

시작은 평범했다. 11월 초의 아라시야마는 아직 단풍이 본격적이지 않은, 단풍의 기미만 희미하게 느껴지는 풍경이었다. 단풍보다 약간 먼저 도착하고 말았지만 그림 같은 가을에 걸음걸음이 즐거웠다. 덴류지의 아름다운 회랑을 걷고 멋진 운룡도를 본 다음, 유명한 대나무 숲의 그늘을 천천히 즐겼다. 작고 운치 있는 유적지들을 둘러보고, 길도 좀 잃고, 점심도 느긋하게 먹은 다음 오래된 절 아다시노넨부쓰지에 가보기로 했다. 역과 중심부에서 다소 떨어져 있긴 하지만 고적한 분위기가 나지 않을까 했던 것이다. 버스를 잘못 타서 한참 걸어 도착했다.

무연고자의 시신을 수습한 데에서 시작하여 천 년이 넘도록 천천히 8천 개가 넘는 석불과 탑을 모아 세웠다는 곳이어서 조심스러운 마음으로 걸었다. 고요하게 쌓인 시간이 느껴지는 곳이었다. 절 위쪽으로 대나무 숲길을 따라 올라갔더니 부처님을 목욕시키는 작은 샘이 있기에 엄마랑 빙빙 돌며 물을 부었다. 그때 저 멀리 묘지를 찾아왔던 아주머니 한 분이 다가와 엄마와 내 사진을 찍어주시겠다 했다. 둘이 다니면 함께 나온 사진이 적으므로 반가운 일이었다.

몇 마디 이야기를 했을까, 곧 내 얄팍한 일본어는 바닥이 났고 우리가 한국에서 온 사람들인 걸 알아차린 아주머니는 매우 기뻐하셨다. 알고 보니 돌아가신 부모님과 어린 나이에 이민 오셨다고 했다. 게다가 그날이 딱 어머님 기일이었는데, 어머님도 우리 엄마와 같은 성씨인 것까지 해서 어쩐지 어머님이 보내주신 손님처럼 느껴지셨던 모양이다. 돌아가신 어머님과 이제 같은 나이에 다다랐다는 E씨는 우리에게 함께 차를 한잔하자고 초대하셨고 엄마와 나는 기분 좋게 따라나섰다.

'음, 묘지에서 만난 사람을 따라 더 깊은 산속으로 들어가고 있군. 많이 들었던 옛날이야기인데……'

'어딘지 익숙한 이야기인데 뭐 괜찮겠지.'

나중에 알게 되었지만 모녀 아니랄까 봐 여우 가족이 사는 환상 누각 같은 게 나타날까 잠시 비슷한 의심을 했었다. 죄송합니다,

E씨.

좁아졌던 길 끝에는 무려 4백 년이 된 전통 찻집이 기다리고 있었다. 푸른 이끼가 앉은 두꺼운 지붕과 건물이 유명해서 자동차 광고에도 나왔다는데, 우리가 잘 몰라 E씨는 아쉬워하셨다. 건물 벽에는 4백 년 동안 다녀간 손님들의 명함이 붙어 있었다. 차에 조예가 없어 한 잔이 나오는 줄 알았더니 소금에 절인 벚꽃차, 말차, 다시 숙성차가 단계에 걸쳐 나왔고 흑당 가루를 뿌린 떡이 동백잎을 수저 삼아 곁들여졌다. 한사코 대접해주시겠다 해서 감사히 즐겼다.

E씨의 세련된 한국어와 나의 말도 안 되는 일본어, 휴대폰 문자 기능을 이용한 필담까지 더해 우리 세 사람은 대화를 이어갔다. 그리운 어머님에 대한 기억과 지난 세기부터 이어지는 가족사를 듣고, 현재의 삶에 대해서도 이야기하고, 결론은 '모녀 여행을 더 자주 해야 한다'로 귀결되었다.

아드님이 타던 거라 체구에 비해 커다란 자전거를 끌고 걸으셔야 했는데도, E씨는 우리를 역까지 데려다주시겠다고 제안했다. 그런데 그냥 데려다주시는 게 아니었다. 우리가 미처 보지 못했던 아라시야마의 명소들을 훑어 내려오며 현지인만이 할 수 있는 설명을 곁들여주셨다. (차를 마시며 여행 에세이에 대한 계획을 말씀드리자 더 마음을 기울여주신 것이다.)

E씨가 세이료지 정문 앞에서 문을 짚어 보이셨다.

"색깔이 조금 다르지요? 2년 전에 웬 술 먹은 사람이 경내를 자동차로 가로 질러 와서 저 문을 뚫고 나갔어요. 완전히 부서져서 문만 새로 해 넣은 거예요."

어느 나라건 술에 취한 채 문화재를 부숴버리는 사람들이 있구나……. 마주 본 얼굴에 깊은 안타까움이 지나가는 걸 보았다.

두부 요릿집들에서 모락모락 나오는 증기를 구경하며 가장 맛있는 집을 추천해주셨고, 현지인들의 산책로와 학교들도 구경시켜주셨다. 여행 책으로는 알 수 없을 곳들을 가볼 수 있어서 어디에서도 못 할 경험이었는데 한 군데만 더, 한 군데만 더 하다 보니까 이미 여섯 시간이 지나 있었다.

아라시야마 다리 앞에서 한 번 헤어졌지만, E씨가 다시 우리를 불렀다.

"좋은 곳 한 군데만 더 보여줄게요!"

그렇게 해서 간 곳은 매년 11월 13일이면 13세를 맞은 소녀들이 성장(盛裝)을 한 다음 누가 부르건 뒤돌아보지 말고 걸어야 하는 계단 길이었다. 뒤돌아보지 않으면 이후 내내 평탄한 인생을 살 수 있다고, 일종의 응원해주는 의식 같은 것인 모양이었다. 우리가 그 계단에 갔을 때는 이미 저녁 빛이 짙었고 행사일이 열흘쯤 남아 있는 상태라 아무도 없었지만, 이야기 속으로 걸어 들어간 것만 같았다. 열세 살이면 돌아보지 않을 수 있는 나이, 앞만 보고 걸어가는 느낌을 기억해둔다면 존재하지 않는 괴물도 존재하는 괴물도 이겨낼 수 있을 것이다. 일부러 통과하기 쉬운 의례를 만들고, 삶과 기억에 분기를 두어 다음 세대를 응원하고 싶은 마음이겠구나, 짐작했다.

결국 해가 질 무렵, E씨와 역 앞에서 헤어지게 되었고 아쉬운 마음에 주소를 주고받았다. E씨와의 여섯 시간은 내가 세상을 보는 방식에 커다란 영향을 미쳤다. 우연히 만난 사람에게서 얻은 빛을 오랫동안 에너지원으로 쓸 수 있다는 것을 알게 된 것이다. 그 보답을 바라지 않는 친절을 곱씹을수록 나도 E씨를 닮고 싶다는 생각을 하게 되었다.

한국에 돌아와서 감사 인사 삼아 홍삼과 여러 가지를 담은 소포를 보냈고, E씨도 교토의 해조류 절임과 아름다운 찻잔을 보내주시는 등 몇 번의 교류가 더 있었다. 너무 귀찮게 해드리고 싶지는 않아서 자제하지만, 언제나 E씨의 안녕과 건강을 바란다. 특히 여름마다 아라시야마의 홍수 뉴스가 보도되는데 그럴 때마다 걱정이다. 또 편지를 쓰고 싶다. 함께 걸었던 길을 자주 생각합니다, 저는 뒤에서 불러도 돌아보지 않고 계단을 잘 올라가고 있습니다, 하고. 번역기가 잘 번역해줄지 모르겠다.

천 살 위까지 다 언니

녹차로 유명한 우지로 가는 우지선 기차는 좌석 색깔부터가 달랐다. 아직 따뜻한 늦가을 햇볕이 목뒤에 떨어져서 엄마와 노곤히 졸면서 갔다.

오전에 도착해서 조용한 『겐지 이야기』 박물관에 갔는데, 책을 읽은 사람도 읽지 않은 사람도 즐길 만한 곳이었다. 한국어 설명도 영어 설명도 잘되어 있는 오디오 가이드가 있었고, 크지 않지만 아름다운 건물을 걷는 것만으로도 차분해져서 박물관의 외형과 내용이 다 좋았다. 함께 살 때 C는 『겐지 이야기』에서 인상적인 부분을 읽어주거나 설명해주곤 했는데 그때 생각이 나서 즐거웠다. 인물이 5백 명쯤 나오는 천 년 전의 베스트셀러 소설은 요즘 사람들이 읽기에는 뜨악한 부분도 많지만, 그때의 사람들도 이야기를 사랑했다는 게 이상한 친밀감을 만든다.

생몰년이 정확하지 않아 970년 즈음 태어나 1025년 즈음 사망한 걸로 추정되는 무라사키 시키부의 삶이 궁금하다. 보수적인 전근대 아시아에서 가장 사랑받은 여성 소설가가 아닐까? 지금 시대를 여성 소설가로 사는 것도 여러 가지 소설 외적인 것에 시달려 지치고 포기하고 싶을 때가 많은데, 그럴 때마다 앞선 작가들을 생각한다. 20세기의 작가들, 19세기의 작가들을 거쳐 자꾸 거슬러 올라가다 보면 10세기 사람도 언니처럼 느껴지고 만다. 비슷한 괴로움을 가졌었나요? 외로울 때가 있었나요? 이야기를 미끄러지듯이 쓸 때와 쓰다가 멈췄을 때 어떤 표정을 지었나요? 한 시간쯤 만나서 물어보고 싶은 것을 잔뜩 물어볼 수 있다면 좋겠다.

"나도 죽고 나서 작은 도서관 같은 게 되고 싶다."

신이 나서 엄마에게 말했더니 엄마가 당황해하던 게 기억난다. 부모는 아무래도 자식의 죽음을 그다지 떠올리지 않는 것이다. 자식의 경우는 그러지 못해 수많은 동화책들이 부모의 죽음을 두려워하는 아이들을 위해 쓰였는데 말이다. 부모는 자식을 더 속 편하게 사랑하며, 동시에 더한 무방비에 놓이고 만다.

녹차 마을이라기에 녹차밭이 펼쳐질 줄 알았더니, 그건 좀 더 외곽으로 나가야 하고 대신 녹차 음식과 디저트가 유명했다. C가 추천해준 나카무라 도키치의 녹차 소바 세트는 다 먹고 나니 한 세트 더 먹고 싶을 만큼 만족스러웠다. 완벽한 질감의 국수와 어른의 맛이라 할 수 있는 당도의 녹차 젤리를 최대한 천천히 즐겼다. 원래는 두 시간 줄 서는 게 기본이라는 가게인데, 유네스코 세계문화유산인 뵤도인이 전체적으로 개보수 작업 중이었기에 우지 전체가 한산해서 기다리지 않아도 되었다. 비록 5엔 동전의 주인공인 뵤도인은 완전한 장막 뒤에 있었지만, 부속 박물관의 소장품들이 모든 아쉬움을 잊게 했다. 특히 악기를 든 비천 조각들이 굉장했다. 살아 있는 것처럼 보였지만 살아 있는 생물이라면 그렇게 완벽할 리 없으므로 비현실적이기도 했다.

돌아오는 길에 들른 조그만 신사에서 귀여운 토끼 부적을 뽑았는데, 엄마도 나도 점괘를 해석하지 못해서 나중에 C한테 읽어달라고 해야 했다.

"기다리는 사람은 꼭 올 거야. 하고 있는 일은 전력을 다해 준비할 것."

듣고 싶었던 말이었다. 이어 엄마의 점괘를 보고 C가 약간 흠칫했다.

"……어머니, 연적이 나타난다는데요?"

여행이 끝난 후 아빠를 추궁했더니, 아빠는 담담하게 "나는 항상 인기가 좋다"라고 말했다. 재래시장에 가면 유난히 인기가 좋으시긴 하다. 매주 가지 않아도 아주머니 할머니들이 꼭 기억하고 뭘 더 주

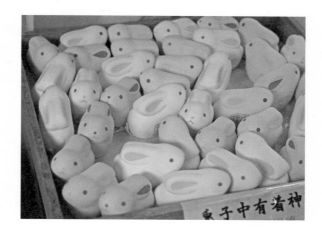

神渚有中子兔

시는 바람에 일부러 아빠 혼자 가시게 할 때도 있으니까. 하여간 흠칫하며 엄마를 보던 C의 표정이 귀여웠기 때문에 잊히지 않는다.

이틀 연달아 너무 많이 걸어 발톱이 빠지려 하는 상태여서, 엄마는 숙소로 먼저 올라가고 C와 둘이 도토루에 갔다. 둘 다 동절기 한정 메뉴인 밤 맛이 나는 커피를 골랐다. 마지막 밤, 카페인 때문에 잠들지 못한다 해도 그렇게 친구와 이야기하는 게 좋았다. 사람마다 맞는 장소가 따로 있다는 이야기를 했고, 내 경우엔 그게 서울이었지만 C는 다시 찾아야 했다는 걸 한층 이해할 수 있었다. 걷다 보면 거리에 녹아들 수 있는 도시가 꼭 태어난 도시는 아닐 수도 있고 그런 경우 그곳을 찾기 위해 떠나봐야 하는 사람들이 있다는 걸……. 친구와 일상적으로 만나지 못하는 게 슬퍼도 걸음걸음을 응원한다.

C와 사흘 연달아 만나서 좋았는데, 그날 밤 마음이 헛헛해지고 말았다. 역시 초능력을 얻는다면 순간 이동이 좋겠다. 친구들이 있는 도시의 커피 체인점에서 한 시간씩만 만나고 올 수 있도록. 그래도 며칠에 한 번씩 서로 잘 자라는 인사를 할 수 있어 행복하다. 서로의 안녕을 바라고 감미로운 잠과 이어질 다음 날을 기원해주는 사이인 것만으로도 계속해나갈 수 있다.

결국 울어버렸네

체크아웃을 하고 오전 8시에 C를 만났다. 비행기를 타기 전에 시간을 함께 보내려고 그렇게나 일찍 만나러 와준 것이 감동이었다. 근사한 가게들이 많은 호리에를 걸었는데, 문을 연 곳은 거의 없었지만 걷기 좋은 길이었다.

  60년이 넘은 가게에서 마지막 식사를 하고, 아쉬워하다가 공항으로 가기 위해 헤어지려는데 C가 큰 봉투를 내밀었다. 내 선물과 부모님이 쓰실 잇몸에 좋은 치약과 동생에게 줄 과자까지 들어 있었다. 선물은 화장품이었는데, 어쩐지 드러그스토어에 가서 구경할 때마다 "그거 살 거야? 그거 사게?" 하며 서늘하게 묻기에 나는 나의 과소비를 막으려는 줄 알았다. 그러고 보니 엄마에게도 "어머니, 찾으시는 치약은 사셨어요?" 하고 매일 확인하더라니. 고마움과는 별개로 선물을 미리 사두고 품목이 겹칠까 이틀 내내 조바심 냈구나 싶어 크게 웃어버렸다. 시크하게 생겼지만 쉽게 탄로 나는 아이……. 정말 좋아하지 않을 수가 없다.

결국 공항행 특급열차 앞에서 울며불며 헤어졌는데, C는 그 와중에 또 쪼르르 만두 가게에 가더니 뜨끈뜨끈한 만두 박스를 손에 쥐여주었다. 아르바이트한 돈으로 뭘 너무 사준다고 너나 잘 사 먹고 다니라고 엄마가 C에게 억지로 용돈을 쥐여줄 수 있어 다행이었다. 서로 다정한 마음이었는데 비행기에 들고 탈 수가 없어서 공항에서 울면서 만두를 먹었던 기억이 난다. 나의 목을 메이게 했던 게 눈물인지 만두인지, 우리의 우정은 왜 눈물을 동반하는지.

그러고 나서 내가 C를 만나러 일본에 가거나, C가 귀국했을 때 만나고, 한번은 내가 일본에 일을 하러 갔는데 하필 C는 한국에 있거나 하는 일들이 있었다. 서로 평소 궁금하던 거리를 함께 걷곤 했는데, 코로나19 사태 때문에 한참을 만나지 못하고 있어 애틋하다. 만나고 싶은 마음, 달려가서 안아주고 싶은 마음을 잘 다스리면서 길고 어두운 시기를 지낼 각오를 한다. 오래전의 여행을 꺼내어보니 얼마나 많은 것들을 당연히 여기고 누려왔는지 새삼스럽다. 쑥스럽지만 어떤 날, 우리가 함께 보냈던 짧은 낮과 길게 붙잡았던 밤이 나를 구했다고 C에게 꼭 이야기하고 싶다.

————————( )만큼(타이베이)를 사랑할 순 없어

타이베이 Taibei

2014. 02

함께 여행하던 사람과 결혼을 했다

독일을 다녀오는 비행기에서 W는 말했다.

"너랑 결혼하면 안 되겠어. 한 달이 그냥 지나가버렸네. 너랑 결혼했다간 눈 깜짝하면 할아버지일 거야. 절대 결혼하지 말아야지."

깔깔 웃고 나서 그러자, 결혼하지 말자, 했는데 같이 있으면 즐거웠기 때문에 서른한 살에 덜컥 결혼해버렸다. 이제 와서는 고민을 덜한 채 저질러버린 게 아닌가 싶다. 그도 그럴 것이 30대 중반에 다다르자, 내가 일을 매우 좋아하고 일 외의 면에서는 전혀 확장할 생각이 없는 데다 다른 사람에게 내어줄 시간도 에너지도 부족한 편이란 걸 깨달았기 때문이다. 워커홀릭에게 보편적인 결혼 생활은 잘 맞지 않고 상대에게도 민폐라서, 스스로에 대해 잘 모르는 채 결정한 건 위험한 일이었구나 깨달았다. 다행히 물처럼 맞춰주는 W가 상대라 확장이 아닌 수렴 방향으로, 한국에서 가능한 가장 가벼운 형

태의 결혼 생활을 하고 있다.

굳이 결혼에 대해 쓰는 것은, 얼마 전까지 구글 연관 검색어가 '남편'이었기 때문이다……. ('학벌'도 오랫동안 연관 검색어 자리를 차지하고 있었는데 가장 좋아하는 드라마인 「검색어를 입력하세요 WWW」가 떠오르는 에피소드다. 인물과 관련된 연관 검색어가 정말 필요한 건지 회의적이 되고 만다.) 처음에는 왜 사생활을 궁금해하시는지 얼떨떨했는데 알고 보니 내가 불행한 결혼 생활로 활동을 중단할까 걱정되어서 검색해보시는 듯했다. 결혼을 하면 누구의 커리어를 우선으로 할지 힘겨루기가 일어날 수밖에 없고, 그 싸움으로 사라지는 여성 예술가들이 적지 않아 이해가 되었다. 이번 기회에 안심시켜드리고 싶다. 반려인의 지원을 잘 받으며 계속 쓸 수 있을 것 같습니다. 만약 그렇지 못한 상황이 되면 스스로를 충분히 방어할 수 있으니 걱정을 덜 해주셔도 될 듯합니다.

결혼 제도에 느낀 온갖 혼란을 담아 『옥상에서 만나요』에 수록된 단편들을 쓴 것 같다. 결혼과 관련된 이야기를 여러 편 쓰고 내린 결론은 결혼이 누구나 할 수 있으면서 아무도 하지 않아도 되는 열린 무엇이 되어야 한다는 것이었다. 억압이 없는 다양한 시민 결합들이 가능하기를 바란다. 우리 세대까지나 결혼에 대해 혼란스러워하지, 앞으로 올 세대들은 혼란스러워하지도 않을 것이란 게 개인적인 전망이다. 제인 오스틴을 사랑하는 작가로서, 나는 사랑과 사랑 아닌 것들이 경계 없이 뒤섞여 있을 때 그것을 분리해보는 작업을 하고 싶다. 결혼에는 사회경제적 안정성, 속해 있는 집단의 압력, 원가족과의 관계, 신체적 욕구 등등 여러 가지 요소들이 혼재해 있으니 말이다.

결과적으로는 배우자를 자주 매니저로 이용하게 되었고 가끔 양심의 가책이 들 때가 있다. 지난 세기까지 유명한 작가나 화가들이 그렇게 아내를 온갖 일에 부려먹었다던데 내가 그들과 뭐 그리 다른가 싶어지는 것이다. 그럴 때면 W의 전 애인도 음악 전공자였단 것을 반복해서 떠올린다. 어차피 나 다음도 무용이라든지 사진이라든지 예술 하는 여자였을 것이다. 자기 팔자 자기가 꼬는 부류가 있다.

어쨌건 독일에 같이 갔던 W와 정말로 결혼해버렸기 때문에, 장별로 등장인물이 바뀌는 민망함은 피할 수 있었다. 바뀌었으면 그것도 유머 포인트가 되었겠지만……

어쩌면 그저 안전하게 살고 싶었는지도 모르겠다

이사를 많이 했다. 주민등록증 뒤에 주소 스티커를 더 붙일 곳이 없을 만큼. 학교 앞에서, 직장 근처에서 작은 방들에 살았다. 하도 옮겨 다니다 보니 이삿짐은 두 시간 정도면 쌀 수 있었다.

스물한 살 때 살았던 방이 기억난다. 나는 그 방을 꽤 좋아했다. 창밖에 풍성한 플라타너스나무들이 있어서 여름엔 온몸이 나뭇잎 그림자로 덮여 깨어났다. 빛도 그림자도 유난히 아름다운 방이었다. 그곳에서 공부하고 아르바이트도 하며 살던 어느 날 새벽 2시쯤이었다. 난데없이 어떤 남자가 욕설을 하며 우리 집 현관문을 걷어차기 시작했다. 자다가 깨서 경찰에 신고를 하려니 손이 덜덜 떨렸다. 112를 끝까지 누르지도 못했는데 계단 위에서 다른 남자가 뛰어 내려와 문을 차던 남자를 때리기 시작했다. 대체 무슨 상황인지 몰라 일단 신고를 멈추고 문에 붙어 귀를 기울였다.

욕설이 난무하는 가운데 파악한바, 문을 차던 남자가 내 바로 윗집에 사는 여자와 사귀다 헤어진 후 폭력적으로 행동해서 여자의 친오빠가 와 있었던 모양이었다. 그런데 문을 차는 남자는 술에 취한 채 층을 착각해서 우리 집의 문을 그렇게 미친 듯이 찼고, 그 소리를 듣고 윗집의 오빠가 뛰어 내려온 것이었다. 문을 차던 남자가 맞아도 싼 것 같아서 신고는 하지 않았다. 그런 해결에 찬성하지는 않지만 스토킹 방지법이 미비한 상태에서는 그렇게라도 해결되어야 하지 않나 싶었다. 그 후 한 달간 혹 무슨 일이 있으면 신고하려고 얕게 잤던 듯한데 다행히 상황은 반복되지 않았다. 윗집 여자분이 지금 어디 살고 계시든 안전하고 행복하시길……. 안전 이별이라는 신조어가 생기는 데는 10년 정도 더 걸렸다. 지금 이 순간도 얼마나 많은 여성들이 위험을 겪고 있을까?

파주출판단지에 취직하고 구일산과 일산의 오피스텔에 살 때에도 불쾌한 일들은 이어졌다. 어느 날 회사에 행사가 있어서 늦게 퇴근하는데 엘리베이터 안이 꽉 찼었다. 그때 무슨 예감이 있었는지 사람마다 누르는 층을 유심히 보았는데, 어떤 술 취한 남자가 자기가 누른 층에 내리지 않고 내가 내릴 때 따라 내리려는 것이었다.

"왜 여기서 내리세요? 11층 누르셨잖아요?"

내가 떨리는 목소리로 따지자, 남자는 취해서 착각했다고 변명했지만 만약 그때 엘리베이터에 다른 사람들이 남아 있지 않았다면 어떻게 되었을까? 강간당하고 살해당했을까? 그 남자의 얼굴, 눈빛, 냄새가 아직도 생생하다. 단순한 취객이었을 수도 있지만 확률에 목숨을 걸 수는 없었다.

밤에만 위험한 것도 아니었다. 어떤 날 아침에는 수상해 보이는 남자가 공동 복도를 어슬렁거리며 이 문, 저 문을 두드려서 출근 시간에 나가지 못했다. 경비실에 인터폰을 해서 그 남자를 데려갈 때까지 20분을 문밖을 내다보며 기다리다가 회사에 늦었다.

6백 세대에서 천 세대가 하나의 입구를 공유하는 오피스텔은 대개 ㅁ자 구조로 지어지고, ㅁ자 안쪽의 그늘진 빈 공간은 콜로세움처럼 온갖 소리를 울리게 했다. 위층의 누군가 물건을 부수고 싸우다가 창문 밖으로 안경을 던졌던 게 기억이 난다. 어떻게 하면 안경을 창밖으로 던질 수 있는지, 소리가 나는 게 몇 호인지 알 수 없어 신고도 할 수 없었다. 연인을 사칭한 남자가 119구조대를 속여 맞은편 집 현관문을 뜯었던 일도 경악스러웠다. 재작년에 장류진의 단편 「새벽의 방문자들」을 읽고 얼마나 많은 사람들이 이입할 수 있을지 먹먹했다. 다만 20대의 나는 소설의 화자와는 달리 그 모든 이상한 일들의 원인을 알지 못했다. 원룸보다 오피스텔이 안전할 줄 알았는데 왜 그렇지 않은지 계속 의아했는데, 훗날 오피스텔 성매매 현장의 한복판에 집을 빌렸던 것을 깨달았다. 깡패들이, 포주들이, 성매

수자들이 복도를 어슬렁거리는데 안전을 느낄 수 있을 리가 없었다.

사는 곳에서 안전을 느끼지 못하니 안 그래도 불안했는데, 작가로 활동하기 시작하자 위험은 한층 더해졌다. 젊은 여성 작가들에게 스토커가 얼마나 흔히 붙는지 말도 못 한다. 물론 중장년의 남성 작가도 심각한 스토킹에 시달리는 사례가 적지 않지만, 가장 자주 시달리는 것은 여성 작가들이다. 출판 행사만 해도 언제 어디 있는지 정보가 노출되고, 보호받을 수 있는 방도도 거의 없다.

웃기는 일은 기분 나쁘게 맴도는 사람이 있을 때, 의도적으로 W와 데이트한 이야기와 사진을 SNS에 올리면 금방 떨어져나갔다는 것이다. 그렇게 해서 떨어져나가기도 하고 소용없기도 하지만 나의 경우 심각한 스토킹은 아니어서 효과가 있었다. 어떤 사람이 갑자기 SNS에 연애를 전시한다면, 목적은 의외로 스토커 제거일 수도 있다…….

그 모든 일들을 겪으며 연애를 하고 결혼을 했다. 안전감을 얻었기 때문이다. W와 함께 걸으면 욕을 하는 사람도 시비를 거는 사람도 줄어드는 게 좋았다. (불과 며칠 전에도 혼자 산책을 나갔다가 지나가는 여성마다 따라붙으며 심한 욕을 하는 사람을 마주쳤다.) 결정적으로 혼자서 마련하는 것이 어려웠던 보안이 잘되는 아파트에서 살 수 있게 되었다. 몇 년이 지나고 나서야, 아주 최근에서야 내가 강력 범죄에 대한 두려움을 사적인 수단으로 해결하려 했던 건 아닐까 의심이 들었다.

사랑 아닌 다른 부분이 인생의 중요한 선택에 명확히 관여했는데 스스로가 그걸 보지 못했다는 것이 기묘했다.

여러모로 공적인 문제를 공적으로 파악하는 시대가 왔다는 것이 다행이다. 모두가 안전하다고 느낄 때까지 이 문제에 대한 관심을 도저히 거둘 수 없을 것이다. 여성들이 마땅히 안전을 누리게 되면, 삶의 선택들이 크게 바뀔까? 외부의 폭력이란 불순물이 제거된 사랑과 시민 결합은 어떤 형상일까? 바뀌어갈 사회가 궁금해서 오래 살고 싶어진다.

타이베이에 가고 싶었다

앞서 잠시 나온 적 있는, 내가 무척 따르는 사촌 언니 이야기를 다시
해야 할 것 같다. 언니는 2004년 12월에 결혼했는데 신혼여행지였
던 태국에서 수많은 사상자를 낸 쓰나미를 맞닥뜨리고 살아남았다.
언니가 겪은 일들은 언니만이 말할 수 있겠지만, 나머지 가족들도
언니와 연락이 되지 않았던 몇 시간이 트라우마가 되었다. 언니와
형부가 무사하단 걸 듣고 울었는데 그런 안도의 눈물도 자국을 남
겨, 종종 한 사람만 돌아온 신혼여행에 대한 뉴스를 접할 때마다 숨
이 막힌다. 아주 가까운 곳에서 일어난 일처럼 가슴이 꽉.

　이후 나도 모르게 신혼여행과 재난을 연관해서 떠올리게 되어버
려서, 비합리적인 불안인 걸 알면서도 안전하다고 느낄 수 있는 가
까운 도시에 가고 싶었다.

　"일단 경비행기를 타야 갈 수 있는 곳은 가고 싶지 않아. 경비행

기 사고가 잦아서 무서워."

그 조건만으로도 수많은 열대의 섬들이 목록에서 지워졌다.

"편하게 다닐 수 있게 대중교통이 잘되어 있고 치안이 좋은 곳이면 좋겠어."

결혼식 직전에 마감은 또 왜 그렇게 많았는지, 전날엔 솔직히 동네 옥상 같은 데 올라가서 "내가 이 구역의 마감 왕이다!" 하고 소리라도 지르고 싶었다. 여러모로 주변에서 추천을 여러 번 받아 늘 가보고 싶었던 타이베이에 가면 딱 좋을 듯했다. 왜 신혼여행을 쉽게 갈 수 있는 곳에 가느냐고 모두 어리둥절했지만 안쪽의 통로를 자연스럽게 거친 결과였다.

결혼식의 목표는 식 중에 긴장해서 토하지 않는 것이었는데 다행히 그러지 않았다. 평소 존경해 마지않는 소설가 K 선생님이 주례를 맡아주셨는데, 아폴로 11호가 달에 갔을 때 닐 암스트롱과 버즈 올드린을 위해 사령선 파일럿으로 남아 있었던 마이클 콜린스처럼 서로 중요한 역할을 번갈아 맡으며 살아가라고 말씀해주셔서 어떤 마음으로 주례사를 쓰셨을지 알 것 같아 눈물이 났다. 실천하고 있느냐 하면 제가 계속 암스트롱 역할만 하는 것 같아 마음이 무거워집니다만……. O 시인의 축시도 해마다 꺼내본다. 책 제목들을 다 껴안은 사랑스러운 시였다. 와주신 분들이 즐거워하셨던 것 같아 후회가 없는 날이었다.

그리고 다음 날 아침 비행기를 기다리며 시내의 호텔에서 쉬고 있을 때 언니에게서 문자가 왔다.

　　- 힘들었지? 배고프지?
　　- 응. 이것저것 먹었는데도 엄청 배고파.
　　- 초콜릿 먹어. 나도 너무 힘들어서 초콜릿 먹었던 기억이 나.
　　- 정말 하나 먹어야겠다.
　　- 초콜릿을 먹고 나니 쓰나미가 왔었지.

　　언니가 직접 그때의 기억을 말한 적은 몇 번 없었는데 그 문자를 읽으니 내 결혼식이 언니의 안에 잠겨 있던 것들을 수면 위로 끌어올렸구나 싶었다.

　　- 어쨌든 초콜릿을 먹어둬. 무슨 일이 일어날지 모르니까.

　　예상하지 못했던 방식으로 언니의 그 말은 인생의 지침 같은 게 되어버렸다. 건강을 생각해 초콜릿에서 오트밀 바로 바꾸긴 했지만, 무슨 일이 닥칠지 모를 때 일단 영양바를 먹어두자고 생각하곤 한다. 피할 수 없을 것들에 의연하면서도 포기하지 않는 마음을 위해.

타이베이는 친절했다

타이베이는 놀랍도록 가까워서 아침에 출발했는데 점심 즈음에 도착해 있었다. 두 시간 조금 넘는 비행이었다.

미식가이기도 한 B 작가님이 맛있었던 식당의 명함들을 미리 건네주셔서 여행의 질이 매우 향상되었다. 나도 어딘가 여행을 가서 좋았던 곳의 명함을 모아 다음 사람에게 주는 사람이 되고 싶지만 타고난 미각으로는 무리일 것이다. 그래서 B 작가님의 리스트를 다른 사람들에게 재추천하는 데에서 그쳤다. B 작가님 작품에 종종 나오는 대만과 타이베이가 매력적이라 여행지로 선택한 것도 분명 있었다.

비행기값을 아낀 만큼 호텔은 좋은 곳을 잡았다. 101타워가 보이는 W호텔의 중간층 코너 스위트룸이었다. 난생처음 그 정도의 숙소를 잡아본 것이라 들어서자마자 하이 톤의 비명을 지르며 인테리어를 구경하고 있는데, 열린 문으로 웰컴 푸드를 가지고 온 호텔 직원 분이 오해를 하셨는지 쟁반을 던지다시피 하고 도망가셨다……. 아닙니다, 흥분하긴 했지만 인테리어 때문에 흥분한 것이었습니다! 문을 열어놓고 부적절한 행동 하지 않아요! 영원히 가닿지 않을 해명을 해본다. W호텔 특유의 인테리어는 하도 유명해서 '이제는 W호텔식 인테리어에서 벗어나자'는 말까지 나올 정도라기에 꼭 한번 구경하고 싶었다. 색을 과감하게 쓴 것이 마음에 들었다.

그렇지만 조식까지 신청하기엔 간이 조그마했고, 아침마다 나가서 음식을 사 먹었다. 메뉴판을 읽지 못하면 주로 타이베이의 대학생들이 대신 통역하며 도와주었다. 대만 사람들의 몸에 밴 친절함이 좋았다. 워낙 깊은 인상을 받은 나머지 이후 대만의 출판사 분들이나 번역가 선생님들이 연락을 해오실 때 괜히 더 반가울 정도였다. 대만에서 엄청난 인기 작가가 되어 1년의 일부를 대만에서 보낼 수 있다면 얼마나 좋을까? 늘 꾸는 꿈이다. 하지만 그 1년의 일부가 2월이면 안 될 것 같다. 우기라서 내내 비가 오고 추웠다. 얇은 외투 몇 개를 번갈아 입으려고 가져갔는데 한꺼번에 다 입어야 할 정도였다.

첫날은 조심스럽게 탐색하듯 주변의 골목을 걸어보았다. 감각적인 대만 청춘 영화의 주인공들이 자전거나 스쿠터를 타고 금방 나타날 것만 같은 골목들이었다. 지칠 때까지 걷다가 백화점 지하에서 우리로 치자면 분식 비슷한 음식을 사 먹었다. 고명과 국수를 고르면 국물에 익혀서 주는 식이었다. 빗속을 걸은 후 따뜻한 국물이 들어가니 살 것 같았다. 낯선 도시에서 백화점이 주는 안정감이란 말로는 표현할 수 없다.

백화점 옆 서점에 갔을 때는 조금 싸우고 말았다. 평소에 그런 걸로 싸우지 않는데 내가 대만의 아름다운 책들과 문구류에 현혹되어 W를 너무 내팽개쳐버렸던 듯하다. 대만의 성품서점(Eslite)은 대만을 넘어 아시아를 대표하는 서점으로 꼽힌다. 읽을 수 없는 책들을 들었다 놨다 하며 이 복도 저 복도를 기웃거리느라 피곤함도 잠시 잊고 말았다. 처음의 흥분이 지나고 나자, 이번에는 선물을 사야겠다는 강박이 찾아왔다. 3박 4일 동안 신경 쓰지 않고 재밌게 놀려면 얼른 사버려야겠다고 말이다. 은혜를 갚아야 할 사람은 또 얼마나 많았던지⋯⋯. 결국 W가 섭섭함을 표했다. 신혼여행에서 그렇게까지 무심하면 외롭다는 W의 입장도 이해가 가고, 내 입장에서는 20분쯤은 혼자 구경도 좀 할 수 있는 거 아닌가 싶었다.

"그딴 노트 사다 줘도 아무도 안 좋아해!"

"무슨 소리야? 한국 출판계는 노트 선물로 돌아간다!"

스트레스가 없는 상태였으면 싸우지 않았을 텐데 그날은 치졸하고 부끄러운 싸움을 하고 말았다. 곁을 지나는 대만 사람들은 점잖게 모른 척해주었다. 할 수만 있다면 영어나 스페인어나 하여튼 한국인임이 드러나지 않는 언어로 싸우고 싶었다. 그게 웬 망신이었는지. 이후 그런 못난 싸움은 더 하지 않았다고 말하고 싶지만 지난여름에는 복숭아를 열 개씩 사느냐 두 개씩 사느냐로 또 팽팽하게 맞부딪혔다. 복숭아는 당연히 두 자리 단위로 사야 하지 않나? W의 논지는 날파리가 생기는 게 싫으니 그날 먹을 만큼만 사야 된다는 것이었는데 납득이 불가능하다. 결혼을 안 했더라도 혼자 살았을 것 같지는 않아서 L이나 C나 다른 친구들이랑 살았더라면 그런 싸움이 불필요했을 거라고 투덜거렸는데 『여자 둘이 살고 있습니다』를 보니 꼭 그렇지만도 않은 모양이다. (누구와 함께 살든 결정하기 전에 꼭 읽어봐야 하는 필독서인 듯하다. 나는 그 책이 겉으로 귀여운 듯 전복적인 내용이라 수출이 어려우면 어쩌나 걱정했는데 다행히 잘 번역되고 있다. 사랑스러움으로 감싼 전복이란 얼마나 효과적인지.)

물론 대만에서 산 노트 선물은 모두에게 환영받았다. 장장마다 시와 소설이 적혔을 것이다. 알지도 못하면서.

무엇을 염원하시나요?

SF 작가라서 믿는 건 과학밖에 없지만, 무언가를 간절히 바라는 사람들의 표정에는 언제나 한껏 이끌리고 만다. 삶과 죽음 사이에서, 한 사람이 어떤 것을 강렬히 염원하는지 존중으로 멀리서 나누고 싶어진다. 룽산사와 바오안궁을 가보기로 한 것은 그래서였다.

룽산사는 들어서자마자 건축의 아름다움에 압도되었다. 물론 타이베이에서 가장 오래되고 유명한 사찰이니 아름다운 게 당연하지만, 분명 여러 차례 파괴되었다가 복원되었다고 했는데 그런 흔적을 찾아볼 수 없는 화려함이 대단했다. 기둥만 두 시간쯤, 지붕만 한 시간쯤 바라볼 수 있을 것 같았다.

얼이 빠져 감상하다가 한참 후에야 사람들이 눈에 들어왔다. 꽃과 과자를 바치고 향을 이마 앞에 모으며 기도하는 모습에 어쩐지 나도 해보고 싶었다. 향을 사서 불을 붙이는데 이상하게 불이 잘 붙지 않았다. 옆에 서 계시던 한 아저씨가 뭔가 설명해주려고 애쓰셨는데, 소통에 실패하고 말았다. 아저씨가 그 자리를 떠나시고 5분쯤 지나서야 내가 향을 거꾸로 들고 손잡이 쪽에 불을 붙이고 있었던 걸 깨달았다…… 분홍색 부분이 발화 물질이 아니라 손잡이였던 것이다. 엉성한 짓을 하는 외국인에게 어떻게든 알려주시려고 했는데 못 알아듣고 웃고 서 있기만 했다. 머쓱한 기억이지만 혹시 같은 실수를 하실 분이 있을까 싶어 적어둔다. 등 축제 준비도 한창이어서 놀라운 솜씨를 엿볼 수 있었다. 말의 해 시작이었기에, 갈기가 풍성한 말 등이 거의 완성 직전이었다. 마지막 터치로 콧구멍을 칠하는 모습을 나도 모르게 함께 집중해서 보게 되었다.

룽산사가 관광객이 많은 대표 명소 같은 느낌이라면, 의학의 신을 모시는 바오안궁은 한결 차분한 분위기였다. 아픈 사람, 혹은 아픈 사람의 가족들이 입었던 옷을 바구니에 담아 올리며 건강을 빌고 있었다. 기도할 때 무릎을 꿇기 편하게끔 준비되어 있는 무릎용 쿠션 벤치가 희게 닳아 있어서 눈길이 갔다. 소중한 사람들이 되도록 아프지 않으면 좋겠다고 염원하며 안마당을 걸어보았다. 절에 가도 언제나 약사불을 가장 좋아하는데, 같은 마음으로 바오안궁을 찾은 셈이었다. 약사불의 손바닥 위, 동그랗고 소박한 약합을 떠올리듯 바오안궁의 애틋한 바구니들을 떠올릴 때가 있다. 몸이 약한 사람들은 아프지 않을 때도 기본 모드가 간절함인 것 같다.

하지만 결국 누구나 아프기 마련이니, 이야기 매체에 잔잔하게 아픈 사람들이 드물지 않게 나오면 좋겠다고 생각한다. 아프지 않은 사람이 잘 없는데 이야기 속 세계에는 완벽하게 건강한 사람과 중병에 걸린 사람만 존재하는 것 같다. 중병을 다루는 방식에도 문제가 없지 않고, 안고 사는 병은 아예 생략되고 있는 게 아닌지 싶다. 얼마 전 또 한 번의 위로는 블랙핑크 다큐멘터리 「세상을 밝혀라」에서 제니 씨가 "온몸이 아파"라고 말한 것이었다. 무대 위에서 완벽한 모습을 보여야 하는 아이돌이 솔직하게 온몸이 아프다고 말하는 걸 보자 뭉클했다. 세븐틴 다큐멘터리 「히트 더 로드」에서도 투어 중에 멤버 분들이 돌아가며 아프던데, 편집하지 않고 보여주어서 좋았다. 우리 사회는 지나치게 항상 건강함을 연기하고 있지 않은지, 의문을 가지고 있다.

야시장에서 전철역까지

트렁크를 비워 간 이유는 과자를 사기 위함이었다. 대만에 다녀온 사람들이 이런저런 디저트를 선물해줄 때는 몰랐는데 직접 사보니 무게가 상당했다. 이 무거운 것들을 박스로 사다 주었다니 어마어마 하게 아끼는 마음이었구나! 친구들의 지나간 선물에 다시금 감동을 받고 말았다. 게다가 그냥 준 것도 아니었다. 유통기한이 짧을 때는 빨리 전달하려 노력도 기울이곤 했다. 그런 다정함 속에 있어서 나도 다디단 소설들을 쓰는 게 아닐까 싶어진다. 비워 간 트렁크로도 신세를 다 갚지 못했다.

하루 종일 돌아다니며 고르고 고른 디저트들을 호텔에 가져다 둔 후, 가벼운 마음으로 야시장으로 향했다. 여행 책마다 독특한 향이 있다고 강조하던 취두부를 꽤 좋아하는 편이라는 걸 알게 되었다. 코도 혀도 무딘 편이기 때문에 발효 식품도 향이 강한 음식들도 잘 먹는 것 같다. 고수도 아주 좋아한다. 음식점 사장님들이 배려심으로 고수 빼줄까, 매번 물어보셨는데 많이 달라고 대답했다. 다음에 대만에 가게 된다면 인터넷에서 판다는 '고수 많이 주세요' 티셔츠를 사 입고 가는 것도 나쁘지 않겠다.

야시장을 신나게 구경하고 돌아오는 길, 차가 별로 없는 도로의 턱에 젊은이들이 잔뜩 앉아 있었다. 손에는 과일이나 전주나이차를 들고 조곤조곤 이야기를 나누거나 웃는 모습이 근사해 보였다. 겨울밤이 별로 춥지 않은 나라의 10대, 20대들은 일상적으로 저런 시간을 보내겠구나 싶어 부러웠다. 마지막으로 도로 턱에 앉아본 게 언제인지 기억이 잘 나지 않았다.

밤이 되자 광고판들이 빛났는데, 한국에서 대만과 관련된 간판들은 대개 맛있는 종류이지만 대만의 한국 관련 간판들은 주로 성형외과에 대한 것이었다. '한국풍 성형!'이라고 크게 쓰여 있는 옥외광고판이 한둘이 아니었다. 우리나라의 대표 이미지가 성형이라니 괜찮은 건가, 우리도 디저트 종류라면 좋을 텐데 어째서, 하고 아무래도 갸웃하게 되었다. 물론 성형수술 수준이 높은 것 자체가 나쁜 일은 아닐 것이다. 사실 재작년에 안과 검진을 갔다가 안검하수로 속눈썹이 각막을 긁고 있다고 해서 성형외과에서 수술을 받았는데, 속눈썹 각도를 미세하게 조정한 것만으로도 눈이 시리고 염증이 생기던 증상이 싹 사라져 큰 만족을 얻었다. 홑꺼풀인 게 좋아서 전문가들의 권유를 무시하고 지나치게 오래 버틴 셈인데, 수술 수준이 뛰어난 나라에 태어나 프로필 사진과 대폭 달라지지 않을 수 있어 다행이었다. 여러 이유로 꼭 필요하거나 삶의 질을 크게 개선시켜주는 성형수술이 많을 것이다. 그런데 한편으로는 뉴스에서 회의적인 소식들도 계속 만나 긍정적으로만 생각할 수는 없는 듯하다. 공장식 불법 수술과 수술 중 사망 사고에 대한 보도를 맞닥뜨리면 대체 전체 그림은 어떤 모습인지 걱정스러워진다. 어느 업계나 뛰어난 부분과 엉망인 부분이 뒤섞여 있겠지만 한국 성형 산업은 특히나 극단적이기 그지없으니, 외국에서 마주치는 광고가 기이한 느낌이었다.

밤이 깊어가고 있었지만 타이베이처잔역에 가기로 했다. 사실 대만 음식에 흠뻑 빠져서, 최대한 많이 먹기 위해 점심은 두 번 저녁은 세 번 먹곤 했다. 7년 전에는 소화력이 꽤 좋았던 것 같다. 타이베이처잔역엔 유명한 음식점들의 분점이 모여 있어서 마음 같아서는 다 들어가보고 싶었지만 목적지는 춘쉐이탕(春水堂)이었다. 차도 맛있고 식사도 맛있다기에 가서 메뉴판이 뚫어져라 고심해 차 한 잔과 요리 두 개를 시켰는데, 요리라고 생각하고 시킨 것은 보조 반찬들이었다. 사진을 보고 골랐는데도 실패였다. 가져다주는 분의 표정도, 우리의 표정도 떨떠름해지고 말았다. 밥도 없이 차와 장아찌 두

개를 시킨 격이었으니 이 외국인들은 왜 이런 이상한 조합으로……?
하고 생각하셨을 것이다. 어울리는 한 상은 아니었지만 차는 정말로
맛있었다. 춘쉐이탕이 전주나이차의 원조라는데, 그 전에도 그 후에
도 그렇게 향기롭고 깊은 버블티는 먹어본 적이 없다. 게다가 버블
티임에도 마법같이 소화를 도와주었다. 무슨 그런 차가 다 있담? 입
이 높아져버려 그다음부턴 버블티를 먹을 때마다 이게 아닌데, 하는
생각이 들어 슬펐다.

　차를 좋아하긴 하는데 그래도 한국 사람이 차를 마시는 양에는
한계가 있어, 식당에 갈 때마다 우리 자리 찻주전자에 뜨거운 물을
채워주시려던 직원분들이 갸웃하시던 게 기억난다. '으응? 왜 이렇
게 차를 못 마시지?' 하는 표정으로 좀처럼 비지 않는 주전자를 못마
땅해하셔서 민망했다. 열심히 마셔도 차 문화권 사람들만큼은 무리
입니다……. 그렇지만 여행하는 내내 대만 차에 대한 깊은 신뢰가 생
겼고 지금도 찬장에 두 종류의 대만 차가 항상 구비되어 있다.

조각조각 좋았던 것들

융캉제에서 먹었던 망고 빙수. 제철 망고가 아닌데도 눈물이 날 정
도로 맛있었다. 한국에도 대만식 빙수 가게가 있고 거기서 망고 빙
수를 팔지만, 전혀 다른 맛이었다. 망고의 맛이야 그렇다 치고 심지
어 얼음의 결도 다르다. 비결이 뭘까? 야외 자리에 앉아 겨울에 빙수
를 먹으며 뼛속까지 추워졌지만 후회는 없었다.

전통 요리 전문 식당인 칭예(青葉)에서 먹었던 따뜻한 고구마 죽.
고구마가 든 죽일 뿐인데 왜 그렇게 맛있었을까? 단점이 있다면 양
이 많아 적어도 4인 이상이 먹어야 할 것 같다는 점뿐이다. 가게가
위치한 안쪽 골목은 정감이 있으면서 정갈해서 비에 젖은 보도블록
이 둥글게 빛났다. 다른 요리들도 조리법이 그렇게 복잡해 보이지
않고 맛이 진하거나 화려하지도 않았는데 이상하게 2월의 비 오는
날만 되면 칭예가 생각난다.

당대예술관과 시립미술관. 대만 작가들의 작품들을 국내외에서 접한 적이 많아 기대가 컸는데도 기대를 뛰어넘었다. 당대예술관이 오래된 건물을 재단장한 크지 않은 규모의 부담 없는 미술관이라면, 시립미술관은 크고 전위적이었다. 그야말로 작품들의 활기에 한껏 머리를 담갔다가 나올 수 있었다.

　　J 작가의 추천을 받아, 비 오는 타이베이의 저녁을 오래 걸어 찾아갔던 다예관 더예차츠(德也茶喫). 어떤 차를 마실까 고민하다가 고른 것은 숯불에 볶은 우롱차인 탄배우롱이었다. 커다란 물주전자를 자리 옆에서 알코올램프로 끓여주는데 그 주전자만 보고 있어도 기분이 좋아졌고 다구 하나하나, 다과 한 조각 한 조각 반하지 않을 구석이 없었다. 더 이상 우려 마실 수 없을 때까지 우려 마시고는 1년 치 마실 것을 사 왔다.

101타워에 안부 전해주세요

도시를 대표하는 건축물의 실루엣은 왜 그렇게 설렘을 안겨줄까? 남산타워에 1년에 한 번도 가지 않지만 멀리서 볼 때마다 기뻐하고, 다른 나라 다른 도시의 명물들에 대해서도 마찬가지다. 방문했던 랜드마크의 실루엣을 하나하나 타투로 새기고 싶다고 생각한 적도 있다. 엠파이어스테이트 빌딩과 크라이슬러 빌딩, 101타워는 꼭 리스트에 포함될 것이다.

시내 어디에서나 죽순을 닮은 101타워가 보였고, 직접 가기 전에도 정답게 느껴버린 듯하다. 전망대에 올라간 날은 구름이 낮게 깔려 있어 멀리까지 보이진 않았지만 여행하며 내내 호감이 찰랑찰랑 차올랐기에, 눈높이에 동그랗게 뭉쳐 있는 구름마저 귀엽게 느껴졌다. 타이베이와 대만에 대한 자세하고 위트 있는 오디오 서비스를 들으며 야경을 즐겼다.

"대만 제1의 수출 품목은 하이 테크놀로지 제품, 2위는 우롱차, 3위는 자전거입니다."

하이 테크놀로지 제품에는 별 감흥이 없었지만 우롱차와 자전거가 주력 수출 상품이라니 어쩐지 좋았다. 그 설명이 각인된 것인지 그다음 해에 공원 가까운 곳으로 이사 가게 되자 대만 브랜드의 자전거를 샀다.

101타워가 얼마나 잠시 동안 세계에서 가장 높은 빌딩이었는지 생각해보면 위안 삼아 등을 토닥여주고 싶어진다. 1위 자리를 몇 년 지키지 못하고 부르즈할리파와 끊임없이 들어서고 있는 고층 빌딩들에게 밀려 2014년에는 4위까지 밀려났고, 아마 곧 10위권 밖으로 밀려날 것이다. 하지만 워낙 아름답고 독특한 건물이어서 1등일 필요 따위 없다는 생각이 든다. 타이베이 시립미술관에서 전주나이차를 101타워 모양으로 쌓은 유머러스한 엽서를 샀는데 타이베이에서 산 것 중 제일 마음에 드는 기념품이다. 현재 작업을 하는 책상 바로 옆 잘 보이는 곳에 붙어 있다. 대만에 보내는 메일을 쓸 때 "101타워에 안부 전해주세요!"라고 덧붙이곤 했는데 받는 분들은 오히려 어리둥절했을 수도 있겠다.

서울을 여행한 사람들이 남산타워를, 혹은 63빌딩을 내가 101타워를 기억하는 방식으로 기억할까? 일상 속에서 불현듯 또는 TV를 보다가 놓치지 않고 그리워할까? 건물 모형이 들어간 스노볼 같은 기념품을 간직하고 있을까? 가끔 완전한 여행자의 눈과 마음으로 살고 있는 곳을 걸어보고 싶어진다.

아무도 아시아인만큼 아시아를 사랑할 수 없다

타이베이를 떠나기 직전엔 길 가는 사람들마다 붙잡고 당신이 사는 도시 정말 근사하다고 말해주고 싶었다. 이후 계절마다 타이베이가 배경인 영화나 드라마를 보는 사람이 되었다. 홍콩이나 싱가포르, 도쿄, 방콕이 나오는 영상물들도 마찬가지로 좋아한다. 작년에는 시안의 문학 축제에 초대받았는데 코로나19 때문에 가지 못해 사진만 열심히 찾아보았다. 역덕의 심금을 울리는 도시였을 텐데⋯⋯. 아시아에는 아시아만의 매력이 있고, 아시아인만큼 아시아를 사랑할 수 있는 사람들은 또 없지 않을까? 말하지 않아도 즉각적으로 전달되는 것들이 있다. 그러면서도 겹침 영역을 벗어나는 다채로운 다름을 비교해볼 수 있어 재미있다. 얼마 전 넷플릭스에서 이승기 씨와 류이호 씨가 아시아 여러 지역을 여행하는 「투게더」를 보다가 얼떨결에 큰 감동을 받아 엉엉 울어버렸다고 고백한다. 아시아의 우정이 유실

없이 담겨 있는 프로그램이었는데 다음 시즌을 찍으려면 많이 기다려야 할 것 같다.

싱가포르 가든스 바이 더 베이에 갔을 때도, 폐장 직전 조명 쇼에서 「첨밀밀」이 울려 퍼지자 아시아인들은 국적에 상관없이 찡한 얼굴을 했다. 어디에서 온 아시아인이든 「첨밀밀」에는 울컥해버리는 것이다. 왜 눈물을 글썽이는지 아시아 밖에서 온 사람들은 이해하지 못하는 표정을 했는데, 그 노래를 들으며 동명의 영화를 떠올리지 못하다니 큰 걸 놓치고 계십니다…….

요새는 어떻게 하면 아시아의 동년배 작가들 작품을 신속하고 활발하게 읽을 수 있을지 고민 중이다. 어느 나라나 출판계는 위태위태하고, 그렇게 위태위태할 때 가장 먼저 타격을 받는 영역 중 하나가 번역이다. 그래서 아주 대가의 작품, 혹은 영미권에서 주목받은 작품 정도가 번역되고 젊은 작가들의 작품은 상대적으로 기회를 얻기 어려워진다. 호치민시의 젊은 작가들이, 족자카르타의 젊은 작가들이 어떤 주제들에 대해 어떻게 쓰고 있는지 궁금한데 잘 알기가 어렵다. 아시아 젊은 작가들과 그들의 작품을 만날 수 있는 기회를 놓치지 않으려 애쓰고, 모일 수 있는 기획도 구상하고 있는데 결과물이 맺히면 좋겠다.

아시아에서 다른 아시아 국가를 알아가기 위해 서구의 통로와 인정을 이용해야 하는 경우들은, 따지고 보면 좀 부조리하다. 이 기존의 통로들이 제국주의 식민지 시대에 만들어진 길들이 아닌지 늘 은근히 의심하고 있다. 문학계에 대해서만 말하자면, 서구의 문학상들을 그렇게 선망할 필요가 있나? 권위를 너무 바깥에서 찾고 있는 게 아닐까? 국제 문학상이 연결의 매개체인 것은 확실하니, 차라리 아시아의 여러 나라들이 함께 문학상을 만드는 게 낫지 않을지? 영미권이나 서유럽의 인정을 받아야 작품을 재평가하는 분위기도 좀 아리송하다. 그 전에도 그 작품들은 좋은 작품이었는데 무관심과 냉대 속에 있지 않았나? 반면에 1세계 작가들이 아시아에서 좋은 평가를 받는다고 그것으로 본국에서 호응을 얻는 일은 잘 없는 것 같아 기울어진 지형에 마음이 좀 꼬이고 만다. 자세히 살펴보면 이해하기 어려운 우회 경로들이 많다. 치마만다 응고지 아디치에 작가가 내한했을 때 『릿터』인터뷰를 통해 이야기할 기회가 있었는데 아프리카 작가들도 비슷한 고민을 하고 있다고 한다. 다른 아프리카 국가의 작가를 만나기 위해 유럽을 통해야 하는 기이함에 대해 깊이 공감하며 대화할 수 있었다.

우리에게 필요한 것은 더 많은 직접 항로들이다. 그리고 그 굴절되지 않은 길들을 아끼고 우선시하는 일이다. 아시아인으로서 아시아를 더 열렬히 사랑하고 싶다.

——————(　　　　　　)만큼 (런던)을 사랑할 순 없어

런던 London

2014. 10

1등 상품에 당첨되었다

런던 여행은 시작부터 조금 이상한 이야기다. 가려고 간 것이 아니라 콜린 퍼스가 보내주었다고 해야 하나? 2013년 겨울 초입, 막내 삼촌과 명동에서 만나서 콜린 퍼스가 미술품을 훔치는 내용의 영화 「갬빗」을 보았는데 영화를 본 것도 가물가물할 무렵 전화 한 통이 온 것이다. 예매 이벤트 1등 당첨 전화였다.

"보이스 피싱 아니니까 끊지 마시고요, 지금 가능하시면 극장 홈페이지 공지 코너 한 번만 열어봐주시겠어요?"

직원분의 목소리가 다급한 걸로 보아 앞서 전화를 받은 당첨자들이 가차 없이 끊으셨던 모양이었다. 그도 그럴 것이 예매를 할 때 아무 추가 선택 없이 자동으로 응모되는 이벤트였다. 모르는 전화번호로 전화가 와서는 응모하지도 않은 이벤트에 당첨되었다 하니 어떻게 봐도 수상했다. 나만 해도 엄청 건조한 목소리로 받았던 것인데 이제 와서는 더 반갑게 받을걸, 그 직원분께 죄송한 마음이 든다. 기쁜 소식을 전하면서도 오해받고 주눅 들어야 한다니……. 사실 회사가 나빴다. 대표번호나 적어도 유선 전화번호를 뜨게 해줬어야지, 070으로 시작하는 전화번호로 일하기 얼마나 어려우셨을까?

어찌 되었든 직원분의 안내에 따라 극장 홈페이지에 들어가보니 1등 상품 당첨자에 정말로 '정＊랑'이라고 가운데에 별이 들어간 내 이름이 떠 있었던 것이다. 그렇게 해서 받은 1등 상품이 바로 런던 왕복 비행기 티켓이었다. 판매나 양도는 불가능하니 본인이 꼭 1년 안에 써야 한다는 조건이 있었다. 살면서 그런 행운은 또 처음이었다. 어쩌면 「갬빗」의 흥행 성적이 잔잔했던 것이 당첨 확률을 높였던 듯도 하다. 유쾌한 영화인데 말이다.

여행을 열광적으로 좋아하는 사람이었다면 얼마나 순수하게 기뻤을까? 그런 사람이 아니라서, 약간 복잡한 감정이 들었고 허탈한 웃음도 나왔던 기억이 난다. 미지근하게 여행하는 내용의 책을 쓰고 있는데 다른 사람에게 줄 수 없는 비행기표가 당첨된다면, 이게 어떤 우주적 신호인지 아무래도 곱씹게 되기 마련이다.

티켓의 유효기간도 긴 편이어서, 처음에는 어학연수를 갈까도 고민했다. 일에 쫓겨 미루다가 열흘짜리 여행으로 최종 결정했는데 당시 경제 수준에 어학연수를 갔으면 큰일 날 뻔했다. 런던 물가를 몰라도 너무 몰랐다. 런던에 도착해서야 시내의 캐주

얼한 라면집에서 2만 원짜리 라면을 먹으며 잘 알아보지 않고 왔으면 파산했겠구나…… 아연해지고 말았던 것이다.

2014년 10월, 그렇게 얼떨결에 런던에 갔다.

비행기에서 일하는 사람

어렸을 때는 비행기 안에서 노트북 자판을 두드리며 일하는 사람들이 어떤 사람들일까, 얼마나 바쁘면 저럴까 궁금했었다. 그리고 서른한 살, 답을 알게 되었다. 마감이 있는 사람들인 것이다. 어떤 마감이든 간에……. 그런 피폐한 집단에 합류하고 싶지 않았는데 비행기에서, 또 숙소에서 끊임없이 글을 써야 했다. 일정 조절에 크게 실패해서 열흘 동안 세 개의 마감을 하게 된 것이다. 어학연수를 고민했다니 다시 한번 정말 허황된 꿈이었다.

여행지에서 여행에만 집중하면 좋을 텐데 왜 그런 곤란한 지경에 이르렀느냐면, 신인 작가에게 기회는 갑자기 찾아오기 때문이었다. 정상적으로 받는 청탁이었으면 그렇게 헤매지 않았을 텐데 누가 펑크 낸 자리에 대타로 들어가게 될 때가 많았다. 난데없이 찾아오는 좋은 기회들은, 처음에는 배드민턴 셔틀콕처럼 가볍게 날아와

'오, 이 정도쯤이야' 하고 쳐낼 수 있었는데 점점 테니스공이나 야구 공같이 무거워졌던 것이다. 언젠가는 그러면 볼링공 같은 마감만 남는 걸까? 역시 자기 일정을 자기가 결정할 수 있는 것이 스트레스 조절의 가장 중요한 요건 중 하나인 것 같다. (하지만 자기 일정을 조절할 수 있는 프리랜서는 한 번도 만난 적이 없다……)

긴 비행시간 동안 거의 잠들지 못해 충혈된 눈으로 도착했더니, 짐이 한 시간 반이나 나오지 않았다. 공항의 안내는 낯선 악센트에 웅웅거리는 스피커까지 한몫하여 좀처럼 알아듣기 힘들었지만, 화물칸의 문이 고장 나서 고치고 있다는 것 같았다. 히스로 공항의 수하물 찾는 곳은 그다지 쾌적하거나 편안한 공간이 아니었다. 벤치가 턱없이 모자랐고 기둥 아랫부분 낮은 턱에 기대어 짐을 기다려야 했다. 그나마 공항에서 하는 영어가 가장 친절한 영어일 텐데 역시 알아듣기 힘들구나, 어떡하지, 가벼운 고민이 들었다.

이어 고속철을 타러 가서는, 어떻게 타는지 여러 번 책을 보며 숙지했건만 티켓을 한 번에 사지 못해 헤매야 했다. 예상보다 훌쩍 늦은 시간, 숙소에서 가까운 유스턴역에 도착했을 때는 비가 내리고 있었다. 우산이 하나 있긴 했지만 트렁크를 끌어야 해서 쓸 수 없었다. 도착하자마자 맞는 런던의 비는 어찌나 차갑던지 뼛속까지 얼 것 같았다. 안내서에는 부슬부슬 내려서 런던 사람들은 우산을 쓰지 않는다고 쓰여 있었는데 어떻게 봐도 우산을 써야 하는 비 같아서 속았다는 기분마저 들었다. 그렇게 도착한 숙소 앞은 또 공사가 한창이라 사방이 파헤쳐져 있었다. 홈페이지에 관련된 공지가 없었기에 당황스러웠다.

누가 뒤로 밀면 그대로 누워서 잠들 수 있을 것 같았지만 그랬다가는 다음 날 아침 먹을 게 없었다. 아침밥을 아주 소중히 여기는 편이어서 빗속에 트렁크를 끌고 걷느라 젖은 발, 아파오는 어깨를 달래가며 미리 찾아놓은 슈퍼마켓에 가기로 했다. 그런데 그 슈퍼마켓이 반전이었다. 기대 없이 들어섰는데 슈퍼마켓에서만 열흘 살 수 있을 것 같은 곳이었다. 식재료가 그렇게 다양하고 풍부할 줄이야. 영국 요리는 맛없기로 유명하다는데 그럴 리 없다는 의심이 들었다. 채소와 과일이 눈이 확 뜨이게 신선해 보였다. 어둡고 축축한 런던은 열매가 아름다운 슈퍼마켓을 품고 있었던 것이다!

고르고 골라 산 사과는 태어나서 먹은 것 중 가장 향이 강하고 아삭한 사과였다. 포장지에 '영국 최고의 사과 품종!'이라고 적혀 있어서 광고인 줄 알았더니 정말인 모양이었다. 일조량이 좋지 않은 나라에서 이렇게 맛있는 사과를 길러냈다는 게 신기했고 「해리 포터」 영화의 말포이가 그렇게 내내 사과를 먹었던 이유를 이해하며 뒷면을 보니…… 뉴질랜드산이라 적혀 있었다. 아니, 무슨 사과를 뉴질랜드에서 영국까지 옮긴 다음에 영국 최고의 사과라고 붙여놨담?

세계화 시대에 살면서도 세계화를 이해하지 못하겠다는 생각을 하고 말았다. 그래도 런던에 머무는 내내 여러 품종의 사과를 즐기며 먹는 바람에 여행을 가기 전보다 더 건강해져 돌아온 것 같다.

서른여섯 시간쯤 깨어 있었던 하루가 그렇게 끝났다. 텅 빈 미니 냉장고에 과일을 채워 넣고서.

본드 스트리트에서

숙소가 워낙 낡은 건물이라 걱정했는데, 방은 따뜻했다. 어마어마하게 큰 라디에이터가 바닥부터 천장까지 한 면을 채우고 서 있었다. 전기세는 괜찮은 건가? 덕분에 빨래가 잘 말랐지만 목이 건조했다. 낡아서 바닥이 기운, 음료 캔을 굴리면 아마 데굴데굴 굴러갈 목조 건물이었는데 여기저기 화재에 대한 경고문과 대피 안내서가 붙어 있어서 뉴욕과 마찬가지로 대화재를 경험한 도시라 조심하는구나 싶었다. 창문을 여니, 공사장은 다행히 시야를 별로 가리지 않았고 바쁘게 깨어나는 대도시의 소음은 오히려 어떤 안정감을 주었다.

　이른 오전에 걷는 본드 스트리트는 근사했다. 책에서 많이 읽었던 거리 이름이라, 이제 다시 접하면 그대로 떠올릴 수 있을 듯해 기뻤다. 신이 나서 걷고 있는데 활달한 판촉원이 내 손바닥 위에 딸기 초콜릿 두 덩이를 내려놓았다. 기분 좋게 바로 까서 입에 넣으려 했다.

"그거 초콜릿 아니에요! 비누예요!"

판촉원이 다급하게 외쳤고 얼마나 부끄러웠는지 모른다. 평소에 온갖 똑똑한 척을 다 하다가 외국 나가서 비누를 입에 넣으면 안 되는데……. 하지만 이제 와 사진으로 봐도 역시 초콜릿처럼 생겼다.

세계적인 패션 브랜드 매장들 사이사이에서 역시나 세계적인 갤러리들이 끊임없이 튀어나왔다. 오래된 건물들이라 작품을 보려면 3층, 4층 굽이굽이 목조 계단을 애써 올라가야 했고 덕분에 땀이 쪽났지만 흥미로운 작품이 많았다. 할시온 갤러리와 더 파인 아트 소사이어티에서 한껏 감각적인 자극을 받았다. 감각적인 자극을 받고 나면 어쩐지 배가 고파져서 음식점에 들어갔는데 조그마한 샌드위치 세 덩어리가 2만 5천 원이어서 충격을 받았다. 요리할 수 있는 숙소를 빌리길 잘했다고 안도했다. 나중에 알고 보니 유명한 가게여서 그랬던가도 싶지만 이 샌드위치 가격은 영혼 깊이 새겨져서 이후 양이 적은데 비싼 음식을 맞닥뜨릴 때마다 "그때 거기 샌드위치 같네……" 하고 복기하곤 한다. 작고 얇은 샌드위치를 당황하며 내려다보고 있는데 옆 테이블 분이 예쁜 샌드위치라며 사진을 찍기 위해 잠시 빌려도 되겠느냐 하셔서 흔쾌히 빌려드렸다. 호주에서부터 테디베어 인형 한 쌍을 데리고 여행하며 손녀들을 위해 블로그 글을 쓰고 계시다고 했다. 테디베어들 앞에 놓였더니 그나마 정상적인 크기로 보였다.

셀프리지 백화점은 독특한 디스플레이로 유명하다고 한다. 그래서 언제 방문했느냐에 따라 느낌이 다를 것 같다. 내가 갔을 때는 릭 오언스와 함께 설치한 거대한 조각이 인상적이었다. 여러 자료 조사를 하다가 알게 되었는데 지난 세기에는 백화점이 요즘보다 훨씬 문화적 중심이었던 듯하다. 1950년대의 한국에서도 유명한 미술전들이 백화점에서 열렸던 기록이 있다. 앤디 워홀은 사람이 죽으면 백화점에 가는 걸 거라고 말할 정도로 백화점을 좋아했고, 살바도르

달리 역시 쇼윈도 장식을 집에 통째로 옮길 정도였다니 셀프리지 백
화점은 그런 전통을 지키고 있는 게 아닐까 싶었다.

본드 스트리트를 오르락내리락할 때 역시 가장 좋았던 공간은
장난감 백화점인 햄리스였다. 전 세계적으로 사라지고 있는 추세지
만, 아직도 가끔 장난감 가게 직원이 되고 싶다는 생각을 한다. 제자
리로 돌아오는 부메랑을 실내에서 신나게 던지고 세계 각국에서 온
아이들에게 마술 키트를 직접 해 보이며 비눗방울도 커다랗게 만들

고 블록으로 탑도 세우고……. 물론 보이는 것보다 고된 직업이겠지만 얼굴 가득 웃고 계셔서 보는 사람까지 웃게 되었다.

먼저 런던을 여행한 친구에게 추천받은 베이커리에도 가보았다. "그 도시에 가면 그걸 먹어야 해" 하는 추천을 받는 걸 좋아한다. 돌아가면 그 친구와 "나도 거기 갔었어" 하고 이야기할 수도 있고, 시간을 달리해 같은 공간에 있었다는 건 특별한 유대감을 만드는 것 같다. 다정하게 이곳저곳을 추천해주는 사람은 독점욕이 없는 사람이라 믿고 있다. 무언가를 공유하고 싶어 하는 사람이라고 말이다.

난생처음 2층 버스를 타고 신이 나서 숙소로 돌아왔던 것도 기억이 난다. 어릴 때부터 동화책에서, 잡지의 일러스트에서 가끔 보던 그 2층 버스를 직접 타다니 신기했다. 관광객들끼리 선점하려고 애를 쓰는 2층 버스 맨 앞자리를 운 좋게 차지하고 미니어처럼 거리를 찍어주는 기능의 동영상을 찍으며 기뻐했다. 어느새 여행을 다닐 때 사진만큼이나 짧은 동영상들을 자주 찍게 되었다. 기술의 변화는 생각보다 자연스럽게 몸에 스며든다. 처음 샀던 디지털 카메라는 사진을 2백 장도 담지 못해 동영상은 꿈꿀 수도 없었는데 이제는 스마트폰으로 동영상을 찍고 있으니 말이다. 급격한 변화를 목도한 세대라는 게 요행처럼 느껴질 때가 있다. 직접 지켜보지 않았다면 믿을 수 없었을 거라고, 혹은 너무 당연하게 생각했을 거라고 살아보지 않은 삶을 짐작해본다.

찰스 디킨스의 런던, 찰스 다윈의 런던

영국에 도착하자마자 특이한 옷차림, 헤어스타일의 사람들을 많이 보고 "여기는 외모에 대한 문화적 압박이 덜한가 보다!"라고 문과적인 감상을 뱉었는데 동행한 W의 경우 "사람들의 외모 형질이 다양해 일찍이 유전 연구가 시작되었을 만하다" 하고 매우 이과다운 말을 남겼다. 같은 찰스라도 디킨스를 좋아하느냐 다윈을 좋아하느냐의 차이가 있었던 것이다. 시내에는 디킨스가 살았던 집, 다윈이 연구했던 연구실 건물이 남아 있고 파란 동그라미 금속판으로 표시되어 있어 찾아보는 재미가 쏠쏠했다. 디킨스 씨, 이사를 여러 번 다니셨군요.

숙소에서 가져간 누룽지를 끓여 먹다가, 찰스 디킨스 박물관이 걸어서 갈 수 있는 거리인 것을 발견했다. 그 발견은 순식간에 의욕을 일으켰다. 숙소에서 걸어갈 수 있는 거리라니, 디킨스가 동네 아저씨도 아니고! 개장할 시간에 맞추어 나갈 준비를 했다. 여행지에서만큼 평소에 부지런히 살 수 있다면 얼마나 생산성이 높아질까?

　찰스 디킨스 박물관은 보존이 잘되어 있는 데다 콘텐츠도 매우 풍부한 곳이라서 크게 만족스러웠다. 디킨스가 직접 쓰던 낡은 책상은 다작 때문인지 표면이 눈에 띄게 낡아 있었다. 디킨스가 앉았던 의자와 애용했던 촛대와 손님 대접을 했던 그릇과 임종을 맞이한 침대와…… 얼마나 세세하게 보존되고 고증되었던지 런던 여행 중 방문했던 어느 곳보다 인상 깊게 남았다. 몇백 년 된 화덕 같은 것을 자세히 들여다보는 일은 왜 그렇게 재미있을까? 전시품이 멋질 뿐 아니라 여러 흥미로운 프로그램도 운영하고 있어서 '디킨스 관련지에서의 사진 워크샵'이나 '핼러윈 촛불 파티' 같은 행사 안내가 붙어 있었다.

　디킨스 같은 작가는 죽어도 죽은 것이 아니라 여전히 활발한 현상으로 남는다. 경제적 효과가 다는 아니어도 하나의 지표는 될 수 있을 텐데, BBC의 추산에 따르면 디킨스는 지난 2백 년 동안 매해 2천 8백만 파운드를 영국 경제에 기여하고 있다고 한다. 환율에 따라 달라지겠지만 415억 정도의 돈이다. 경제적으로 철두철미했던 디킨스는 국제적으로 저작권에 대한 존중을 이끌어낸 장본인이기도 하다. 지금 해외에 판권을 팔아 수익을 얻을 수 있는 것은 디킨스

덕분이다. (그럼에도 인세를 제때 주지 않는 나라들이 있어 가끔 아득하다.)

휴머니스트이면서 여성에게는 가혹한 행동을 다수 했다는 걸 알게 되어 과거보다 애호하는 마음이 꺾이긴 했지만, 작품 속 인물들은 여전히 좋아한다. 『두 도시 이야기』의 시드니 카턴은 모든 서브 남주들의 원형이 아닐까 싶고, 『오래된 골동품 상점』의 넬을 사랑한 독자들이 몰입하다 못해 왜 책을 찢어버렸는지 이해할 수 있었다. 『찰스 디킨스 밤 산책』이라는 짧은 산문도 재밌었다. 남들 일하는 곳 아무 데나 고개를 디밀고 이것저것 물어보는 디킨스의 오지랖이 잘 담겨 있다.

좀 이상한 고백인데, 죽은 작가들과 서점 순위에서 치고받고 싸우는 것이 내심 즐겁다. 2020년에는 『페스트』를 쓴 알베르 카뮈, 『작은 아씨들』을 쓴 루이자 메이 올컷과 접전이었다. (『조의 아이들』까지 읽으니 조와 로리의 애매한 관계가 이어져서 역시 에이미와 로리의 결혼은 아니었던 것 같다. 그렇게 둘만 계속 이야기하고 쓰다듬고 할 거면 여동생이랑 결혼하면 안 되는 거 아닌가? 부적절하다!) 헤르만 헤세는 궁극의 언데드처럼 영원히 차트에서 내려가지 않을 모양이고, '올해의 책'을 오래전에 죽은 서양 작가들에게 빼앗기지 않으려고 분투하며 특별한 우정도 느낀다. 살아 있는 것처럼 책으로 돌아다니는 죽은 작가들에게 우정을 느끼다니, 알 수 없는 일이다. 우정은 우정이고, 같은 아시아나 아프리카 혹은 중남미의 비슷한 역사를 가진 나라의 작가라면 몰라도

1세계 작가에게 '올해의 책' 타이틀을 내주는 것만은 막아야 하지 않나, 하는 이상한 고집이 있다.

하여간 디킨스 박물관은 머릿속에서 불꽃놀이를 일으킬 만큼 좋았고, 그 불꽃놀이를 가라앉히기 위해 뒤편의 호젓한 정원에서 쉬어야 했다. 누군가 박물관 입구에 아름다운 팔찌를 걸어놓은 것을 봤는데, 디킨스 팬이 남겨두고 간 마음이 아닐까 추측해보았다.

픽션 속의 공간들

흥분을 살짝 가라앉히고 나서 세인트 폴 대성당으로 향했다. 코니
윌리스의 책에도 자주 나오고, 영화나 드라마의 외계인 침공 장면에
꼭 부서지는 곳이어서 반가웠다. 그곳에서 밀레니엄 브리지를 건넜
는데, 다리 위는 런던을 방문한 이들로 북적였다. 차가운 바람을 맞
으며 볶은 땅콩을 사 먹었다. 다리 건너에는 셰익스피어 글로브가
있어 투어를 했다. 아름답게 복원된 극장과 셰익스피어가 살았던 시
대에 대해 설명해주는 프로그램이었다. 고작 한 주 차이로 공연은
다 끝나 있어서 아쉬웠다. 셰익스피어의 희극을 더 좋아하지만 비극
이 더 용감했었다는 생각을 한다. 아무리 그리스 비극의 전통을 이
었다 해도 대중예술가가 『리어왕』처럼 처참한 결말을 쓰기는 쉽지
않았을 것이다. 찰스 디킨스의 독자가 책을 찢은 것처럼 셰익스피어
도 관중에게 야유나 힐난을 받지는 않았을지, 그럼에도 그렇게 밀어

붙이는 방식으로 써나갔다는 건 대단한 일 같다. 언젠가 따뜻한 계절에 방문해 공연을 보고 싶어졌다.

어디를 걷든 머릿속에서 소설과 찡하게 연결되고 말았다. 런던 타워에서는 조세핀 테이의 『시간의 딸』과 존 딕슨 카의 『모자 수집광 사건』을 떠올렸고, 피커딜리 광장에 가서는 '『시체는 누구』의 피터 윔지 경이 이 근처에 살지!' 하고 아는 사람 반가워하듯 생각해버렸다. 블룸스버리의 브런즈윅을 걸을 때에는 버지니아 울프의 이름이 아릿했고 패딩턴역에서는 패딩턴 곰돌이와 애거사 크리스티의 주인공들을, 펜처치역에서는 『은하수를 여행하는 히치하이커를 위한 안내서』를 떠올리며 낄낄 웃었다. 런던의 지명들이 익숙해지고 나니, 소설 속에서 마차가 달리거나 택시가 달릴 때 동선을 그려볼 수 있어서 몰입에 도움이 되었다.

당연히 베이커 스트리트도 방문했는데, 두근거리며 시간에 맞춰 투어 장소에 갔지만 어째선지 아무도 나타나지 않았다. 책에도 나와 있고 인터넷에도 나와 있는 요일과 시간이었지만 뭔가 사정이 있었던 듯하다. 상심한 마음을 안고 근처를 헤맸는데 셜록 홈스 동상이 말하는 동상이라 조금 위안이 되었다. 런던 곳곳의 동상이나 기념물은 스마트폰으로 접속해 풍부한 설명을 들을 수 있다. 간단한 기술로 진짜 동상이 말하는 듯한 분위기를 만들어내서 좋았다. 우리나라 위인들의 동상에 비슷한 시도를 한다면 방문자들이 재밌어할

My Dear Watson,

Congratulate me on the great success of my blackmailing
case! A royal scandal has been averted. Friends in high
places have not thought it inappropriate to offer
personal felicitations upon my achi...

221B. BAKER STREET
LONDON. W.1.

8th October 1888

것 같다.

몇 년 전부터 전자책 사용자가 되었는데, 단말기를 사자마자 바로 구매한 책은 셜록 홈스 전집이었다. (그다음은 애거사 크리스티 전집과 조세핀 테이 전집이었고 가장 사랑하게 된 것은 조세핀 테이 쪽이다.) 다시 읽으니 한층 매력적이었다. 생생한 캐릭터는 작가가 죽이려 해도 죽지 않고, 작가가 죽고 나서도 계속 살아간다. 셜록 홈스 박물관의 벽면에는 홈스가 마치 실존 인물이었던 것처럼 생몰년도 표기가 파란 동그라미로 되어 있었다. 박물관은 세부가 아름답고, 애정이 넘치며, 즐겁게 관람하기 좋았다. 계단에서 명함 쟁반을 발견하고 나도 모르게 웃었다. 외부 방문객이 오면 명함 쟁반에 명함을 올려 보내는 장면들이 홈스 시리즈 말고도 그 시기에 쓰인 소설들에 흔히 나와서 나도 꼭 해보고 싶었는데, 전 세계에서 온 방문객들도 같은 생각이었는지 온갖 나라의 명함이 그 조그만 쟁반에 담겨 있었다. 개인 정보 유출을 무릅쓰고 낭만을 택한 사람들이었다. 반대로 홈스의 명함을 가져올 수도 있는데, 여행을 마치고도 한참 동안 지갑 속에 그 명함을 가지고 다녔다. 왠지 누가 억울한 누명 같은 것을 씌우면 세계 제일의 탐정에게 의뢰할 수 있을 것만 같아서……. 전시물만큼이나 독자들의 편지를 모아둔 스크랩북이 인상 깊었다. 홈스는 아마 인류 문명이 끝나는 날까지 살 것이다. 다음 세기, 다다음 세기에는 어쩌면 우주를 배경으로 활동할지도 모른다. 그때도 홈스 박물관이 그 자리에 있으면 좋겠다고 생각했다.

BBC의 드라마판 홈스 촬영 장소도 갔었는데, 동네 분이 나에게 갑자기 물어왔다.

"여기 대체 뭐가 있어서 사람들이 자꾸 오는 거예요?"

아, 전 세계적인 히트였는데 막상 동네 분은 보지 않으셨구나. 드라마에 대해 주섬주섬 설명했더니 처음 듣는 이야기라는 반응을 보이셨지만, 그래도 오랜 궁금증을 푸신 것 같아 다행이었다.

무언가를 구체적으로 좋아하기

편향된 현대미술 취향이지만, 인상파 작품들도 꽤 좋아한다고 뿌옇게 생각하긴 했는데 코톨드 미술관에서 세잔의 풍경화 한 점을 본 후 크게 충격을 받았다. 「구불구불한 길(La route tournante)」이라는 작품인데 보자마자 '이 그림을 훔치고 싶어!' 하고 속으로 위험하게 중얼거렸을 정도였다. 처음 느껴보는 소유욕이어서 스스로도 깜짝 놀랐다.

태어나서 본 것 중 가장 아름다운 푸른색들이 거기 있었다. 그저 들판과 자그마한 마을 하나를 그린 것뿐이었고 미완성작인데도 말이다. 세잔은 같은 제목, 그 평범하기 그지없는 제목으로 여러 점을 그렸다. 대작도 아니고 유명한 작품도 아니지만 완전히 매혹당하고 말아서 얼떨떨했다.

그런 경험들로 분명해지는 것 같다. 인상파 화가들을 좋아하는 마음이란 뭉뚝하지만, 세잔을 좋아하는 마음은 뾰족하고 정확하다. 세잔의 그림 하나를 좋아하는 마음은 더더욱 그렇다. 좋아하는 대상을 정교하게 좁혀나가는 데는 특별한 즐거움이 있다는 걸 알았다. 그 사람 내 작가야, 내 화가야, 그 그림 내 소유는 아니지만 내 그림이야……. 모호함을 덜어내고 확신을 보석처럼 꽉 쥐는 일의 충족감이 있었다. 무엇을 좋아한다고 말하는 것보다 싫어한다고 말하는 것이 쉬워진 세상이지만, 좋아하는 것이 많은 사람이 분명 더 행복하지 않을까?

그 그림 이야기를 여기저기서 했더니 들은 분들이 이미지를 찾아 보내달라고 요청하시곤 했다. 인터넷에서 찾아 메일로 보내드리면서도, 색감이 전혀 재현되어 있지 못해 아쉬웠다. 유명한 그림들은 고화소 촬영본이 흔한데 상대적으로 소품이라서 그런 듯하다. 아무래도 소품 취향인가 보다. 그림이든 소설이든 영화든 뭐든 간에 대작, 대표작만 좋아하는 경향은 사실 건강하지 않은 게 아닐까? 특히 우리나라는 유독 문화계 어느 분야에서든 소품을 무시하는 분위기가 심하다. 조그만 그림도 좋아, 다정하고 평범한 이야기도 좋아, 전체적인 경향성에서 벗어나 말하는 사람들이 늘어난다면 좋겠다.

같은 성향이 미술관에도 적용되어서인지, 한껏 기대하고 갔던 테이트 모던보다 작은 갤러리들에서 더 큰 만족을 얻었다. 물론 이런 인상은 어떤 기획전을 보았는지에 따라 달라질 수 있으니 운의 문제이긴 하다. 다음에 런던에 가도 재방문하고 싶은 갤러리들의 이름을 잘 적어두었다. 서펜타인 갤러리와 서펜타인 새클러 갤러리는 하이드파크 한가운데에 있는데 가는 길이 승마 코스라 말똥 냄새가 굉장했지만 꼭 가볼 만한 곳이었다. 랜드마크인 사드 빌딩을 보며 근사한 산책을 즐길 수 있는 사우스워크의 화이트 큐브 갤러리도 좋았다. 그렇지만 단 한 군데를 뽑으라면 역시 사치 갤러리가 최고였다. 전시에도 흐름을 따라 강약중강약이 있기 마련인데 사치 갤러리는 강강강강이었다. 어떻게 이런 전시를 꾸릴 수 있는 건지 충격에 빠져 있다가 얼른 답을 찾았다. 돈이다. 돈이 정말 많으면 할 수 있는 것이다. 찰스 사치도 광고로 큰돈을 번 자산가이지만 후원자 명단에 전 세계 유수의 기업들이 가득했다. (현재는 스웨덴 기업인 요한 엘리아시가 갤러리를 이어받았다고 한다.) 예술과 자본의 관계는 복잡한 것 같다. 어떨 때는 자본으로부터 완전히 자유로워야 하고, 또 어떨 때는 자본을 업어야만 가능해지는 일들이 있기도 하다. 그 팽팽한 줄다리기는 경계심과 흥미로움 양쪽을 불러일으키곤 하는데, 사치 갤러리를 걸을 때만큼은 기업 후원이 폭발적으로 늘어도 좋겠다는 생각을 했다.

작은 실패들

기획자이자 작가인 친구가 나를 깜짝 놀라게 한 적이 있다.

"『이만큼 가까이』 읽으니까 「스트로베리필즈 포에버」가 생각나더라."

친구의 말에 소름이 돋았던 것이, 정말로 그 노래를 반복 재생하며 쓴 소설이었다. 친구가 유난히 BGM 안테나가 발달했는지, 오래된 친구 사이의 텔레파시 같은 건지는 모르겠다. 그래서 애비 로드를 가지 않을 수 없었는데 웬만한 새벽에 가지 않는다면 좀 위험해 보였다. 교통량이 많은 주요 도로라 나란히 건너가기는 무리일뿐더러, 보행자도 운전자도 모두 짜증이 날 대로 난 상태여서 세계 각지에서 온 사람들이 사고라도 당할까 조마조마했다. 애비 로드 스튜디오 담벼락에 가득한 애정 넘치는 낙서들만 구경해도 충분히 즐거운 시간이었지만 굳이 아침 일찍 찾아갈 이유는 없었던 듯하다.

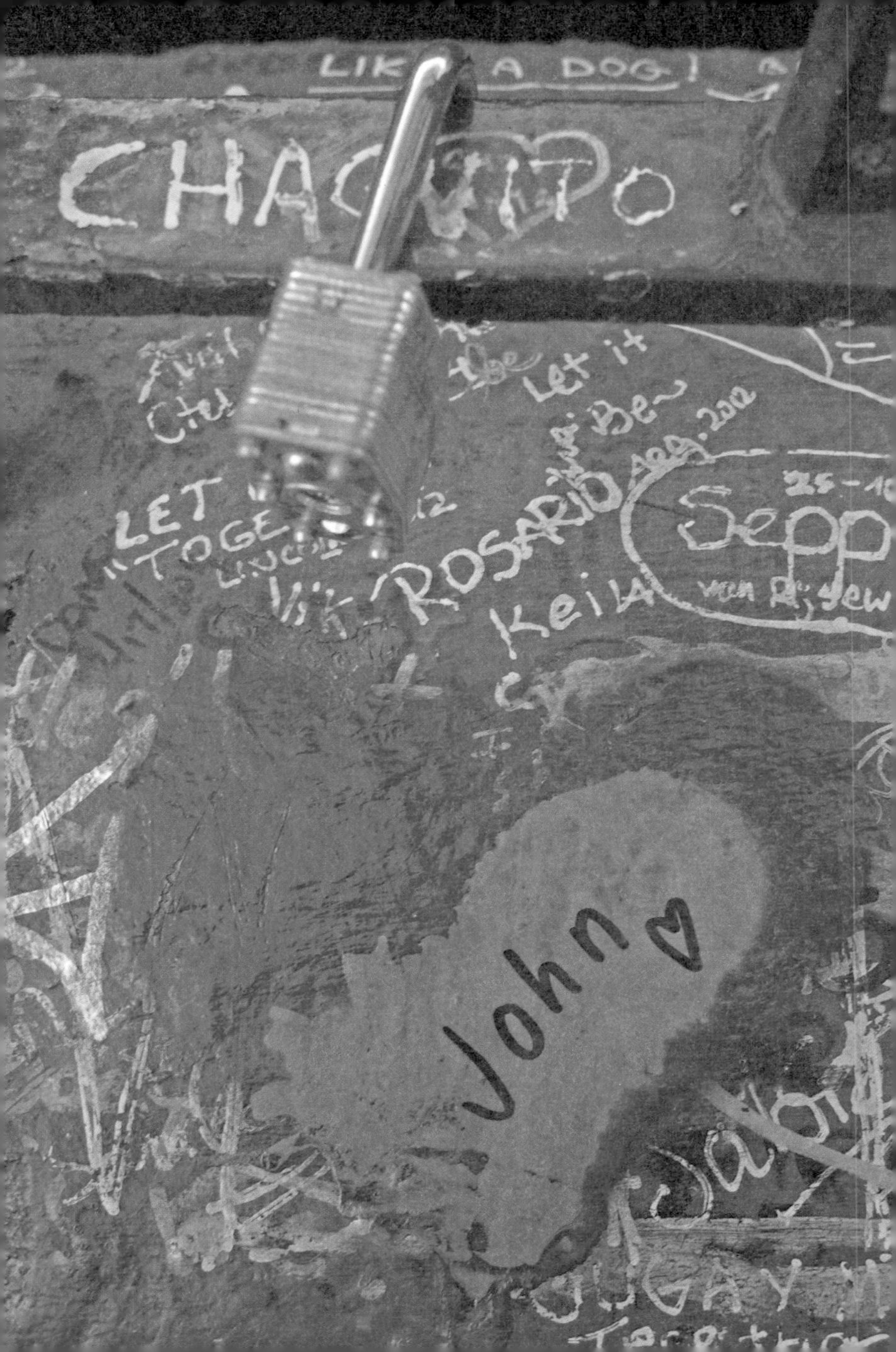
A DOG!
Let it
Be~
LET
ROSARIO
Sepp
Keila
John

비틀스만큼이나 영국을 대표하는 드라마 「닥터 후」도 좋아해서 카디프에 있는 체험관에 가는 게 꿈이었는데 비행기표를 발권한 직후에 갑자기 리모델링에 들어갔다. '닥터가 재생성했으니 우리도 재생성합니다'라는 폐장 게시물이 귀엽지 않았던 것은 아니나 매우 상심할 수밖에 없었다. (이후 결국 완전히 폐관하고 건물은 허물어졌다. 아니, 타디스 안에 들어가보는 게 모든 「닥터 후」 팬들의 꿈 아닌가? 어째서?)

무엇을 계획하든 네 맘대로는 안 될걸, 여행의 신이 있다면 그런 짓궂은 성격일 거라 늘 생각한다. 계획대로 되지 않을 때 어떻게 차선으로 전환을 해야 할지가 관건인데, 다행히 런던 시내에 스탬프 센터(Stamp centre)가 있었다. 다양한 런던 기념품을 파는 곳이지만 무엇보다 「닥터 후」의 캐릭터 상품을 많이 팔기로 유명하다. 오후 6시까지만 영업하므로 일찍 가야 하는데, 5시에 도착한 나는 거의 30분을 구경하고 고르며 충만한 시간을 보냈다. 사장님은 나의 신중한 선택을 말없이 지켜보다가 온라인으로도 구매할 수 있다며 팸플릿을 주셨다. 「닥터 후」가 유치하다고 말하는 사람과는 언제나 싸울 준비가 되어 있다. 우주와 인류와 시간과 삶에 대해서, 보편적 가치와 폭력에 대해서 그토록 시적으로 이야기하는 시리즈도 없을 것 같다.

이후, 브릭레인에 베이글을 먹으러 갔다가 버스를 반대 방향으로 탄 나머지 런던의 외곽으로 잘못 가고 말았던 것도 작은 실패였다. 하이델베르크에서 하노버까지 갔던 실수가 작은 규모로 재현된 셈인데 그렇게 해서 늦은 밤 내린 곳은 낯설기만 했다. 맞는 버스를 타려고 바짝 긴장해서 그때는 몰랐는데, 지나고 생각해보니 어쩌면 그쪽이 런던의 진짜 얼굴이었을지도 모르겠다. 시내와는 달리 대리석 건물이라고는 없는, 쓰레기가 쌓여 있고 자극적인 내용의 간판들이 즐비한 거리가 말이다. 종종 영국의 빈부격차에 관한 기사를 읽을 때 그날이 떠올랐다. 방문지의 편집되어 드러난 부분만을 보고 반해서는 안 되겠다고 마음먹었다.

하긴 런던의 중심부도 뉴욕과 마찬가지로 너무 작았다. 국회의사당도 작고 버킹엄궁도 작고 다 작았기에, 영국의 과오와 업적이 세계에 그토록이나 반영되어버렸던 것이 이상하게 느껴지는 날들이 있다.

킹스크로스역 역무원의 마음

저녁을 먹고 킹스크로스역을 구경하다가 『해리 포터』에 나오는 9와 3/4 정류장을 꾸며놓은 것을 발견했다. 벽을 뚫고 들어가고 있는 듯 설치된 카트에서 열심히 사진을 찍는 사람들도 지켜보기 즐거웠지만, 그보다는 그 사람들을 위해 그리핀도르 줄무늬 목도리를 들고 바람이 이는 것처럼 펄럭펄럭 도와주고 있는 역무원분들의 모습이 더 눈에 들어왔다. 다른 시간에 몇 번 방문해보니 시간마다 담당 직원이 바뀌었다. 아마 순번을 정해 번갈아 맡는 모양이었다. 역무원이 될 때 업무 중 하나가 소설 속에 나오는 장소를 찾아온 관광객들을 위해 목도리를 잡아주는 일이 되리라 예상하지는 못하셨겠지 싶어 삶의 작은 의외성들에 대해 생각해보게 되었다. 고양된 기분으로 해협을 건너는 유로스타를 타보고 싶었지만 다음 기회로 미루었다. 기차역에서 국제공항 느낌이 나는 게 인상 깊었는데 20세기 초

소설에 가끔 등장하는 신의주역이 비슷한 느낌이었을까 싶었다.

사실 히스로 공항의 입국 심사가 까다롭기로 유명하다 해서 긴장했었고, 심사관이 "뭘 하러 왔어요?" 물어보았을 때 머릿속이 하얗게 날아가는 바람에 "해리 포터 스튜디오……" 하고 대답하고 말았다. 아니, 준비한 말들이 많았는데 그렇게 기억이 나지 않을 줄이야, 심사관은 입꼬리를 몇 초간 씰룩씰룩거리더니 이내 폭소하고 말았다. "그 책이 그렇게 좋았던 거예요?" 하고 놀리고는 얼른 보내주었다. 다른 예상 질문 열 가지 정도에 미리 대답을 준비해두었는데 해리 포터를 좋아하는 물렁한 얼굴의 팬으로 파악되었는지 그대로 통과된 것이다.

수돗물의 경도가 세서 시간이 지날수록 머리카락이 해그리드처럼 거칠게 부풀어 올라 해리 포터 스튜디오에 가기 적합해졌다. 꼼꼼하게 급행 시간표를 체크하고 기차를 탔는데 어째선지 완행이었다. 홈페이지에서 실시간으로 확인했는데도 이런 일이 생기다니, 역시 유럽의 기차 시스템은 알 수가 없다고 생각해버렸다. 런던 교외에 위치한 해리 포터 스튜디오는 기차역에서도 전용 셔틀버스를 타고 한참을 더 가야 나오는 곳이었다. 날씨가 맑아서 좀 당황스러웠던 기억이 난다. 내내 비가 오더니 실내 스튜디오를 구경 가는 날에 하필 맑단 말인가……. 햇살이 어찌나 쨍하던지. 세계 곳곳에 개장하기 시작한 해리 포터 테마파크가 더 화려하겠지만 배우들이 직접 촬영하고 생활했던 공간을 보고 싶었다. 줄을 서서 들어가는데 머리끝부터 발끝까지 슬리데린 아이템으로 꾸미고 온 고스족을 보았다. 컨셉이 확실하신 분이었고, 다들 그분과 멀찍이 떨어져 서서 웃음이 나왔다.

　마법으로 음식이 차려지던 식당과 덤블도어 교수의 집무실, 론 위즐리의 머릿글자가 새겨진 트렁크와 침대, 배우들의 의상과 가발, 네빌의 지팡이, 마법사의 돌과 골든 스니치, 움직이는 초상화들, 3층 버스와 목이 달랑달랑한 닉, 님부스 3000……. 멋진 꿈을 꿀 수 있는 공간이라기보다는 꿈을 만들어내는 장치의 뒷면을 구경할 수 있는 곳이었다. 굉장한 사랑을 받지 않고서는 끝난 프로덕션의 소품과 자료들이 남기가 쉽지 않은 것 같다. 허물어지는 세트, 창고로 향하거나 버려지는 물건들이 훨씬 많을 것이다. 책을 쓰는 것과 영상물에 참여하는 것 중 어느 쪽이 더 많은 자원을 쓰게 되는지 궁금할 때가 있다. 얼핏 영상물일 것도 같은데 많은 소품이 대여된다니 의외로 아닐지도 모르고, 책은 종이로 만들지만 펄프를 만드는 데 물이 무척 많이 들어가고 포장과 운송까지 고려하면 영상물 못지않을 것도 같다. 그런데 영상물은 스트리밍으로 전기를 많이 쓰는 것 같고……. 요즘은 나의 이야기가 너무 많은 에너지를 소비하지 않고 쓰레기를 만들지 않았으면 하고 이런저런 고민을 하고 있는데 딱 떨어지는 답은 아직 찾지 못했다. 웹 연재가 가장 친환경적이리라 생각되는데 주변에 웹 연재를 하시는 작가님들을 보면 나는 역부족이라는 판단이 든다. 계속 고민하며 늦지 않게 답을 찾고 싶다.

완벽한 작품은 존재하지 않고 작품 안팎의 논란도 늘 있지만, 『해리 포터』를 읽고 자란 이들이 더 관용적이고 폭력에 반대하는 성향을 가지고 있다는 연구 결과는 마음에 드는 것 같다. 이야기가 가진 아주 투명하고 여린 힘, 읽는 이의 영혼에 밝은 지문을 남기는 능력에 대해서 멈추어 생각할 때가 있다.

작은 행운들

최근 들어 관심을 가지게 된 분야 중 하나는 조경인데, 산책을 하다 보면 가끔 아쉬울 때가 있다. 새로 지은 아파트들이 좋은 디자이너들을 초빙하여 멋지고 조화롭게 해둔 것을 구경하다가 경계석을 지나 시민 공원에 들어서면 볼품없거나 잘못 관리되고 있는 것을 자주 봐서이다. 조경보다 급하게 예산이 필요한 분야가 많아서겠지만, 더 많은 사람들이 누리는 공적인 영역이 한층 위였으면 하는 마음이 있다.

같은 맥락으로 공공 예술 작품을 사랑한다. 영국에 갔을 때 큰 규모의 공공 예술 작품을 두 번이나 맞닥뜨린 것은 행운이었다. 여행 전문가인 막내 삼촌이 런던타워도 좋지만 바로 그 옆, 세인트 캐서린 부두가 아름다우니 꼭 들러보라고 추천해주어서 찾아가자 물 위에 거대한 하마가 떠 있었던 것이다. 뜻밖의 모습에 웃음이 터졌다. 서울에서도 재밌는 광경을 연출했던 러버 덕의 아티스트, 플로렌타

인 호프만의 다른 작품인 히포포템스(Hippopothames)였다. 히포포타무스로도 읽히고 히포 포 템스(Hippo for Thames)로도 읽히는 작품명까지 귀여웠다. 빙하기 이전 템스강에는 하마가 살았었고 그 화석도 발견된 적 있다 하니 그야말로 적절한 위트였다. 러버 덕처럼 기간이 정해져 있는 전시여서 조금만 늦게 갔어도 보지 못했을 뻔했다.

이어 찾아간 런던타워는 1차 세계대전 백 주년을 기리며 희생자 수만큼 설치된 888,246송이의 세라믹 양귀비 설치물로 둘러싸여 있었다. 폴 커민스의 이 작품은 4백만 명 이상이 런던타워를 방문해 애도를 표하게 했다. 내가 갔을 때도 몇만 명의 군중이 런던타워를 에워싸고 있어서 타워 안으로 들어가는 것은 불가능했지만, 그렇게 강렬한 호소력을 가진 작품을 보게 된 것은 뜻깊었다.

런던아이를 해 지는 시간을 계산하여 예약했는데, 비가 오지 않아 노을과 야경을 모두 볼 수 있었던 것도 행운이었다. 탔을 때 마지막으로 하얗게 빛나던 하늘이 내릴 때는 완전히 어두워졌다. 클래식 영화 속 런던의 건물들이 그대로여서, 우리의 시대가 지나고 지금 살아 있는 사람들이 다 사라져도 그대로겠구나, 우리가 건물들을 방문하는 게 아니고 건물들이 잠깐 지나가는 우리를 보고 있을 수도 있겠구나 생각했었다. 언제나 거기 있을 것과 잠깐 거기 있는 것들 사이를 누빌 수 있었던 것은 정말로 행운이었다. 사람들이 다시 여행할 수 있는 시기가 오면, 행운들이 고르고 넓게 주어졌으면 좋겠다.

로알드 달과 친절함에 대하여

뮤지컬을 예약하는 일은 어마어마한 고심의 연속이었다. 열흘 머무는 동안 두 편을 보기로 했는데 보고 싶은 뮤지컬이 너무나 많았던 것이다. 무엇을 선택하고 선택하지 않느냐 고민하는 시간이 즐거운 듯 괴로웠고, 결국 로알드 달에게 올인하기로 했다. 「찰리와 초콜릿 공장」과 「마틸다」를 모두 보기로 한 것이다.

좋은 등급의 좌석은 아니었지만 일찍 예약해서 맨 앞줄이었다. 배우들의 땀방울이 보일 정도였고, 중간에는 윌리 웡카가 불쑥 나타나서 내 다리 위로 넘어갔다. 아니, 웡카 씨, 이렇게 가까이요? 하고 얼른 비켜주었다. 막간에는 놀랐던 것이, 극장의 직원들이 간이 판매대를 들고 다니며 초콜릿과 아이스크림을 팔았다. 그리하여 극장에 가득 찬 5백여 명의 사람들이 거의 모두 와구와구 초콜릿을 먹기 시작했다. 극장 안에 색깔 있는 음료수도 들고 들어가지 않는 국내 분

위기와는 사뭇 달랐다. 초콜릿 부스러기가 마구 떨어지겠지만 뮤지컬과는 아주 잘 맞았다. 문제는 초콜릿의 가격이었는데, 평범한 초콜릿 바가 7천 원 정도 하다 보니 W에게 아무리 먹자고 꼬셔도 "한국 돌아가서 가족들과 나눠 먹겠다"고 가난하고 애틋한 찰리처럼 거절했다. 그래서 모두가 초콜릿을 먹을 때 우리만 다소곳이 앉아 있었는데 나는 그런 방식으로 작품과 연결되고 싶지는 않았다……. 포장지까지 제대로 윌리 윙카 초콜릿이었는데 나중에 돌아와 기대를 하며 뜯었을 때 골든 티켓은 들어 있지 않았지만 해리 포터 스튜디오에서 산 개구리 초콜릿과 함께 여행의 여운을 한참 살려주었다.

「마틸다」는 로알드 달의 작품 중 가장 좋아하는 작품인데, 원작도 좋지만 각색이 대단했다. 무대 디자인도 근사하고 감탄이 나오는 아이디어들로 가득했다. 좋지 않은 상황에서도 책을 읽는 아이, 나빠질 수 있는데도 선한 의지를 가진 아이를 향한 사랑이 느껴져서 뭉클해지는 바람에 약간 울었다.

이틀 연달아 아이들이 가득 나오는 뮤지컬을 보니 이른 나이에 배우의 길을 가는 삶은 어떨까 상상하게 되었다. 일고여덟 살의 나이에 전 세계적으로 주목받는 뮤지컬 작품에 출연하며 밤에 일하는 삶이라니, 성인 배우보다야 적게 일하도록 되어 있겠지만 고되지 않을 수 없을 듯했다. 아마 그들을 위한 학교나 교육과정도 따로 있지 않을까 싶다. 재능 넘치는 아이들이 프로의 삶을 살아가는 모습은 아무리 즐거운 역할을 할 때도 짠해서 더 응원하게 된다. 어린 아이돌 가수나 운동선수를 볼 때도 비슷한 기분인데 특별한 삶의 경로를 걸으며 얻는 것과 잃는 것이 각자 있을 테고 아무쪼록 수월히 성인이 되기를 바라게 되는 것이다.

공연이 끝나는 시간에는 수십 개의 극장에서 쏟아져 나온 사람들로 거리에 물결이 생겼고, 장기 공연 중인 유명한 뮤지컬을 본 사람들 중에는 특히나 관광객들이 많았다. 같은 관광객으로서 관광객을 알아볼 수 있었던 데다 대형 투어 버스들이 공연이 끝나는 시각에 기다리고 있어서 티가 났다. 전 세계에서 보러 오기 때문에 놀라울 만큼 오래 공연을 하고 더불어 새로운 작품도 끊임없이 개발할

수 있는 거구나, 감탄과 부러움이 솟았다. 산업혁명을 시작한 나라인데 이제 콘텐츠 산업의 선두주자인 것이다. 무형의 콘텐츠가 가지는 부가가치는 무시할 게 못 되었다. 이전 시대의 창작자들과 그들을 계승한 동시대의 창작자들이 이뤄내고 있는 풍부한 문화적 축적과 그것을 즐기고자 전 세계에서 사람들이 찾아오는 도시가 가지는 저력이 탐나는 목표가 되었다.

뮤지컬을 보고 나서 더더욱 자주 로알드 달의 말을 떠올린다.

"친절함이야말로 인류의 가장 큰 특징이 아닐까 한다. 용기나 대담함이나 너그러움이나 다른 무엇보다도 친절함이 말이다. 당신이 친절한 사람이라면, 그걸로 됐다."

내가 제일 좋아하는 달의 말을 어설프게 번역해보았다. 어른이 되고 나서야, 세상의 보고 싶지 않았던 면들을 보고 나서야 이 말이 의미 있게 와닿았다. 아동문학을 쓰고 싶었는데 다른 방향으로 와버렸지만, 세계에 대한 태도를 다시 다잡고 싶을 때는 역시 아동문학을 찾게 된다.

그리고 좋았던 것들

해 지는 시간에 그린파크를 걸었던 것. 그린파크는 다른 공원들과 달리 펼쳐진 잔디밭밖에 없었는데 이상하게 런던을 떠올릴 때면 그곳이 먼저 생각난다. 가로등은 『사자와 마녀와 옷장』의 툼누스 씨가 갸웃 고개를 내밀 듯이 고풍스러웠고, 잔디 위엔 음악을 듣는 사람들이 편안하게 앉아 있었다. 하루 종일 '더 느낄 거야, 더 경험할 거야' 하고 스스로를 조였던 긴장이 확 풀리는 것 같았다.

한참 헤매다가 지하도 바깥으로 나왔을 때 마주친, 뭔가 뚱뚱한 벽돌색 건물이 올려다보니 빅벤이었던 것. 물론 멀리서는 몇 번 보았지만, 그렇게 가까이에서 보니 흥분할 수밖에 없었다. 피터팬이 한 바퀴 돌고 가던 그 빅벤, 온갖 스파이들이 시곗바늘에 매달리던 그 빅벤, 엽서로 사진으로 영화로 계속 봐오던 그 빅벤이어서 흥분하고 말았다.

코번트가든에서 거리 공연을 보았는데, 한국에 돌아와 친구의 블로그에서 우연히 같은 팀이 같은 루틴으로 공연하는 걸 찍은 동영상을 발견했던 것. 추임새도 애드리브 같았던 부분도 내가 보았을 때와 똑같아서 웃음이 났다. 즉흥적인 것처럼 성실하게 연출된 거리 공연들은 스치는 사람들에게는 특별한 기억일 테고, 머무는 사람들에게는 일상일 터여서 떠올릴 때마다 머릿속을 즐겁게 만든다.

홍차 전문 가게의 거대한 양철통들. 샘플로 앞에 둔 잎들을 살피며 한참 고르고 또 골랐던 것. 독일 할머니들이 대형 카트를 끌고 초콜릿을 사던 것처럼 영국 할머니들이 태어나서 본 적 없는 단위의 차들을 카트에 담던 모습도 좋았다. 애초에 차 가게에 카트가 있다는 것부터가 신기했고 보관이 힘든 기호품인데 얼마나 많이 마시면 그렇게 큰 통을 살 수 있는 것인지 궁금해졌다.

좋아하는 시인이 추천해준 해처드 서점. 1797년부터 2백 년이 넘게 한자리를 지켜온 서점이라니 근사했다. 잘 정리된 서가를 누비며, 좋아했지만 사라진 서점들을 떠올리게 되어 부럽기도 했다.

한적한 펍에서 마셨던 갈색 에일 맥주. 술을 잘 마시지 못하지만, 펍에는 꼭 한번 가보고 싶었다. 숙소 근처의 여러 펍들은 관광객이 들어서기에는 다소 배타적인 분위기여서 망설이다가 조용한 곳을 하나 발견했는데, 직원분들이 '앗, 영국 문화 체험인가? 그렇다면 친절의 끝을 보여주지!' 하고 신경을 써주셔서 쑥스럽고 감사했다. 여러 배려 끝에 고른 달콤 씁쓸한 갈색 에일을 식초 맛 감자칩과 먹는데 기분 좋게 느긋해져서, 책에서 읽은 오다가다 들르는 단골 펍의 개념을 약간 알 것도 같았다.

영국 박물관에서 로제타석이나 엘긴 마블처럼 유명하고 커다란 전시물들만큼이나 작고 사랑스러운 일상 용품들을 한껏 구경했던 것. 이상하게 더 오래 마음 빼앗기는 것은 후자다. 작은 풍뎅이 장식품, 우스운 모양의 물병들, 몇천 년 전의 보드게임들……. 오래전에 죽고 없는 사람들이 아끼며 썼을 사소한 물건들, 정치 종교 전쟁 등 굵직한 어떤 것과도 상관없었을 생활의 흔적들에 상상력을 자극받고 만다.

버로우 마켓을 걸어 다니며, 그 장소가 천 년 전에도 식료품 시장이었다는 것을 되새김질했던 것.

런던에 대한 여러 책들이 모두 입을 모아 '특별히 볼 것은 없으니 시간 있으면 들르든가' 하기에 기대를 하지 않고 찾았던 내셔널 포트레이트 갤러리가 매우 좋았던 것. 왠지 잘 모르는 사람들의 건조한 얼굴만 가득할 것 같은 이름이지만 격정적인 삶을 살았던 인물들의 정수를 잘 가둔 초상화가 가득했고 좋아하는 배우인 매기 스미스와 주디 덴치의 초상이 크게 반가웠다.

브런즈윅 보도에 보물처럼 숨겨진 금속 조각들을 밤에 휴대폰 조명으로 비추며 찾아보았던 것.

런던 시내의 한식 음식점. 패스트푸드점을 연상시키는 매장 디자인에 클럽 같은 노래가 나오던 그곳에서 비빔밥을 먹고 있는데, 맞은편의 런던 사람이 혼자 양념치킨과 불고기 덮밥과 잡채를 메인 코스로 먹고 후식으로 식혜와 떡까지 먹는 모습에 놀라고 말았다. 한두 번 즐겨본 선택이 아니었다. 이 나라 저 나라의 음식 문화가 생생하게 퍼져나가는 모습은 늘 재밌는 것 같다.

마지막 날 밤, 그렇게 좋아하던 2층 버스도 타지 않고 템스강가에서 숙소까지 걷고 또 걸었던 것. 계획하지 않았던 여행에서 원했던 것과 실제로 얻은 것의 일치와 간극에 대해서, 삶에서 얻지 못해도 상관없을 큰 것들과 놓을 수 없는 작은 것들에 대해서 질 좋은 대화를 나누다가 W가 갑자기 "빅토리아 여왕도 아직 못 만났는데 돌아갈 수 없어!" 하고 혼자 타임 슬립을 시도했던 것도⋯⋯. 역사 전공자는 차가운 눈을 하고 말았다.

선물받은 부엉이 동전 지갑을 공항에서 잃어버려 그 지갑을 찾기 위해 오랫동안 히스로 공항 분실물 사이트를 드나든 것. 다른 사람에게는 가치 없지만 한 사람에게는 소중할 온갖 물건들을 구경할 수 있었다. 빨간 부엉이 혼자 런던에서 여행을 더 하고 있으리라 가끔 상상해보는 것도 나쁘지 않아서 결국 괜찮아졌다.

돌아오는 길에 난생처음 비즈니스 업그레이드를 받았던 것. 피로를 푸는 데 큰 도움이 되었다. 전후좌우 러시아어를 쓰는 대가족이 타고 있어서 비행기에서 내릴 때쯤엔 왠지 러시아어를 살짝 할 수 있을 것 같은 기분이었다.

런던에 갈 수 있어서 덕분에 뉴욕 앓이가 나았다는 것. 런던 앓이가 대신했을 뿐이지만.

그렇게 나는 나의 행운을 소비했다.

그 후엔 새를 보러 다녔다

여행 전에는 기대감으로 즐겁고 여행 중에는 충만감이 차오르는데 여행 후에는 상실감이 찾아오는 것 같다. 어떤 여행이든 그렇지만 런던에 다녀왔을 때 유독 심해서, 집에 돌아온 밤 카메라의 메모리를 살펴보다가 이상한 착각을 하고 말았다. 찍은 사진의 절반이 날아가버렸다고 생각한 것이다. 분명히 찍었던 것 같은 사진들이 없었다. 당황해서 메모리 복원 프로그램으로 몇 번 복원도 시도해보았는데, 그러다가 깨달았다. 머릿속에 남은 강렬한 이미지들을 사진으로 착각했다는 것을.

시간이 지나면 사진으로 착각할 만큼 생생했던 이미지들도 이내 희미해지고 잊히게 된다. 안쪽에서 그렇게 빛을 잃고 사라져가는 것들을 느낄 때 안타까움이 깊어진다. 인간의 눈 같은 카메라는 없고, 인간의 뇌 같은 컴퓨터도 없지만 잊지 않는 기계였다면 좋았을 걸 싶은 것이다. 일상은 상실감을 주지 않는데 여행은 상실감을 주기 때문에 마음이 그리는 곡선이 부담스러워서 여행을 저어했는지도 모르겠다. 떠나면 분명 희열에 찰 테지만 그 희열이 보존되지 못하고 제어할 수 없는 틈으로 가루처럼 흐를 것이라는 점 때문에 말이다.

영영 비산되지 않는 것들이 있다는 것이 그나마 위안이다. 이 책의 장면들은 흩어져 사라진 것들 뒤에 남은 잔여니까. 모래 그림을 보존하려는 노력처럼, 사람들이 기록하고 또 기록하며 포착할 수 없는 것들을 포착하려 애쓰는 게 좋다. 그러다 보면 아주 희귀한 알갱이들이 전해지기도 한다고 믿는다.

여행과 닮았지만, 여행보다 상실감이 덜한 행위가 나에게는 탐조 생활인 것 같다. 언제부터 탐조를 시작했는지 콕 집어 말하기가 어렵다. 어느새 하고 있었다. 파주에서 수리부엉이를 아주 가까이서 마주쳤을 때였을지, 경주에서 우연히 노랑할미새를 보았을 때부터였는지, 이때부터였다고 말하고 싶은데 불가능하다. 노랑할미새 배의 노란색, 어치 날개의 하늘색, 딱따구리 머리의 붉은색처럼 숨 막히는 색이 또 없는 것 같다. 작은 산으로, 작은 개울로 30분만 걸어 나가도 평균 대여섯 종의 새들을 볼 수 있어서 언제나 짧은 여행처럼 느껴진다. 주머니에 들어가는 도감은 실망시키지 않고 새들의 이름을 가르쳐주었다. 한 번 보고 찾아본 새는 패턴처럼 눈에 맺혀 그

다음부터는 풀숲에서 빠르게 움직여도 곧장 알아볼 수 있게 되는 게 신기할 뿐이다. 겨울에도 유유히 물 위를 미끄러지는 물새들 가운데 가끔 다른 종이 하나 천연덕스럽게 섞여 있는 경우가 많던데 혼자 다른 종류라는 걸 알고 다니는지 모르고 다니는 건지……. 경험들이 쌓이고 쌓여 새를 보러 자발적으로 여행을 다니게 되었다. 순천만에도 가고 연천에도 가고 강원도에도 가고 제주도에도 갔다. 새들이 많고 보호에도 힘쓴다는 싱가포르에도 갔었다. 매번 누군가의 부추김에만 여행을 떠났는데 몇 안 되는 자발적 여행을 한 셈이다.

새의 사진을 찍어볼까도 했는데, 그것은 일찌감치 포기했다. 내수준으로는 도저히 움직임을 쫓을 수 없을 때가 많았다. 이상하게도 새들의 이미지는 내 안에서 덜 유실되는 것 같다. 물총새의 움직임처럼 강렬한 것은 잊으려 해도 잊을 수 없어서, 상실감 없는 취미를 찾은 것이 기쁠 뿐이다.

──────── (   )만큼 (   )를 사랑할 순 없어

작가의 말

『시선으로부터,』를 쓰기 위해 2017년에 하와이에 갔을 때 그것이 여행인지 아닌지 헷갈렸다. 취재 여행은 원래 좀 그런 것이겠지만 끝없이 자료를 끌어모으고 메모를 하고 즐거움을 느끼는 순간에도 세세히 기억하기 위해 애를 쓰느라 머릿속이 바빴다. 서핑을 배우다가 잘못 떨어져 팔꿈치에서 피가 줄줄 흐르는 걸 지혈하며, 아이고, 소설 때문에 이렇게까지 해야 하나 탄식했던 것이 기억난다. (그런데도 서핑은 또 하고 싶다.)

하와이는 아름다웠다. 태평양 한가운데에서 기적적으로 형성된, 어디에서도 찾아볼 수 없는 생태계는 눈 돌리는 곳마다 강렬한 아름다움을 품고 있었다. 그리고 그 아름다움은 아주 취약한 것이기도 했다. 하와이 사람들이 자부심과 책임감을 가지고 지키려고 해도 다른 지역 사람들이 엉망으로 살면 그대로 망가질 수밖에 없는 종류의 취약함 말이다. 그래서 하와이를 사랑하게 된 나는 결심했던 것이다. 하와이에 되도록 가지 않겠다고. 제주도를 사랑하면 제주도에 너무 자주 가서는 안 되듯이. 하와이로 은퇴하겠다는 농담은 더 이상 하지 않게 되었다.

이 여행 책을 쓰며 어떤 장소에 다시 간다면, 하고 여러 번 썼지만 앞으로의 나는 별로 여행하지 않을 것임을 알았다. 하와이가 아닌 어디라도, 여행의 기회를 아직 더 여행해야 할 사람들에게 양보하고 싶다. 찾아낸 보물들을 충분히 품고 있으므로 비행기를 덜 타는 사람이 되면 어떨까 한다. 꼭 가야만 하는 취재나 직접 참석해야 하는 행사가 있을 때는 예외를 두겠지만 기본적으로 삼가는 쪽으로 기운다. 그러니 이제 또, 다른 사람들의 여행 책이 달고 맛있을 것이다. 좋아하는 사람들이 스스로를 필터 삼아 걸러낸 지구의 면면을 살짝 떨어져 탐닉하고 싶다.

독자분들께는 사진이 엉망이어서 죄송한 마음이다. 카메라를 떨어뜨려서 박살 내는 바람에 그렇다고 변명하고 싶지만 사실 그러지 않았어도 그다지 낫지 않았을 것 같다. 최선을 다했습니다만 소질이 없었습니다……. 그래도 여행이 멈춘 시기에 함께 여행하는 것 같은 가상의 경험을 하고 싶었다. 에세이를 통과시키는 속도가 느려서 담당 편집자님이 네 번 바뀔 때까지 완고를 드리지 못했던 것도 부끄럽다. 네 분 모두에게 감사드린다. 이 책의 예열에 에너지를 실어주신 SSA 비밀요원들께도 특별한 인사 전한다. 여행을 함께했던 분들께는 따로 긴 편지를 쓰고 싶다.

　다시 여행이 시작되면, 그때 남을 발자국들이 가볍고 잘 지워지는 종류이길 가만히 머물며 바라고 싶다.

2021년 봄,

정세랑

비밀요원 명단

강민주 ♥ 강아연 ♥ 강희진 ♥ 고미영 ♥ 공다솜

공유진 ♥ 공지선 ♥ 곽유정 ♥ 권설아 ♥ 권태름

김경은 ♥ 김다애 ♥ 김동섭 ♥ 김령윤 ♥ 김리안

김민아 ♥ 김민애 ♥ 김민정 ♥ 김민홍 ♥ 김선아

김소현 ♥ 김예은 ♥ 김예진(A) ♥ 김예진(B) ♥ 김유미

김자연 ♥ 김재은 ♥ 김재희 ♥ 김정아 ♥ 김지현(A)

김지현(B) ♥ 김지혜 ♥ 김지후 ♥ 김채람 ♥ 김혜윤

남태리 ♥ 류연진 ♥ 문지윤 ♥ 민경아 ♥ 박가을

박가현 ♥ 박경린 ♥ 박나영 ♥ 박동욱 ♥ 박보리

박서현 ♥ 박선주 ♥ 박재진 ♥ 박정란 ♥ 박태완

박혜진 ♥ 박효명 ♥ 백지현 ♥ 백현선 ♥ 변영은

변예림 ♥ 서두리 ♥ 서민주 ♥ 설초희 ♥ 설한이

소정희 ♥ 안혜란 ♥ 양지수 ♥ 양현지 ♥ 원성희

유소정 ♥ 윤다영 ♥ 이도연 ♥ 이미림 ♥ 이미진

이예림 ♥ 이예지 ♥ 이옥현 ♥ 이윤아 ♥ 이은정

이주원 ♥ 이지은 ♥ 이지혜 ♥ 이효숙 ♥ 전혜정

정가은 ♥ 정예영 ♥ 정유진 ♥ 정은진 ♥ 정지수

정지연 ♥ 조은진 ♥ 진영 ♥ 최민선 ♥ 최은정

하린 ♥ 하현주 ♥ 한민정 ♥ 한수진 ♥ 한예진

한지윤 ♥ 함나윤 ♥ 함소영 ♥ 홍근혜 ♥ 황가현

비밀기지 목록

· **다시서점**
서울특별시 강서구 방화대로33길 13 1층

· **북스피리언스**
서울특별시 마포구 연남로11길 34 B1

· **이후북스**
서울특별시 마포구 망원로4길 24 2층

· **너의 작업실**
경기도 고양시 일산동구 일산로380번길 43-11

· **이랑**
경기도 고양시 일산서구 일현로122 상가 1층 122호

· **책방모도**
인천광역시 동구 화수로47번길 14

· **책방토닥토닥**
전라북도 전주시 완산구 풍남문2길 53 2층 청년몰

· **책방이층**
대구광역시 중구 달구벌대로393길 48

· **나락서점**
부산광역시 남구 전포대로110번길 8 지하1층

· **만춘서점**
제주특별자치도 제주시 조천읍 함덕로 9

· **새활용기지 큐클리프**
서울특별시 성동구 자동차시장길49 새활용플라자 405호

* 이 책은 전국 10개 독립서점을 기반으로 100명의 독자가 참여한 위즈덤하우스 사전 독서 모임 'SSA 비밀요원 프로젝트'를 통해 제작되었습니다.

**지구인만큼
지구를
사랑할 순 없어**

초판 1쇄 발행 2021년 06월 10일 **초판 8쇄 발행** 2024년 5월 17일

지은이 정세랑
펴낸이 최순영

출판2 본부장 박태근
스토리 독자 팀장 김소연
공동편집 곽선희 김해지 이은정
디자인 함지현

펴낸곳 ㈜위즈덤하우스 **출판등록** 2000년 5월 23일 제13-1071호
주소 서울특별시 마포구 양화로 19 합정오피스빌딩 17층
전화 02) 2179-5600 **홈페이지** www.wisdomhouse.co.kr

ⓒ 정세랑, 2021

ISBN 979-11-91583-79-3 03810